Sklavin der Sechs

Christoph Brandhurst

Sklavin der Sechs

Banquette Bizarre – Band 1

Roman

EXPLIZIT

SCHWARZKOPF & SCHWARZKOPF

SKLAVIN DER SECHS ist der erste Band der neuen Buchreihe BANQUETTE BIZARRE von Erfolgsautor Christoph Brandhurst.

BANQUETTE BIZARRE umfasst sechs Teile, jeder Band ist in sich abgeschlossen. Alle Romane haben ihre eigenen Hauptfiguren, die dennoch auf geheimnisvolle Weise miteinander verbunden sind. Gemeinsam führen sie den Leser auf ein großes Finale zu.

BANQUETTE BIZARRE erscheint halbjährlich – der zweite Band ist ab Herbst 2010 im Buchhandel erhältlich.

1

Sie hatte Erik nicht richtig verstanden. Ja, es konnte nicht anders sein. Sie *musste* sich verhört haben. Sie richtete sich auf ihrem Stuhl auf, zwischen dessen Lehnen sie die letzte halbe Stunde versunken gewesen war, weil das Meeting sie zu langweilen begonnen hatte. Sie straffte ihre Haltung, glättete mit einer schnellen Handbewegung die Falten auf ihrem Kostüm und richtete ihren Blick auf das andere Ende des Konferenztischs. Doch bevor sie Erik auffordern konnte, seine Aussage zu wiederholen, ergriff er selbst das Wort. Als hätte er geahnt, dass sie die vergangenen Minuten mit ihren Gedanken ganz woanders gewesen war. Wo denn eigentlich? Für den Bruchteil einer Sekunde erinnerte sie sich. *Dachtest du wieder an das …?* Sie vergaß die Frage, als Eriks Worte zu ihr durchsickerten. Der gleiche Satz wie schon vor wenigen Sekunden. Diesmal verstand sie ihn klar und deutlich.

»Laura, ich werde dich jetzt ficken!«

Laura setzte zu einer Antwort an. Doch Erstaunen und Verwirrung waren zu groß. Ihr fehlten die Worte. Hoch aufgerichtet saß sie mit offenem Mund in ihrem Sessel, was sie ganz bestimmt ziemlich bescheuert aussehen ließ. Die amüsierten Blicke ihrer Kollegen, die links und rechts des massiven Kirschholztisches gruppiert saßen, ließen keinen Zweifel daran. Schamröte brannte auf ihren Wangen. Am liebsten wäre sie wieder zwischen den Armlehnen abgetaucht, so tief hinab, dass niemand im Raum sie mehr hätte sehen können.

Aber das war ein Wunsch, der natürlich nicht in Erfüllung ging. *Genauso wie das …* Laura verweigerte sich dem Gedanken, der so fehl am Platze war wie Eriks obszöne Ankündigung. *Wie kann er bloß?!* Es mochte ja durchaus richtig sein, dass Erik als Creative Director ein wichtiger Mitarbeiter der Agentur war. Aber das gab ihm noch lange nicht das Recht, ihr, ausgerechnet ihr, derart unverhohlen sein Begehren zu erklären. *Noch dazu während der Sitzung! Vor den Kollegen!*

Laura durfte sein Verhalten auf keinen Fall durchgehen lassen. Sie musste reagieren. *Weise ihn endlich zurecht!* Doch noch immer stand ihr Mund sperrangelweit offen. Mit einem schnappenden Geräusch zog sie die Lippen zusammen. Sie holte Luft – und schwieg.

Ohne dass es ihr aufgefallen war, hatte Erik sich von seinem Platz erhoben und durchquerte den Konferenzraum. Was für sich betrachtet noch kein Grund für neuerliche Sprachlosigkeit gewesen wäre. Dass sich Erik aber auf dem Weg zu ihr herüber die Brille von der Nase zog, sie in die Tasche seines Jacketts steckte, sich mit der Hand durch das schüttere Haar fuhr, seinen strengen Scheitel in ein wirres Durcheinander verwandelte, dann den Knoten seiner karierten Krawatte löste, den Hosenschlitz öffnete und sein beträchtlich angeschwollenes Glied hervorholte, versetzte Laura einen Schock. Hatte ihr Kollege endgültig den Verstand verloren?

»Ich zeig dir, was du brauchst!«, sagte er, während er sich vor Laura aufbaute. Entgeistert schaute sie zu ihm hoch, doch der Blick auf sein Gesicht blieb ihr verwehrt. Vor ihren Augen reckte sich sein Penis empor, unglaublich steif und furchterregend. Im gleichen Augenblick roch Laura die milde Süße eines Duschgels.

Zu ihrer Überraschung besänftigte der Duft ihren aufgewühlten Geist. Allerdings nur so lange, bis Eriks Hand abrupt in Lauras Haar griff, ihren Kopf nach vorne zog und ... *Nein, er wird doch nicht ...?!*

»Lutsch ihn!«, sagte Erik.

Laura wehrte sich dagegen. Eriks Finger krallten sich fester in ihr Haar, pressten ihr Gesicht kraftvoll in seinen Schoß. Es störte ihn nicht, dass sich noch sechs weitere Männer im Raum befanden. Allerdings nahmen die Kollegen auch keinerlei Anstoß an seinem Vorhaben. Mit Erschrecken nahm Laura wahr: Keiner erhob sich, niemand eilte ihr zu Hilfe. Stattdessen beobachteten sie mit Faszination das Schauspiel, das Erik ihnen bot.

Lauras Lippen drohten unter dem Druck seines harten Geschlechts zu platzen. Außerdem musste sie atmen. Sie hatte keine andere Wahl. Sie öffnete ihre Lippen. Nur einen Spalt breit. Dennoch glitt sein Glied wie von selbst in ihren Mund. Voller Abscheu presste sie die Zunge dagegen. Doch Erik blieb in ihr. Er hielt ihren Kopf fest umklammert. Er gab ein lustvolles Ächzen von sich. Laura schloss angewidert die Augen. Ihrer Kehle entrang sich ein feuchtes Gurgeln, durch das seine Stimme leise an ihr Ohr drang: »Na, wie gefällt dir das?«

Sie antwortete nicht. Wie auch, mit dem Schwellkörper zwischen ihren Lippen.

»Laura!«, sagte Erik jetzt lauter. »Ich fragte dich: Wie gefällt dir das?«

2

Etwas stimmte nicht. Zögernd hob Laura die Augenlider. Das Erste, was sie entdeckte, war sie selbst, in den verspiegelten Fenstern, die eine komplette Wand des Konferenzraumes einnahmen. Sie trug ihr dunkelbraunes Businesskostüm, von dem sie wusste, dass es sie streng wirken ließ, dazu schwarze Lederpumps aus einer Londoner Boutique. Ihr blondes Haar war wie jeden Tag glatt gekämmt und umrahmte ihr von den wöchentlichen Solariumgängen leicht gebräuntes Gesicht. Laura sah aus wie an jedem Montagmorgen, vielleicht ein bisschen müder als sonst. Was aber entscheidend war: Die Fenster zeigten nur ihr eigenes Spiegelbild.

Erik saß auf der anderen Seite des Konferenztisches, seine Haltung wie immer leicht gekrümmt, das schüttere Haar streng gescheitelt, die karierte Krawatte ordentlich geknotet und den Hosenschlitz ganz sicher fest verschlossen. Hinter seiner Brille, einem grauen Kassengestell, musterte er sie, als habe sie den Verstand verloren.

Das Gleiche hatte sie auch von Erik angenommen. Vor wenigen Minuten. In ihrem Traum. Herrgott, war sie tatsächlich während der Konferenz eingenickt?

Die Augen der Kollegen, die sich links und rechts von ihr auf den Tisch stützten, ließen darauf schließen, waren sie doch amüsiert auf sie gerichtet. Wie in ihrem Traum. Entdeckte sie in den Gesichtern etwa eine Spur von Faszination?

»Nein«, sagte sie. »Es gefällt mir nicht.«

»Es gefällt dir nicht?« Erik kratzte sich betroffen die Stirn. Die Kollegen gaben keinen Ton von sich. Nicht einmal Unterlagen raschelten. Nur die Klimaanlage ächzte gelegentlich metallisch.

»Es hat was, ja. Aber ...« Sie dehnte ihre Worte. Erik sah sie erwartungsvoll an. »Euer erster Vorschlag für die Kampagne zur Produkteinführung von *Girandex* gefällt mir besser.«

»Der erste Vorschlag?«

»Ja, er hatte Substanz. Fleisch. Hand und Fuß.«

»Du weißt, dass diese Kampagne den Kunden deutlich teurer zu stehen kommt.«

»Wo liegt das Problem?«

»Was wird *Girandex* davon halten, wenn wir ...«

»Ja, ja, ich weiß«, fiel ihm Laura ins Wort, »... das Budget überschreiten.«

»Ja, genau!«, pflichtete Erik ihr bei.

»Genau«, wiederholte Laura leicht genervt. »Und das ist also der Grund, warum wir unserem Kunden einen halbgaren Vorschlag unterbreiten sollen, richtig?« Mit einem Ruck setzte sie sich auf, strich ihr Kostüm glatt und stützte die Arme mit den Ellbogen auf den Tisch. »Nein, wir nehmen die erste Kampagne.«

»Aber …«

»Erik!« Mit einem strengen Blick brachte sie ihn zum Schweigen. »Was glaubst du, was Dr. Filius davon halten wird, wenn er dem Kunden morgen ein Konzept präsentieren darf, das zwar im Rahmen des Budgets geblieben ist, dafür aber nur unausgegorene Ideen enthält?«

Dr. Berthold Filius war der Gründer und Geschäftsführer von *FiliCon* – Filius Consulting, Projekt- und Messemanagement, Beratung, Events und Kommunikation. Seit das Gerücht die Runde machte, er würde demnächst in Ruhestand gehen, machte er sich zwar rar auf den Gängen der Agentur und bei Konferenzen, aber die entscheidende Präsentation beim Kunden behielt er sich noch immer selbst vor. Er konnte sehr ungehalten werden, wenn seine Mitarbeiter schlampige Vorarbeit leisteten. Um das zu vermeiden, hatte er Laura vor sieben Jahren zur stellvertretenden Geschäftsführerin der Firma berufen. Diese Nachricht hatte sie damals überrascht. Natürlich war der Job insgeheim ihr Traum gewesen, und sie hatte zu jeder Zeit zielstrebig und beharrlich gearbeitet. Aber dass er sich für sie, eine Quereinsteigerin mit abgebrochenem Studium, tatsächlich erfüllen würde, daran hatte sie erst geglaubt, als Dr. Filius ihr das Angebot schwarz auf weiß unterbreitet hatte.

Erik dagegen war bis heute Creative Director geblieben. Er verfügte zwar wie Laura über großes Talent, aber mutige Entscheidungen waren seine Sache nicht. *Ganz anders als in deinem Traum,* meldete sich eine Stimme.

Laura wandte sich ab, schaute zum Fenster hinaus. Hinter der raumhohen Glasfront breitete sich der Potsdamer Platz aus. Beton und Asphalt waberten in der heißen Berliner Sommersonne. Der Anblick hatte etwas Verstörendes an sich, ähnlich wie ihr Traum.

Was um alles in der Welt hatte sie sich da bloß zurechtgesponnen? Ausgerechnet in der Firma? Ausgerechnet mit Erik? *Wie* grotesk! Sie verscheuchte die Gedanken daran. Zeit sich wieder der Realität zuzuwenden. Mit fester Stimme erklärte sie: »Können wir uns jetzt also bitte wieder auf die Kampagne konzentrieren? Planen wir die TV-Spots und Printanzeigen. Und bitte, ab sofort keine endlosen Diskussionen mehr über halbgare Aktionen. Derartige Debatten wirken auf mich so ...« Sie lehnte sich auf dem Stuhl zurück, konnte ein Lächeln nicht vermeiden. »... ermüdend.«

3

Das Telefon klingelte. Ed riss die Bettdecke über den Kopf, was das Rasseln nur unwesentlich dämpfte. Er schob die Hand ins Freie und tastete blindlings zum Nachtschränkchen, auf dem er zwei leere Gläser zu fassen bekam. Martini? Oder Gin Tonic? Ed wusste es nicht. Er schubste die Gläser beiseite. Ihr Klirren mischte sich unter das nervige Läuten. Endlich fand er den Telefonhörer. Unter der Decke glich seine Stimme einem heiseren Krächzen. »Ja, bitte?«

»Herr Baker, ein Anruf für Sie«, wurde ihm freundlichst mitgeteilt. »Einen Augenblick bitte, ich verbinde.«

Es knackte in der Leitung. Für ein, zwei Sekunden herrschte Stille. Mit der freien Hand massierte Ed seinen Nacken. Verdammt, dachte er. Wie kann man am frühen Morgen bloß so gute Laune haben?

»Also doch!«, polterte es plötzlich aus dem Telefon.

Die laute Stimme schmerzte in Eds Ohren. Er hielt den Hörer auf Distanz. »Wer ist da?«

»Ed, willst du mich veralbern?«

»Hagen, bist du das?«

»Natürlich, Hagen Bolten, dein Lektor höchstpersönlich. Ich versuche dich die ganze Zeit auf deinem Handy zu erreichen, aber es ist ausgeschaltet.«

»Natürlich«, gähnte Ed. »Hast du eine Ahnung, wie spät es ist?«

»Gleich zwölf Uhr. Mittags. Liegst du etwa noch im Bett?« Hagen prustete abfällig. »Ach, was frage ich ... Natürlich liegst du noch im Bett.«

Zwölf Uhr mittags? Ed holte angestrengt Luft. Es kam ihm vor wie sechs Uhr in der Frühe. *Viel zu früh!* Sein Körper fühlte sich an, als wäre er durch den Fleischwolf gepresst worden, und auf seinem Kopf hatte ein schwerer Hammer dazu den Takt angegeben. Mit anderen Worten: Eds Verfassung war auf dem Tiefpunkt. Ein guter Grund, auch den Rest des Tages im Bett zu verbringen. Doch irgendwie war Ed sich sicher, Hagen würde Einwände dagegen erheben. Er leckte sich die trockenen Lippen und fragte: »Woher weißt du, dass ich im *Adler* bin?«

»Du steigst *immer* in dem Hotel ab.« Hagen stieß ein freudloses Lachen aus. »Und ich möchte wetten, du bist auch diesmal nicht alleine.«

Ed blinzelte vorsichtig unter der Bettdecke hervor. Auf dem Kissen neben ihm schlummerte mit einem glückseligen Lächeln ... *Ja, wer eigentlich?* Ihr Name war ihm entfallen. Hieß sie Mandy? Oder Maren? Ed versuchte sich den gestrigen Abend im *Mesquiz* ins Gedächtnis zu rufen, was ihm nur bruchstückhaft gelang. Verdammt, es mussten eine Menge Drinks gewesen sein, die er mit seinen Kumpels Mike und Georg in ihrer Kreuzberger Stammkneipe getrunken hatte, bevor er mit ... *Maria!* Jetzt fiel es ihm wieder ein. *Jawohl, Maria, das ist ihr Name.*

In der Sonne, die zum Hotelfenster hereinstrahlte, breitete sich Marias Haar in einem Goldkranz auf dem Kissen aus. Ihre schmalen Schultern lugten unter der Bettdecke hervor. Bei dem

Anblick der nackten Haut kehrte schlagartig auch die Erinnerung an die letzte Nacht zurück. *Und wow, was für eine Nacht!* In dem raschen Anflug eines Déjà-vu glaubte Ed wieder Marias Finger zu spüren, wie sie seinen Oberschenkel hinauf, zwischen seine Beine gekrochen waren und – er hielt den Atem an. Es war keineswegs nur sein verkaterter Verstand, der ihm die Erinnerung an zärtliche Berührungen vorgaukelte. Marias fordernde Hand war ganz und gar real – und sie fühlte sich noch immer ziemlich gut an.

Während Ed sich an den Empfindungen erfreute, die in seinem Unterleib erwuchsen, drang Hagens Stimme wie aus weiter Entfernung an sein Ohr. »Und? Habe ich recht?«

»Äh?!«, machte Ed und bemühte sich, sich auf die Worte des Anrufers zu konzentrieren. »Womit?«

»Bist du in Begleitung oder nicht?«

Verstohlen schielte Ed zu Maria. Die junge Blondine lag unverändert neben ihm, die Augen geschlossen, ein verschmitztes Schmunzeln auf den Lippen, als würde sie auf süßen Wolken durch ein Traumreich gleiten. Nur ihre Finger, die sich unbemerkt unter Eds Decke gestohlen hatten und dort nun mit kunstfertigen Griffen seine Weichteile verwöhnten, ließen keinen Zweifel daran, dass sie ihm die schlafende Elfe nur noch vorspielte.

Auch Ed bekam wieder Lust auf ein Spiel. Und seine Kopfschmerzen waren erstaunlicherweise wie fortgeblasen. »Hör mal, könnten wir nicht …«

»Was?«, fiel ihm Hagen ins Wort. »Später reden?«

»Ja, das …« Plötzlich rutschte Marias warme Hand noch ein Stück höher und Ed schnappte nach Luft. »… finde ich … gut.«

»Eigentlich hatten wir uns zum Frühstück verabredet.«

»Heute?«, keuchte Ed.

»Ja.«

»Wann?«

»Vor einer Stunde!«

»Tatsächlich?« Ed seufzte.

»Ed, geht es dir gut?«

»Ja, ja«, beeilte er sich zu sagen. »Es ist nur gerade ungünstig, dass du ...« Verwundert stellte er fest, dass Maria neben ihm verschwunden war. Er lupfte die Decke einen Spalt und entdeckte ihren Kopf zwischen seinen Beinen. Mit ihren weichen Lippen umschloss sie seine Erektion. Ein Schmatzen entrang sich ihrem Mund. Ed lächelte versonnen. Er liebte dieses Geräusch. Er schloß die Augen, genoss das Saugen und ...

»Eduard!«, schimpfte Hagen. Und noch einmal: »Eduard!«

Noch in derselben Sekunde verflüchtigte sich Eds Erregung. »Ach, verdammt!«

Sofort hielt auch Maria in ihrem Bemühen inne. Ihr Kopf kam unter der Decke zum Vorschein. Mit großen, blauen Augen musterte sie ihn. »Habe ich etwas falsch gemacht?«, flüsterte sie.

Ed schüttelte den Kopf. Es war sein Lektor, der ihm die Lust verdorben hatte. Erst sein Anruf, dann dieser Name – *Eduard*. Dabei wusste Hagen ganz genau, wie sehr Ed es verabscheute, wenn man ihn beim vollen Namen nannte. Kein Mensch hieß heutzutage noch Eduard und schon gar kein Schriftsteller. Eduard Bäcker. *Was für ein entsetzlicher Name!* Weswegen er sich Ed nannte. Ed Baker.

Trotzdem wiederholte Hagen erneut den alten Namen, wobei er das *E* derart schrill dehnte, dass es augenblicklich wieder hinter Eds Schläfen zu schmerzen begann. »Eeeeeeduard, ich rede mit dir!«

»Das höre ich«, schnauzte Ed. »Und worüber?«

»Als wenn du dir das nicht denken könntest. Über deinen Roman.«

Ed sog scharf die Luft in die Lungen. »Ich habe dir doch gesagt, ich arbeite daran.«

»Das erzählst du mir seit einem Jahr. Und wann bekomme ich ihn endlich zu lesen?«

Ed stieß die Luft mit einem Stöhnen aus seiner Lunge. Seine Hand streichelte Marias blondes Haar. Sie verstand es als Aufforderung und ihr Kopf versank wieder unter der Decke.

»Nicht jetzt«, hörte Ed sich sagen.

Hagen gab einen missfälligen Ton von sich. Vielleicht war es aber auch ein Fluchen, so genau hörte Ed nicht zu. »Meinetwegen. Ist dir heute Abend lieber?«

Die Worte gingen in Marias verführerischem Schmatzen unter. »Ja«, meinte Ed. »Das ist gut.«

»20 Uhr. Im *Brenner?*«

»Ja, ja«, ächzte Ed.

»Kann ich mich diesmal auf dich verlassen?«

Marias blonde Mähne kam zum Vorschein. Sie legte ihr Kinn auf Eds nackte Brust und lächelte ihn an. Etwas Speichel troff von ihren Lippen. »Soll ich weitermachen?«

»Auf jeden Fall!«, sagte Ed und legte auf.

Maria neigte skeptisch den Kopf. »Musst du jetzt gleich weg?«

»Etwas Zeit habe ich noch.«

»Etwas?«

Eds Hände umfassten ihre kleinen Brüste, die sich wunderbar warm und weich anfühlten wie ein Paar in der Sommersonne gereifte Äpfel. »Nun, bestimmt bis heute Abend um 8.«

4

Anderthalb Stunden später verließ Laura endlich den Konferenzraum. Im Flur stellte sich ihr Markus, der Art Director, in den Weg. »Laura, hast du kurz Zeit?«

»Nein, tut mir leid.« Das Meeting hatte sie mehr Zeit gekostet als geplant.

»Nur fünf Minuten.«

Sie hastete bereits den Flur entlang. »Markus, nicht jetzt.«

»Es geht um den *Fujitaksi*-Auftrag.«

»Der muss erst in zwei Wochen fertig sein. Der kann warten.«

»Kannst du dir nicht wenigstens kurz ...«

»Markus«, rief sie. »Ich sagte: *Er kann warten!*«

»Was ist denn so wichtig, dass du ...«

Sie stoppte, drehte sich um. Markus war von kleiner Gestalt und trug bevorzugt Shorts zu Flip-Flops, was ihn noch schmächtiger wirken ließ. »Was so wichtig ist? Ich sag's dir: In meinem Büro liegt noch immer die Tagespost – ungelesen. Etwa drei Dutzend Mails befinden sich auf meinem Rechner – unbeantwortet. Darunter übrigens auch eine Beschwerde von *Emtex*. Du weißt schon, oder? *Emtex*, der Chemieriese, dessen Printanzeige dir ... ich drücke es mal vorsichtig aus ... missraten ist.« Sie holte Luft. »Bevor ich es vergesse: Zwei Exposés müssen noch geschrieben werden, die ein Auftragsvolumen in sechsstelliger Euro-Höhe versprechen. Damit wollen wir den *Emtex*-Ausfall auffangen.«

Ohne ein weiteres Wort eilte sie davon. In Gedanken formulierte sie bereits die ersten Zeilen der Konzepte, während sie in ihr Büro trat. Sie wunderte sich, warum die Tür offen stand. Dann erstarrte sie.

In einem der Schalensessel vor ihrem Schreibtisch saß ein älterer, grauhaariger Herr in akkurat gebügeltem Zweireiher und blitzblank geputzten Schuhen.

»Dr. Filius«, entfuhr es Laura.

Dr. Berthold Filius zuckte zusammen. Für einen Moment rechnete Laura damit, dass der leitende Geschäftsführer von *FiliCon* sich an die Brust griff, aufstöhnte und mit einem Herzinfarkt zu

Boden glitt. Doch stattdessen erhob er sich und reichte ihr galant die Hand. »Meine Güte, haben Sie mich erschreckt.«

»Entschuldigen Sie.« Laura drückte die Tür in den Rahmen, umrundete den Schreibtisch und ließ sich dahinter nieder. »Ich wusste nicht, dass Sie ...«

»... geschlafen haben?« Er zwinkerte ihr zu.

Das Blut schoss Laura in den Kopf. »Nein, nein, das meinte ich nicht.«

»Selbst wenn ich wollte.« Dr. Filius winkte ab. »Hier könnte ich nicht schlafen.« Er deutete mit einem Kopfnicken auf den Schalensitz unter sich. »Auf diesen neumodischen Stühlen ist Schlaf unmöglich.« Wie zum Beweis rutschte er unruhig auf dem Plastik herum. »Wo zum Teufel haben Sie bloß diese unpraktischen Teile her?«

»Geschenk eines Kunden.«

»Hätte ich mir denken können.« Dr. Filius schnaubte. »Unglaublich, dass wir dafür auch noch Werbung gemacht haben.«

»Sehr erfolgreich sogar.«

»Pah.« Dr. Filius verlagerte sein Gewicht von einer Körperhälfte auf die andere, erhob sich kurz, rieb sich den Po, bevor er sich abermals niederließ.

Allerdings waren die beiden Plastiksessel das einzig »Neumodische« in Lauras Büro – und letztlich nur ein notwendiges Übel, da sie dem treuen Agenturkunden, der sie ihr geschenkt hatte, nicht vor den Kopf hatte stoßen wollen. Ansonsten hatte sie bei der Einrichtung aber auf Behaglichkeit, Wärme und natürlich Bequemlichkeit gesetzt: Mit seinen Biedermeierschränken, nussbaumfarben und mit kunstvollen Intarsien verziert, hob der Raum sich deutlich vom ansonsten auf Funktionalität ausgerichteten Mobiliar der Agentur ab. Selbst der wuchtige Schreibtisch in der Zimmermitte erinnerte mehr an einen Sekretär, bei dessen Anblick Laura auch noch heute wünschte, sich einfach nur dahinterzusetzen, behaglich, entspannt, ohne zu arbeiten. Nur sitzen und genießen. Auch wenn das natürlich nur selten möglich war.

Mit einem schnellen Blick überflog sie jetzt ihren Schreibtisch. Es würde bereits einige Zeit erfordern, die Berge an Briefen und Akten zu bearbeiten. Aber dass der *FiliCon*-Geschäftsführer sie jetzt aufgesucht hatte, weckte in ihr die Befürchtung, dass der Feierabend in noch weitere Ferne rücken würde. Ganz bestimmt war Dr. Filius nicht gekommen, um mit ihr über die Bequemlichkeit der Büromöbel zu plaudern. Seit das Gerücht die Runde machte, er denke über seinen Ruhestand nach, ließ er sich nur noch selten außerhalb seiner eigenen vier Wände blicken. Im Grunde nur, wenn es sehr, sehr wichtig war.

War ihm etwa ihr Nickerchen während des Meetings zu Ohren gekommen? Erklärte dies sein spitzbübisches Zwinkern von eben? Hatte sich gar Erik über sie beschwert?

»Ich weiß, was Sie denken.« Dr. Filius räusperte sich. »Sie nehmen an, ich sei hier, weil ich Sie wegen des Meetings zur Rede stellen möchte.« Er lachte auf. »Vergessen Sie's. Ich finde, irgendein Sonderrecht müssen wir als leitende Angestellte doch haben dafür, dass wir die Verantwortung tragen.« Er grinste sie an. »Wenn es sich dabei um ein Nickerchen während eines Meetings handelt – geschenkt. Gott, wie ich diese langweiligen Konferenzen hasse. Was glauben Sie, wie oft ich zeit meines Lebens während der Sitzungen eingeschlafen bin?«

Dr. Filius gab ihr keine Möglichkeit zur Antwort. Wieder ernst geworden fuhr er direkt fort: »Ich möchte mit Ihnen über ...« Er zögerte, fuhr sich durchs Haar, rieb sich das spitze Kinn. Manchmal wirkte er damit wie ein Hase. Hinter vorgehaltener Hand nannten ihn die Kollegen gerne auch den *alten Hasen*. »... meine Nachfolge reden.«

Laura runzelte die Stirn. Etliche Gerüchte über seinen Nachfolger hatten nach Bekanntwerden seiner Pläne die Runde gemacht, ohne dass wirklich ein Name heiß gehandelt worden war. Gerade weil Dr. Filius sich zuletzt rar auf den Gängen von *FiliCon* gemacht hatte, rechnete inzwischen jeder damit, dass er eine Person von außerhalb auf seinen Posten bestellte.

»Dr. Filius«, sagte Laura, »es wird viel erzählt, und nicht jeder ist damit einverstanden. Aber …«

»Laura«, warf Dr. Filius ein.

»… ich möchte Ihnen versichern, dass ein externer Chef für mich kein Problem darstellt. Ich respektiere Ihre Entscheidung und werde auch in Zukunft …«

»Laura«, wiederholte er.

»… alles daransetzen, dass der Name *FiliCon* für Qualität steht.«

»Sind Sie fertig?«

»Es ist nur, dass ich …«

Sie brach ab, weil er unwirsch mit der Hand winkte. »Was reden Sie denn da?«

»Es heißt, Sie …«

»Papperlapapp«, knurrte er. »Ich weiß, was für Gerüchte im Umlauf sind.« Er erhob sich von dem unbequemen Schalensitz, beugte sich über den Schreibtisch und reichte ihr die Hand. »Herzlichen Glückwunsch, Laura.«

»Wozu?«

»Zu Ihrer Kreativität, Ihrer Weitsicht, Ihrer Entschlossenheit, Ihren Erfolgen. Niemand repräsentiert die Firma nach außen hin so gut wie Sie.« Der alte Herr strahlte übers ganze Gesicht. »Sie sind, erlauben Sie mir diese Bemerkung, eine interessante Persönlichkeit. Deshalb…« Er machte eine bedeutungsschwangere Pause. »Deshalb kann ich mir nichts Besseres vorstellen: Sie, Laura, Sie übernehmen meine Nachfolge.«

5

»Sie scherzen?«, fragte Laura. Dr. Filius grinste noch immer von einem Ohr zum anderen. »Wäre es Ihnen lieber, ich treibe Spaß mit Ihnen?«

»Keineswegs.«

»Also: Wollen Sie den Job?«

Was für eine Frage! Sie nickte und nahm nur beiläufig wahr, dass er nach wie vor ihre Hand mit seinen Fingern umschlossen hielt, sie schüttelte und schüttelte. »Hervorragend«, sagte der Chef. »Dann habe ich auch gleich eine erste Aufgabe für Sie: Die Präsentation bei *Girandex* morgen Abend übernehmen Sie bitte für mich.«

Laura fühlte sich wie überrollt von den Ereignissen.

»Das ist doch in Ordnung für Sie, oder?«

»Natürlich«, pflichtete Laura bei. Es war schließlich nicht ihre erste Präsentation vor Kunden, obschon die erste ohne Dr. Filius an ihrer Seite. Was ihr allerdings Kopfschmerzen bereitete: »Sollten wir nicht vorher den Kollegen ...«

»Papperlapapp«, brummte er. »Die zerreißen sich ch seit Wochen den Mund.« Er bewegte sich Richtung Tür. »Die Belegschaft werde ich nächste Woche ganz offiziell in einer gemeinsamen Sitzung über meine Entscheidung unterrichten.«

»Wie Sie möchten: Es ist Ihre Entscheidung.«

»Das ist es«, nickte Dr. Filius und verließ den Raum. Die Tür ließ er offen stehen. Er war gerade im Fahrstuhl verschwunden, als Erik um die Ecke bog und direkten Kurs auf ihr Büro nahm. Ihr Kollege winkte nonchalant. Hastig sprang sie hinter dem Schreibtisch hervor.

»Keine Zeit«, rief sie noch und verschloss die Tür, geradewegs vor Eriks verdutztem Gesicht.

Keine Zeit.

So, wie sie sich in diesem Moment fühlte, beschwingt, aufgewühlt, durcheinander, wollte sie lieber allein sein. Zumal sich nun, da die erste Welle der Euphorie über sie hinweggeschwappt war, plötzlich auch Zweifel zu Wort meldeten. *Du als Geschäftsführerin?* War sie dieser Verantwortung überhaupt gewachsen?

Ach, verflucht, was soll's! Als Dr. Filius sie vor sieben Jahren zu seiner Stellvertreterin erkoren hatte, hatte sie ohne zu zögern in das Angebot eingewilligt. Sie hatte geglaubt, niemals wieder eine Chance wie diese zu bekommen. Sie war überzeugt gewesen: Niemals würde es noch etwas Besseres für sie geben. *Und jetzt das! Was für ein Erfolg!* Und den hatte sie sich auch verdient. Mit ihrer Überzeugung, der Weitsicht und ihrer Entscheidungskraft würde sie auch die neue Herausforderung meistern, genau wie Dr. Filius gesagt hatte. Was wohl ihr Mann Klaus dazu sagen würde?

Sie überflog die Post, die sich auf ihrem Schreibtisch stapelte, beantwortete die wichtigsten Mails, erstellte eine Rohfassung des ersten Exposés. Das zweite Konzept würde sie daheim beginnen. Jetzt drängte es sie immer mehr, mit Klaus über Dr. Filius' Angebot zu reden. Sie rief zu Hause an, erreichte aber nur Theodora. Aus einer Eingebung heraus bat sie die Haushälterin: »Können Sie uns heute etwas Besonderes zum Abendessen machen?«

»Haben Sie einen Wunsch?«

»Lassen Sie sich etwas einfallen.«

»Gibt es etwas zu feiern?«

»So könnte man es sagen.«

Gegen 19 Uhr, früher als geplant, machte Laura Feierabend. Wie immer um diese Zeit herrschte in den benachbarten Büros noch Betrieb. Grafiker hockten in der Dunkelheit hinter flimmernden PC-Monitoren, weil sie, konzentriert wie sie waren, nicht mitbekommen hatten, dass die Sonne mittlerweile untergegangen war. Sie wirkten wie bleiche Zombies, die sich von erkalteter Pizza ernährten, während auf wundersame Weise Printanzeigen und Werbebroschüren auf den Bildschirmen entstanden. Im Kopierraum jagte unterdessen eine Praktikantin einen Stapel Papier durch die Maschine. Bei jedem weiteren Kopiervorgang blinkte unter ihrem bauchfreien Top ein Nabelpiercing auf.

Unweit der Küche standen einige Kollegen bei einem Glas Wein zusammen. Es war ein tägliches Ritual, nicht nur bei *FiliCon*. Rotwein, Small Talk und ein paar Lästereien zum Feierabend gehörten zu Werbeagenturen ebenso wie Folder und Broschüren. Nicht selten endete der Abend mit einem Umtrunk in der Lieblingskneipe, dem *Spitz* direkt um die Ecke. Laura genehmigte sich einen Schoppen, stimmte in das Lachen ein, aber ins *Spitz* folgte sie ihren Kollegen nicht. Sie nahm den Fahrstuhl hinab ins Erdgeschoss, bevor sie sich durch die Touristenmassen am Potsdamer Platz zur U-Bahn drängelte.

Sie besaß zwar ein Auto, aber der Wagen verbrachte die meiste Zeit daheim in der Garage. Obwohl sie den BMW schon fünf Jahre ihr Eigen nannte, zählte er gerade mal 30.000 gefahrene Kilometer. Sie fuhr lieber mit der U-Bahn. In den öffentlichen Verkehrsmitteln erlebte sie die Stadt, die Menschen, studierte ihr Verhalten, ein abwechslungsreiches Vergnügen, das sie als nie versiegende Quelle für Kreativität empfand. Heute allerdings interessierte sie sich nicht für das hektische Gewusel. Je näher sie Zehlendorf kam, umso mehr wuchs ihre Vorfreude. Ihr kam es so vor, als dauerte die Fahrt mit der Bahn heute länger als sonst. Herrgott, wann war sie endlich daheim? Was Klaus wohl sagen würde? Als sie ihn vor sieben Jahren mit der Nachricht ihrer Beförderung überrascht hatte, hatte er sie hochgehoben, mit einem wilden Tanz durchs Haus getragen und sie anschließend spontan zum Essen entführt.

Vor ihrem Haus im Quermatenweg blieb sie stehen. Die Garagen schmiegten sich unscheinbar an die große Villa, die sie und

Klaus vor sechs Jahren erworben hatten. Auf Anhieb hatten sie sich in das Gebäude verliebt. Mit seinen Erkern und Spitzbögen wirkte es wie ein Palazzo aus der italienischen Provinz, in der sie ihre Flitterwochen verbracht hatten. Genauso wie in Parma blühten in dem ausladenden Garten rings um das Haus Bougainvilleen und andere exotische Pflanzen, die jetzt von vereinzelten Laternen wie mysteriöse Erscheinungen enthüllt wurden. Für Laura waren sie das auch, kleine Wunder, denn obwohl ihr der Gärtner schon mehrmals seine Pflegearbeit erklärt hatte, hatte sie es trotzdem nie verstanden. Es machte ihr nichts aus. Ihr genügte der Stolz, den sie beim Anblick des Gartens empfand. Die prächtig blühenden Pflanzen waren ein Symbol für ihr Leben, heute mehr denn je.

6

Ed hatte das *Brenner* kaum betreten, da bemerkte er schon Hagen Boltens miesepetriges Gesicht. Der Lektor hockte an einem Tisch in der hinteren Ecke der Friedrichshainer In-Kneipe, wo er sich krampfhaft an einem Selters festhielt. Anders als Ed trank Hagen immer nur Wasser, weshalb er niemals verstehen würde, wie man sich fühlte, wenn eine Nacht mit viel Martini, Gin Tonic und einer Frau wie Maria hinter einem lag.

Ungeduldig richtete sich Hagens Blick auf Ed, der sich durch das Lokal auf ihn zu bewegte, dabei aber lieber kehrtgemacht hätte. Allein die Vorstellung, sich jetzt noch zwei, drei Stunden mit seinem Lektor auseinandersetzen zu müssen, ließ die Kopfschmerzen vom Morgen erneut aufleben. Doch Ed quälte sich schicksalsergeben weiter und sank schließlich auf einen der Kunstledersitze, die dem *Brenner* einen Hauch von Exklusivität geben sollten.

Hagen prüfte abschätzig die Anzeige seiner Rolex. »Naja, pünktlich ist was anderes.«

»Ich wurde aufgehalten«, sagte Ed und erlaubte sich einen letzten, tröstlichen Gedanken an Maria, deren Hunger auch nach Stunden noch nicht gesättigt gewesen war. Wenn es nach dem Willen der jungen Blondine gegangen wäre, hätte Ed eine weitere Nacht im *Adler* verbracht.

Doch jetzt saß er im *Brenner*, einer jener Kneipen Friedrichshains, in denen sich bei Neonlicht und gedämpfter Ambient-Musik der kreative Nachwuchs Berlins traf – oder jene, die sich dafür hielten. Ed fühlte sich unwohl in diesem Schuppen, schon seit Monaten. *Du hast allen Grund dazu,* mahnte eine Stimme in ihm. In den letzten Wochen hatte er nur noch selten einen Abstecher ins *Brenner* unternommen; Ed ging den Problemen lieber aus dem Weg.

»Ed?«, drang Hagens Stimme durch das Kneipengemurmel.

Ed richtete seine Augen zurück auf den Lektor. »Bitte, was?«

»Ich fragte, ob ich dich heute Mittag bei etwas gestört habe?«

»Nein, nein«, antwortete Ed. »War schon in Ordnung.«

Hagen lächelte gequält.

»Wirklich, es war in Ordnung«, versicherte Ed.

Hagen setzte zu einer Erwiderung an, aber der Kellner rettete Ed – zumindest für den Augenblick. Er bestellte einen Martini, in der Hoffnung, dass der Hagens Standpauke erträglicher machen würde.

»Verdammt, Ed, das geht so nicht weiter!«, blaffte der Lektor, als der Kellner zurück zur Theke schlurfte. »Du musst …«

Ed ließ ihn nicht ausreden. »Ich sagte dir doch schon, ich arbeite an meinem neuen Roman.«

»Und ich sagte dir, das bekomme ich seit zwölf Monaten von dir zu hören.«

»Hagen, das alles ist nicht so leicht.«

»*Das Opfer* damals ist dir doch auch leichtgefallen.«

»*Das Opfer*«, wiederholte Ed angewidert. »Das war was anderes.«

»Ach ja?«

»Verdammt«, fluchte Ed. »Hast du eine Ahnung, wie das ist, wenn der Lektor den Autor ständig drängelt?«

»Nein, aber ich weiß, wie es ist, wenn der Verleger den Lektor drängelt, weil dessen Autor nicht aus dem Quark kommt.«

»Dann sag ihm …«

»Ich habe keine Ahnung, was ich ihm noch sagen soll«, unterbrach Hagen. »Irgendwann gehen mir die Argumente aus. Dann musst du endlich etwas liefern für dein Geld. Übrigens eine Menge Geld, dafür dass der Verleger seine Zweifel daran hatte, dass du überhaupt noch eine Zeile zu Papier bringst.«

Der Kellner servierte den Drink und Ed trank die Hälfte in einem Zug.

Hagen fuhr fort: »Deinen Vertrag – und deinen üppigen Vorschuss, das nur am Rande – hast du einzig bekommen, weil ich beim Verleger ein gutes Wort für dich eingelegt habe. Also blamier mich bitte nicht.«

»Ja«, sagte er, weil ihm nichts Besseres einfiel. Er leerte sein Martini-Glas mit einem zweiten Schluck und gab dem Kellner ein Zeichen: »Noch einen.«

Hagen runzelte die Stirn. »Gib uns endlich etwas zu lesen. Meinetwegen nur die ersten Kapitel, egal, Hauptsache der Verleger sieht endlich, dass sein Geld bei dir richtig angelegt ist.« Hagen machte eine kurze Pause. Weil Ed schwieg, fuhr er fort: »Damit wir uns richtig verstehen: Ich für meinen Teil bin davon überzeugt, dass das Geld bei dir richtig angelegt ist. Die Idee zu deinem Roman klang äußerst interessant, ein Roman über das Berlin der 20er Jahre, mondänes Theater, glamouröse Revuen, exzessives Vergnügen, der Aufbruch in eine neue Zeit … Wenn ein Buch den Nerv unserer heutigen, kriselnden Gesellschaft trifft, dann doch wohl dieses.«

»Richtig«, pflichtete Ed bei. »Aber so ein Buch schreibt sich eben nicht von heute auf morgen. Es muss gut recherchiert sein. Das braucht Zeit.«

Hagens Gesicht verfinsterte sich. »Meine Güte, du hattest alle Zeit der Welt und, naja, auch genug Geld.« Er hielt kurz inne, durchbohrte Ed mit einem noch düstereren Blick. »Aber beides vergeudest du mit deinen andauernden Frauengeschichten.«

»Was gehen dich meine Frauengeschichten an?«, schimpfte Ed.

»Solange ich dir dafür ständig Alibis liefern muss, sehr viel!«

»Ich dachte, du bist mein Freund?«

Hagen schüttelte den Kopf. »Dafür, mein Freund, verlangst du ziemlich viel von mir.«

»Was ist denn groß dabei?«

»Das fragst du mich?« Hagen lachte auf. »Als ob du nicht wüsstest, wie schwer es mir fällt, über deine Affäre mit Nadja hinwegzusehen. Aber gut, ich verstehe deine Situation und, naja, akzeptiere sie – notgedrungen.« Er beugte sich über den Tisch. »Aber wenn ich Elisabeth jetzt auch noch wegen anderer Frauen ständig belügen muss, nein, das kann ich auf Dauer nicht.«

»Was zerbrichst du dir den Kopf?«, unterbrach Ed. »Elisabeth ist *meine* Frau, nicht *deine*.«

Hagen hämmerte wütend mit der Faust auf den Tisch. »Du hast wohl vergessen, dass sie ...«

Der Kellner räusperte sich verhalten, als er neben ihnen auftauchte. Er servierte den Martini, den Ed in einem Zug leerte. Der Alkohol spülte das schlechte Gewissen fort. Er winkte dem Ober. »Noch einen, bitte!«

Hagen funkelte ihn zornig an. »Und über deine Sauferei müssen wir auch noch reden.«

»Ich saufe nicht!«, protestierte Ed.

»Du säufst und du hurst herum – das ist die Wahrheit! Ich frage dich: Wann fängst du endlich an zu schreiben?«

»Ich sagte dir doch, ich …«

Ed verstummte erschrocken, weil Hagen sich abrupt vorbeugte. Sein Körper ragte über den Tisch. Seine Nase schwebte wenige Zentimeter vor Eds Gesicht. »Mir ist herzlich egal, was du mir sagst«, knurre Hagen. »*Ich* sage dir: Bis Freitag lieferst du mir die ersten fünf Kapitel deines Romans.«

»Fünf Kapitel?« Eiligst überschlug Ed, wie viele Kapitel er bereits verfasst hatte. Wenig überraschend wollte ihm kein einziges einfallen. *So ein Buch schreibt sich nicht von heute auf morgen. Das braucht Zeit.*

»Fünf Kapitel«, wiederholte Hagen. »Ansonsten muss ich dir den Vertrag kündigen. Du weißt, was das bedeutet, oder?«

»Ja«, würgte Ed hervor, der nicht darüber nachdenken wollte.

Doch sein Lektor war unerbittlich. »Dann wirst du dem Verlag deinen Vorschuss zurückbezahlen müssen.« Er lachte auf, spöttisch, gehässig. »Was du natürlich nicht kannst, richtig? Weil du ihn längst verjubelt hast?« Er warf einen Geldschein auf den Tisch und erhob sich. Bevor er zur Tür stapfte, klopfte er Ed auf die Schulter. »Ach so, und was das andere betrifft: Natürlich werde ich Elisabeth, *deiner* Gattin, *meiner* Schwester, endlich reinen Wein einschenken. Und danach …« Hagen schüttelte mitleidig den Kopf. »Danach kannst du zusehen, wie du deine Drinks und Affären bezahlst.«

7

Beschwingten Schrittes betrat Laura das Haus. Das Klackern ihrer Absätze auf dem Marmorboden hallte durch das Foyer, ein fröhlicher Trommelwirbel zur Begrüßung. Sie schaute sich um.

Links ging eine Tür zum Speiseraum und dem dahinterliegenden Wohnzimmer ab. Nach rechts führte ein Gang zu den Garagen. Gerade vor ihr, flankiert von zwei raumhohen Zimmerpalmen, schwang sich die Treppe nach oben in die erste Etage, wo sich die Schlafzimmer, der Ankleideraum, die Arbeitszimmer und die zwei Bäder befanden.

In einer Nische neben der Treppe war eine kleine Garderobe eingelassen. Dort konnte sie aber keinen Hinweis entdecken, keine Schuhe, keine Jacke. »Ist mein Mann noch nicht zu Hause?«, fragte sie Theodora.

»Er ist in seinem Arbeitszimmer.«

Jetzt roch Laura den würzigen Duft von Bratensoße. Theodora sagte: »Ich habe das Abendessen vorbereitet. Soll ich es servieren?«

»Gerne.«

Laura eilte die geschwungene Treppe hinauf in die obere Etage. Aus dem Arbeitszimmer drang das klappernde Geräusch einer Tastatur. »Klaus?«

»Mhm.«

»Wie war dein Tag?«

»Gut.«

»Kommst du zum Essen?«

»Mhm.«

Sie trat zu ihm ins Zimmer. Der Raum versank in einem wüsten Durcheinander aus Akten und Ordnern. Klaus erledigte einen Teil seiner Arbeit daheim. Laura wollte ihm nicht vorschreiben, wie er diese zu erledigen hatte. Aber sie legte sehr viel Wert darauf, dass der Rest des Hauses von dem Chaos verschont blieb. Sie hatte viel Zeit und Gedanken in das wohnliche Ambiente ihrer Villa investiert.

Sie gab Klaus einen Kuss auf die Wange. Er tippte weiter.

»Es gibt was zu feiern.«

»Ah ja?«

»Ich habe eine gute Nachricht.«

»Schön.«

»Willst du nicht wissen was?«

»Doch, doch, gleich.« Klaus hämmerte noch immer auf die Tastatur ein. Laura warf einen Blick auf den Monitor. Er schrieb einem seiner Freunde, mit denen er sich zwei Mal im Monat am Wochenende zum Golf traf. »Muss nur noch diese Mail schreiben. Ist wichtig.«

Achselzuckend ging Laura wieder hinab ins Speisezimmer. Der Raum war nicht sonderlich groß, gerade ausreichend für einen Tisch, der ihnen beiden und gelegentlich einigen Gästen Platz bot. Wie das gesamte Untergeschoss war er mit Marmorfließen ausgekleidet. Von der Decke hing ein schwerer Kronleuchter, den Laura in einem Berliner Auktionshaus günstig erstanden hatte. Das flirrende Licht verteilte sich über die mandelfarben gestrichenen Wände. An der rückwärtigen Wand hing ein großes Ölbild. Es zeigte Laura und Klaus direkt nach der Hochzeit, gemalt von einem Freund, dem stadtbekannten Maler Devon.

Theodora hatte bereits den Tisch gedeckt. Ein festlicher Anblick mit dem Strauß gelber Rosen und den flackernden Kerzen, zwischen denen die Suppe von den Tellern dampfte. Aber weil sich Klaus auch nach fünf Minuten noch nicht blicken ließ, begann Laura alleine zu essen. Erst als die Haushälterin den Hauptgang servierte, Hirschragout mit Knödel und Blumenkohl, tauchte er schließlich auf.

»Mann, was für ein Tag«, stöhnte er, während er auf den Stuhl sank und begann, die inzwischen erkaltete Suppe zu löffeln. »Du glaubst ja gar nicht, was bei uns in der Firma los ist.«

Klaus war Vertriebsleiter in einem großen Lebensmittelkonzern, für den er nicht nur die Lieferung an fast alle Discounter in Deutschland koordinierte, sondern auch die Werbung plante. Als

FiliCon vor 15 Jahren den Auftrag erhalten hatte, eine Anzeigenserie zu entwerfen, hatten sie sich kennengelernt. Sie waren sich sympathisch gewesen, er hatte sie zum Essen eingeladen und dabei war es um sie beide geschehen. »Wieso?«, fragte sie. »Was ist denn passiert?«

»Das ist ein Haufen Chaoten. Da weiß die linke Hand nicht, was die rechte macht. Manchmal glaube ich, dass …« Er stockte, nahm zum ersten Mal von dem feierlich gedeckten Tisch, dem guten Porzellan und dem Hirschragout Notiz. »Gibt es heute was zu feiern?«

Bevor Laura etwas erwidern konnte, schlug sich Klaus mit der flachen Hand gegen die Stirn: »Aber natürlich. Du hast davon gesprochen.«

»Ich dachte schon, du hättest mir nicht zugehört.«

»Ach, Schatz.« Er schob sich einen Löffel Suppe über die Lippen. »Du weißt doch, wie das ist … die Arbeit.«

»Natürlich, die Arbeit.« Laura legte die Gabel zur Seite, mit der sie gerade einen halben Knödel hatte aufspießen wollen. »Du meinst wohl eher die neuen Schläger für deine Golfpartie am Sonntag.«

Klaus hob pikiert die linke Augenbraue. Er setzte zu einer Antwort an, schüttelte dann aber nur den Kopf, schaufelte sich die Hauptspeise auf den Teller und begann schweigend zu essen. Erst nach einer Weile fragte er: »Und was nun? Was gibt es zu feiern?«

Laura stocherte freudlos in ihrem Essen herum. »Ach, nichts.«

»Nichts?«

Nicht nur der Appetit war ihr vergangen.

»Nun komm schon«, drängelte er. Er nahm eine zweite Portion Hirschragout. »Ich höre.«

Sie gab sich einen Ruck. »Dr. Filius hat mich gefragt, ob ich seine Nachfolge übernehmen möchte.«

»Dr. Filius?«

»Mein Chef. Der Geschäftsführer von *FiliCon.*«

Klaus spitzte amüsiert die Lippen. »Etwa der alte Hase?«

»Ja.«

»Ich dachte, der wäre schon längst im Ruhestand.«

»Nein, ich hab dir nur davon erzählt, dass er mit dem Gedanken spielt.«

»Und jetzt ist es soweit?«

»Ja.«

Klaus lächelte sie an. »Na, das ist toll. Das freut mich.«

»Was?«

Klaus aß weiter. »Dass er in Ruhestand geht.« Er stieß auf. »Und dass du seinen Job übernimmst. Geschäftsführerin. Unglaublich.« Er legte das Besteck beiseite. »Habe ich dir übrigens schon erzählt, das unser Chef kürzlich angefragt hat, ob wir nicht Kontakt zu chinesischen Großhändlern aufnehmen sollten? Ist das zu fassen? Chinesen! Ausgerechnet jetzt! Lebt er hinter dem Mond?« Klaus lachte auf, wischte sich den Mund an der Serviette ab. »So, mein Schatz. Danke dir für das Essen. Es war hervorragend. Aber jetzt muss ich noch einiges für Samstag erledigen.« Er erhob sich, umrundete den Tisch, beugte sich zu ihr hinab.

Laura wich seinem Kuss aus.

Er verzog die Lippen. »Ist was?«

Laura holte Luft. Dann schüttelte sie den Kopf. »Nein, Klaus, alles ist in Ordnung.«

8

Aber nichts war in Ordnung. Laura schreckte japsend aus dem Schlaf. Eine kalte Hand lag auf ihrem Oberschenkel.

»Laura«, schlängelte sich eine Stimme durch die Dunkelheit des Schlafzimmers. Es brauchte einige Sekunden, bis sie wach war und begriff, dass es sich um Klaus handelte, dessen Finger wie eine Spinne über ihren Schenkel krochen.

»Wie spät haben wir?«

»Kurz nach eins.«

»Ich hab schon geschlafen.«

»War nicht zu überhören.« Wieder ein Kichern. »Du hast geschnarcht.«

Wenn das ein Versuch war, sie zu verführen, dann war er plump. Genauso wie seine Finger, die jetzt auf den Innenseiten ihrer Schenkel unweit ihrer Scham ruhten.

»Laura«, nuschelte er.

Seine Stimme klang seltsam. »Hast du getrunken?«

»Ein Bier.« Er kicherte. »Oder zwei.«

Seine kalte Hand schob sich ihr Becken hinauf, erreichte den Ansatz ihrer Brüste. Eine Gänsehaut überzog sie. Laura fröstelte, drehte sich zur Seite und schlang die Decke fester um sich. Er folgte ihrer Bewegung. »Meine kleine Geschäftsführerin«, flüsterte er.

Offenbar hatte er doch einen Teil ihrer Unterhaltung am Esstisch mitbekommen. Aber das war noch lang kein Grund für einen Freifahrtschein. So einfach wollte sie es ihm dann doch nicht machen. Wollte sie überhaupt? Es war mitten in der Nacht, er hatte sie aus dem Schlaf geschreckt, sie musste am Morgen früh raus, viel Arbeit wartete auf sie. Auch Verantwortung. In Zukunft noch viel mehr. Seine Hand umfasste ihre Brust.

»Klaus!«, wehrte sie ab.

»Laura«, schmachtete er und drehte sie auf den Rücken. Unbeholfen nestelte er an ihrem Slip. Sie spürte sein steifes Glied. Er war bereits nackt. »Ich möchte mir dir schlafen.«

Schon wälzte er sich auf sie. Wie von selbst spreizten sich ihre Beine. Sein Penis drückte gegen ihre Scham, ohne den Weg in sie zu finden. Vielleicht war sie auch zu trocken. Endlich drang er in sie ein. Ein leichter Schmerz. Sie stöhnte. Für ihn ein Zeichen ihrer Lust. Ungeduldig stieß er zu. Sie schob ihm ihr Becken entgegen. Es minderte den Druck, den er auf sie ausübte. Immerhin, die Gänsehaut war wieder verschwunden.

»Es fühlt sich so gut an«, flüsterte er in ihr Ohr.

Tat es das? Nein, es fühlte sich keineswegs gut an. *Aber hey, es ist doch Sex.* Sex machte Spaß. *Also hab dich nicht so. Denk einfach ans letzte Mal!* Ja, dann würde sie schon in Fahrt kommen.

Laura überlegte, wie lange es her war, dass sie das letzte Mal miteinander geschlafen hatten. Es wollte ihr nicht einfallen. Kurzerhand versuchte sie sich vorzustellen, wie es früher mit Klaus im Bett gewesen war, kurz nachdem sie sich kennengelernt hatten. Sie dachte an Klaus' steifes Glied. Das pulsierende Blut. Seine Finger auf ihrer Haut. Ihre Erregung. Schweiß. Atemlosigkeit. Schreie. *Ja, so ist es gewesen.* So sollte es jetzt sein. Doch je mehr sie es versuchte, umso stärker verkrampfte sie. Vergeblich.

Lag es daran, dass sie inzwischen elf Jahre zusammenlebten? War die Lust aufeinander irgendwann auf der Strecke geblieben? Ein lähmender Gedanke: Hatte es sie überhaupt je gegeben? Plötzlich konnte Laura sich nicht mehr an Verlangen, Nähe, zügellose Leidenschaft erinnern. Hatte sie die Vergangenheit verklärt? Warum hatte sie das gemacht? *Weil es angesichts dessen, was du heute hast, nach viel ausschaut!*

»Laura«, hauchte Klaus.

Plötzlich konnte Laura sich wieder erinnern. Bilder aus der Vergangenheit tauchten vor ihrem geistigen Auge auf. Sie glichen jenem Akt, der sich in diesen Sekunden im Schlafzimmer vollzog. Ein erschreckender Gedanke. Nur ein einziger Satz. *Eigentlich ist es schon immer so gewesen.*

»Laura«, wiederholte Klaus. Dann rollte er sich von ihr ab.

Feuchtigkeit tropfte aus ihr. Ohne dass sie es mitbekommen hatte, war Klaus gekommen. Jetzt lag er neben ihr, auf seiner

Seite des Bettes, blickte zur Decke. Sein Atem ging schwer. Er seufzte. »Das habe ich gebraucht.«

9

»Brauchen Sie Hilfe?« Ed schreckte aus seinem unruhigen Dämmerschlaf auf. *Ja,* lag ihm auf der Zunge, weil er von Hagen Bolten und dessen Drohung geträumt hatte. *Bis Freitag lieferst du mir die ersten fünf Kapitel deines Romans. Ansonsten …* Ed vernahm das Brummen eines Dieselmotors. Er rieb sich die Augen und erkannte den schnauzbärtigen Taxifahrer, der ihn vor dem *Brenner* aufgelesen hatte. »Sind wir schon da?«

Der Fahrer deutete kopfnickend nach draußen. Außer einer Straßenlaterne, die den Bürgersteig mit milchigem Licht erhellte, war nichts zu erkennen. Eds Grundstück war von mannshohen Hecken umgeben, die die kleine Villa vor allzu neugierigen Blicken abschirmten.

»Das macht 35 Euro«, sagte der Taxifahrer.

Ed drückte ihm 40 Euro in die Hand. »Stimmt so.«

»Danke, Herr Baker.«

Ed, der bereits mit einem Fuß auf dem Bürgersteig stand, erstarrte. »Sie kennen mich?«

»Klar«, erklärte der Fahrer stolz. »Habe Ihren Roman *Das Opfer* gelesen. Klasse Buch.«

Ed verzog angewidert den Mund.

»Ich warte schon lange auf Ihren neuen Roman«, fügte der Fahrer hinzu. »Wann erscheint er denn endlich?«

Grimmig klatschte Ed die Autotür in den Rahmen und überquerte den Bürgersteig zum Grundstück. Er brauchte eine Weile, bis er den richtigen Schlüssel für die Vorgartenpforte gefunden hatte. Während er die Blumenrabatten durchquerte, betrachtete er das Haus, dessen Dachfirst von einem Nebelschleier umhüllt war. Oder waren es die Drinks, die seinen Blick trübten? Keine Ahnung, wie viele Martinis er sich nach Hagens Abschied noch im *Brenner* genehmigt hatte. Zwei? Oder drei? *Zu viele.*

»Trotzdem saufe ich nicht!«, verkündete Ed in das Zwitschern der Vögel hinein.

Ein ausgelassenes Vogelzwitschern war die Antwort, als wollte sich das Federvieh über ihn lustig machen. Verärgert klatschte Ed in die Hände. Es raschelte und knackte, als die Vögel erschreckt aus den Büschen aufflogen.

Zufrieden schritt Ed ins Haus. Im Foyer lauschte er gespannt der finsteren Stille. Elisabeth hatte sich bereits zu Bett begeben. *Gut so.* Ed hatte weiß Gott andere Probleme.

Er schlüpfte aus den Schuhen und schlich auf Socken ins Wohnzimmer. Neben dem Kamin gönnte er sich einen weiteren Martini aus der Hausbar. Er klammerte sich an den Drink, als könnte dieser ihm neue Kraft einflößen. Eds Blick glitt durch den Raum. Die meisten Möbel gehörten seiner Frau, ebenso wie das Haus. Sie hatte es – wie den Rest des Vermögens, den sie in eine Kette erfolgreicher Modeboutiquen mit dem sinnigen Namen *Pour Elise* investiert hatte – von ihren Eltern geerbt.

Eds Eltern hatten ihm nur wenig hinterlassen. Sein Vater hatte sich aus dem Staub gemacht, da war Ed drei Jahre alt gewesen. Seine Leidenschaft für Literatur musste von seiner Mutter stammen, die ihm als Kind zum Einschlafen selbst verfasste Geschichten vorgetragen hatte – wenn sie nicht gerade mit ihrem neuen Mann um die Häuser gezogen war.

Als Teenager hatte er erste Erzählungen geschrieben, sich später an einigen Romanen versucht, allerdings mit wenig Erfolg. Erst mit *Das Opfer,* ein Gesellschaftsepos, Drama und Krimi zugleich, war ihm ein beachtlicher Bestseller geglückt. Da war Ed 30 gewesen.

Dummerweise hatte er den Fehler begangen, seinen Stiefvater als seinen Agenten und Manager einzustellen. Denn dieser hatte eines Tages Eds Konto geräumt und war auf Nimmerwiedersehen verschwunden. Einzig einen mächtigen Haufen Schulden hatte er hinterlassen – und Eds in Tränen aufgelöste Mutter.

Ed war so entsetzt, erstaunt, verzweifelt, fassungslos, wütend gewesen, dass er kaum noch eine Zeile zu Papier hatte bringen können. Irgendwann hatte er nicht mehr gewusst, ob er es überhaupt noch wollte. Nach zwei Jahren geduldigen Wartens auf den Nachfolgeroman hatte ihm der Verlag gekündigt. Nach vier Jahren, da hatte sich kaum noch ein Leser für das *One Day*-Wunder Ed Baker interessiert, wurde *Das Opfer* verramscht. Ab und zu wurden ihm noch Lesungen auf zweit- oder drittklassigen Literaturbühnen angeboten, meist in der Rubrik: *Was macht eigentlich …?* Dafür gab es ein schlechtes Honorar, ein paar Gratis-Drinks und manchmal, *immerhin*, nette, belesene Frauen, die sich noch an Ed Baker erinnern konnten. Denen er freilich nicht erzählte, womit er inzwischen seinen Lebensunterhalt verdiente: mit stupiden, frustrierenden Lagerjobs in Discountern.

Eines Tages war ihm Elisabeth über den Weg gelaufen. Keine Ahnung, was sie an ihm gefunden hatte. Okay, attraktiv war er ja irgendwie gewesen. Und wenn er nicht gerade in Selbstmitleid ersoffen war, hatte er Humor besessen. Wenn er sich bemüht hatte, sogar sprachliches Vermögen. *Schriftsteller eben.* Elisabeth war es auch gewesen, die ihn ermuntert hatte, sich fortan wieder aufs Schreiben zu konzentrieren. Warum auch nicht? Geld war dank ihrer Eltern in Hülle und Fülle vorhanden. Für Ed war ihr Angebot so unverhofft wie verlockend gewesen. Seine Freunde, allen voran Mike und Georg, hatten ihm erklärt, er wäre schön blöd, wenn er darauf nicht einginge. *Als wenn es nur darum geht …*, hatte Ed gedacht. Aber er hatte ein paar prächtige Wochen mit

Elisabeth verlebt, und als er sich sicher gewesen war, dass er sie liebte, hatte er ihre Offerte angenommen. Er hatte den Luxus in vollen Zügen zu genießen begonnen. Nach der Hochzeit und den Flitterwochen in Paris hatte Hagen, Elisabeths Bruder, ihm sogar einen Vertrag beim großen Verlagshaus Magnum in Berlin verschafft. *Deinen Vertrag – und deinen üppigen Vorschuss, das nur am Rande – hast du einzig bekommen, weil ich beim Verleger ein gutes Wort für dich eingelegt habe. Also blamier mich bitte nicht.*

Ed pirschte die Stufen hinauf ins Obergeschoß, wo er zielstrebig sein Arbeitszimmer aufsuchte. Drei Wände waren mit eigens angefertigten, raumhohen Regalen verstellt, die mit zahllosen Büchern gefüllt waren. Seit er mit Elisabeth zusammen war, hatte Ed sich alle Neuerscheinungen kaufen können, die er wollte. An der vierten Wand, direkt vor dem Fenster, stand der massive Schreibtisch, ein Geschenk seiner Frau zum ersten Hochzeitstag. Beklommen betrachtete Ed das monströse Ungetüm. Es war lange her, dass er daran Platz genommen hatte. Aber wer setzte sich schon gerne freiwillig Monstern aus?

Jetzt hängte Ed seine Jacke über die Stuhllehne, startete den Rechner, öffnete ein Textdokument, setzte sich an die Tastatur und tippte: *Roman.* Den Titel würde er später hinzufügen. Er betätigte den Zeilenschalter und schrieb: *Von Ed Baker.* Er lehnte sich auf seinem Sessel zurück und betrachtete die vier Worte. Zwar war damit noch lange kein Kapitel geschrieben. *Und erst recht keine fünf!* Aber verdammt, er war jetzt schon weiter vorangekommen als in den ganzen zwölf Monaten zuvor. Er nippte an seinem Drink und fühlte sich gut.

Bis eine verschlafene Stimme hinter ihm fragte: »Was machst du da?«

Ed drehte sich zu Elisabeth um. Seine Frau lehnte im hastig übergeworfenen Morgenrock am Türrahmen. Das Haar stand ihr in strubbeligen Strähnen vom Kopf. Ihre Füße steckten in

Filzlatschen. Im schwachen Licht des PC-Monitors wirkte sie unnatürlich bleich. »Wonach sieht es aus?«

»Schreibst du etwa endlich?«

Er bedachte sie mit einem vorwurfsvollen Blick, der wie zu erwarten an ihr abprallte.

»Hattest du ein Gespräch mit meinem Bruder?«, fragte sie.

»Hat er dir davon erzählt?«, knurrte Ed.

»Musst du jede Frage mit einer Gegenfrage beantworten?«, empörte sich Elisabeth. Ed schwieg.

»Ja, ich habe mit ihm gesprochen«, erklärte Elisabeth schließlich. »Heute Morgen. Ich wollte wissen, wo du steckst.« Sie hüstelte. »Auf deinem Handy warst du ja nicht zu erreichen.«

»Ich hatte gestern Abend eine Lesung«, bemühte er sich um eine Erklärung. »Nicht in Berlin. Habe ich dir das nicht gesagt, mein Schatz?«

»Nein.« Sie raffte den Morgenmantel enger um den Leib. »Mein Bruder hat es mir gesagt.«

»Gut«, grunzte Ed. »Nach der Lesung hatte ich vergessen, mein Handy wieder einzuschalten.«

Sie band einen festeren Knoten. »Ja, das meinte Hagen auch.«

Ed horchte alarmiert auf. »Hat er sonst noch etwas gesagt?«

»Wieso? Hätte er sollen?«

»Nein, nein«, beschwichtigte Ed. »Aber ... es hätte ja sein können.«

Seine Frau tat einen Schritt ins Zimmer. Sie ließ einige Sekunden verstreichen, bevor sie erklärte: »Eigentlich wollte Hagen nur wissen, ob ich wüsste, was mit dir los ist.« Sie schnaubte. »Als ob *ich* wüsste, was mit dir los ist.«

Ed zog es vor, den Mund zu halten.

Seine Frau verschränkte die Arme vor der Brust. »Aber wo ich dich hier gerade antreffe ...« Sie zögerte einige Sekunden. »Also, was ist los mit dir?«

»Was soll mit mir sein?«

»Du tust es schon wieder!«, fauchte Elisabeth.

Ed atmete tief durch. »Dein Bruder wird bis Freitag fünf Kapitel ...«

»Ich meinte nicht deinen Roman«, fiel seine Frau ihm gereizt ins Wort.

Ed nippte an seinem Martini. Das Glas war leer. »Sondern?«

»Die Rede war von dir und mir. Von uns beiden. Unserer Ehe.«

»Was soll damit sein?«, unterbrach er sie barsch.

Sie lachte, aber in ihrer Stimme lag keine Erheiterung. »Bitte, Ed, spiel nicht das Unschuldslamm.« Sie kam noch einen Schritt näher. »Seit Monaten rennen wir aneinander vorbei, weil wir weiß Gott wie schwer beschäftigt sind. Und wenn wir uns mal über den Weg laufen, dann streiten wir. Als hätten wir nichts Besseres zu tun.«

Ohne Wenn und Aber: Elisabeth hatte recht. In den zwei Jahren, die sie nun verheiratet waren, hatten sie etliche Male miteinander gestritten, zuletzt immer häufiger. Ed hätte nicht einmal sagen können warum. Es war einfach passiert. Von Mal zu Mal waren ihre Dispute heftiger geworden. Am nächsten Tag hatten sie sich zwar immer wieder vertragen, aber sich dennoch unmerklich ein weiteres Stück voneinander entfernt. Irgendwann hatte Elisabeth aufgehört, mit ihm zu schlafen. Auch Ed hatte die Lust auf sie verloren. Elisabeth hatte die Tage immer häufiger in ihren Boutiquen verbracht, Ed die Nächte auf seiner Couch im Arbeitszimmer. Später auf den Barhockern im *Brenner* oder *Mesquiz*. Und irgendwann auch auf der Suite im Hotel *Adler*. Das war Ed: Er löste seine Probleme nicht, er nahm Reißaus vor ihnen.

Jetzt reichte seine Frau ihm die Hand. »Komm mit mir.«

Der Morgenmantel rutschte einen Spalt beiseite und entblößte ihren nackten Oberschenkel, die rasierte Scham. Elisabeth war schlank, ihre Haut ohne einen Makel. Ed hatte vergessen, wie gut sie ausschaute. »Vielleicht gar keine schlechte Idee.«

Als hätte sie sich an Ed verbrannt, zog Elisabeth die Hand zurück. Ihre Stimme schwoll an. »Das war ja mal wieder klar, Eduard!«

»Was war klar?«, fragte er und hielt es für besser, sie nicht wegen des verhassten Namens zu tadeln.

»Dass du gleich wieder an Sex denkst.« Sie spie die Worte aus, als lägen sie ihr ekelhaft auf der Zunge. »Aber Sex löst unsere Probleme nicht.«

Ed war sich da nicht so sicher, war aber nüchtern genug, Elisabeth in ihrer gegenwärtigen Stimmung nicht weiter zu provozieren. Außerdem befand sich seine Frau schon wieder auf dem Weg ins Schlafzimmer. Die Tür knallte unter der ganzen Wucht ihrer Wut. Danach erfüllte Stille die Villa.

Ed wandte sich dem Computer zu. Zugegeben, die Sache mit seiner Gattin war das eine Problem. Die fünf Kapitel, die er schreiben musste, ein ganz anderes. Welches der beiden Probleme schwerer wog, vermochte er nicht zu sagen. Irgendwie war es wie ein ewig kreisender Strudel, aus dem es kein Entrinnen gab, der ihn immer tiefer riss ...

Zu Anfang, kurz nachdem der Vertrag unterschrieben worden war, hatte Ed noch voller Enthusiasmus in den Bibliotheken gesessen, Stunde um Stunde alte Folianten über das Berlin der 20er Jahre gewälzt, jenes Jahrzehnt, als Berlin zum Zentrum von Expressionismus und Dada geworden war, von Neuer Sachlichkeit und Agitprop. In den Theatern hatten Neuerer wie Max Reinhardt und Erwin Piscator, Kurt Weill und Bertolt Brecht gewirkt. In den Filmstudios hatten Männer wie Ernst Lubitsch, Fritz Lang und F. W. Murnau inszeniert – drei der größten Regisseure des vergangenen Jahrhunderts. Auf der Leinwand hatten Diven wie Brigitte Helm, Pola Negri und Leonore Büchmann geglänzt. Und in den Revuen hatten Frauen wie Fritzi Massary, Claire Waldoff und vor allem Anita Berber mit ihren legendären Nackttänzen schockiert.

Jeden Abend war er heimgefahren, hatte seine Aufzeichnungen in den Rechner übertragen, sortiert und – tja, irgendwann war diese ... Er wollte nicht daran denken. Aber die ständigen Streitigkeiten mit Elisabeth hatten fortan seine Freude erstickt. Immer häufiger war er statt in die Bibliotheken in die Kneipen gefahren, wo er seinen Kumpels Mike und Georg sein Leid geklagt hatte. *Recherche*, hatte er erklärt, wann immer Elisabeth gefragt hatte, weil er spät nach Hause gekommen war. Als er die Nächte ganz wegblieb, berief er sich auf *Lesungen*, die Hagen, sein Lektor, jederzeit bezeugt hatte.

Okay, gab Ed zu, in letzter Zeit vielleicht ein bisschen zu oft. Er hatte die Zügel zu sehr schleifen lassen. Jetzt durfte er nicht länger vor den Problemen davonlaufen. Wenn er bis Freitag nichts geschrieben hatte, würde er Sorgen haben, gegen die sich selbst die mit Elisabeth harmlos ausnahmen.

Schaudernd stand Ed auf und lief hinunter ins Wohnzimmer, wo er sich einen neuen Martini mischte. Danach setzte er sich wieder an den Rechner. Er senkte die Finger auf die Tastatur und tippte *Kapitel 1*. So, ein Anfang war gemacht.

10

Ich zeig dir, was du brauchst! Die grotesken Bilder ihres Traums tauchten so unvermittelt vor Laura auf, dass sie glaubte, jemand habe sie als überlebensgroßen Film an die Zimmerdecke projiziert. Erschrocken schaute sie zu Klaus. Doch der schnarchte.

Erleichtert richtete sie ihren Blick wieder nach oben. Dort tanzten nur die Schatten der Bäume, die die Gartenlaternen an die Schlafzimmerdecke warfen: sich im Nachtwind wiegende Gestalten, die sie zu einem anderen Zeitpunkt sicherlich in den Schlaf begleitet hätten. Doch jetzt war ihr Verstand zu sehr in Aufruhr, weil sie versuchte sich zu erinnern, ob sie mit Klaus jemals guten Sex erlebt hatte. *Das ist nicht wahr!* Aber die Leidenschaftslosigkeit, mit der ihr Ehemann vor wenigen Minuten noch mit ihr geschlafen hatte, ließ an Eindeutigkeit wenig zu wünschen übrig. Genau wie die Teilnahmslosigkeit, mit der er während des Abendessens die Nachricht ihrer Beförderung aufgenommen hatte.

Laura wollte nicht weiter darüber nachdenken. Sie wälzte sich auf die Seite, suchte den Schlaf. Sie fand ihn nicht. Anders als am Mittag, als sie einfach während der Konferenz eingenickt war. Wie hatte das passieren können? Nun, die Ausführungen ihres Kollegen waren aber auch unerträglich gewesen. So was von langweilig. *Typisch Erik!* Aber ausgerechnet Erik hatte sich in ihren Traum geschlichen. *Ausgerechnet dieser Biedermann!* Alleine seine karierten Krawatten! Hatte er denn keine Frau, die ihn in Stilfragen beriet? Sie entsann sich seiner Personalakte. Erik war ledig. Das erklärte einiges. Auch sein nonchalantes Winken am Mittag, als er den Flur entlanggeschlendert war. Fast so, als wollte er … *Aber nein, was redest du dir da ein?*

Laura war einfach erschöpft und durcheinander. Der wenige Schlaf. Die Konferenz. Der verwirrende Tagtraum. Die Beförderung. Dann die Sache mit Klaus. Dieser Sex, der keiner war. *Versuch zu schlafen,* rief sie sich zur Ordnung. *Morgen musst du früh raus.* Sie drehte sich zurück auf den Rücken. Die Matratze quietschte verhalten.

Vielleicht würde Erik ja doch mal gerne mit ihr. Eigentlich hatte sie immer schon den Eindruck gehabt, er würde … *Hör auf herumzuspinnen!* Doch als Frau spürte sie die Avancen, die

Männer machten, wenn auch meist nur unbewusst. Natürlich würde Erik sich niemals trauen, sie zu nehmen, einfach so, wie in ihrem Traum ... Sie würde es aber auch nicht zulassen. Sie war seine Chefin. Außerdem war sie verheiratet und – unvermittelt ließ eine Gänsehaut ihren Körper erschauern.

Noch etwas verwirrte sie. Erneut lagen Hände in ihrem Schoß. Aber diesmal waren es ihre eigenen. *Herrgott, was war sie feucht.* Nicht von der Flüssigkeit, die Klaus in ihr hinterlassen hatte. Sie war richtig erregt. Sehr viel stärker als noch vor wenigen Minuten, als ihr Mann mit ihr geschlafen hatte.

Vorsichtig teilten ihre Hände das weiche Fleisch ihrer Scham. Sie tauchte einen Finger in die warme Feuchtigkeit. Es fühlte sich gut an. Sie begann sich zu streicheln. Sie öffnete die Augen. Oder hatte sie wieder geschlossen. Egal. Sie presste den Finger tiefer in ihre Scheide. Sie stellte sich dabei einen prallen Penis vor.

»Laura, ich werde dich jetzt ficken!«, sagte sein Besitzer.

Es war Erik. Aber diesmal war Laura nicht überrascht. Nackt wie er war, sah er nicht einmal mehr wie ein Spießer aus. Ohne die Brille und die hässliche Krawatte wirkte er sogar attraktiv. Er hob sie hoch, warf sie auf den Konferenztisch. Sie konnte sich nicht wehren. Er hielt sie umklammert. Sie war gefesselt. Entkommen war nicht möglich. Er nahm sich einfach, was er wollte. Sie war ihm ausgeliefert. Nur zu. Ja. Schon bäumte sich ihr Körper unter dem Höhepunkt auf.

Als sie sich davon erholt hatte, kroch wieder die Kälte unter ihre Decke, und mit ihr die Scham. Was hatte sie sich dabei gedacht? Irritiert schlang sie die Decke fest um ihren Körper, als würde sie das vor der Phantasie schützen. Denn niemals im Leben würde sie sich tatsächlich so hilflos fühlen wollen. Auf keinen Fall. *Aber* ... Sie schluckte, öffnete die Augen. An der Decke tanzen wieder die Schattenfiguren, ausgelassen, spöttisch.

Aber es hatte ihr gefallen.

11

Als der Wecker Laura am Dienstag in aller Herrgottsfrühe aus dem Schlaf riss, hatte Klaus das Haus bereits verlassen. Ein Zettel lag auf der Küchenanrichte: *Bin schon zur Arbeit. H.d.l. Klaus.* Nach einem schnellen Frühstück, das sie sich selbst zubereitete, sprang sie unter die Dusche. Mit dem heißen Wasser spülte sie sich die allerletzten Überreste der vergangenen Nacht vom Körper. Danach frisierte sie sich und zog sich ein frisches Kostüm an. Auf dem Weg zur U-Bahn-Station schob sich die Sonne bereits langsam über die Dächer Zehlendorfs. Es würde wieder einen prächtigen Sommertag geben.

Gut gelaunt bestieg Laura die Bahn. Während diese der Berliner Mitte entgegenfuhr, vertiefte Laura sich in den *Tagesspiegel*. Nachrichten von den blutigen Aufständen in China bestimmten die Schlagzeilen. *Ist das zu fassen? Chinesen! Ausgerechnet jetzt! Lebt er hinter dem Mond?*

Mit der Distanz einer Nacht wirkte der gestrige Abend gar nicht mehr so deprimierend auf Laura. Die Arbeit von Klaus als Vertriebschef war nun mal stressig, die Verantwortung hoch, die auf seinen Schultern lastete. Wer konnte das besser nachempfinden als sie, seine Frau, die künftige *FiliCon*-Geschäftsführerin. Dass sie nicht immer die ungeteilte Aufmerksamkeit ihres Gatten bekam – eigentlich war das verzeihlich.

Ein lautes Kichern drang an ihr Ohr. Laura löste ihren Blick von der Zeitung. Auf der schmalen Bank ihr gegenüber saßen zwei Frauen nebeneinander. Sie lachten noch immer. Dann steckten sie die Köpfe zusammen, tuschelten, als wäre der Grund ihrer Heiterkeit ein streng gehütetes Geheimnis.

Laura ließ sie wispern, nahm sich den Kulturteil im *Tagesspiegel* vor. Während sie sich über Beethovens »Fidelio« informierte, vielleicht fanden sie und Klaus am Wochenende ja Zeit, die Aufführung in der Deutschen Oper zu besuchen, hörte sie eine der beiden Frauen flüstern: »Helen, du solltest es mal mit einer Frau probieren.«

»Ich? Mit einer Frau?«

Verstohlen schaute Laura auf. *Graue Maus* war das erste, was ihr zu Helen einfiel. Sie hatte ihr langes, braunes Haar zu einem Zopf gebunden, was ihr blasses Gesicht noch schmaler und unscheinbarer wirken ließ. Dazu trug sie ein hellblaues Kleid mit ebenso blauen Ballerinas, mit denen sie jetzt gerade auf den Zugboden stampfte. »Katrin, das ist nicht dein Ernst?«

»Und ob«, versicherte Katrin, ungleich moderner als ihre Freundin gekleidet. Aus dem Träger-Top lugte stolz der Ansatz der Brüste. Unter dem Rock wuchsen lange, schlanke, tiefbraune Beine hervor, die in schicken Pumps endeten. »Ich bin mir sicher, danach wirst du alles mit anderen Augen sehen.«

»Ich weiß nicht«, wand sich Helen. Unruhig bewegte sie sich auf dem Sitz, und das lag weniger daran, dass die Waggons gerade über eine Weiche rumpelten. Katrin war ein Stück näher an ihre Freundin herangerückt, legte ihr die Hand auf den Arm. Helens Blick flog durch das Abteil, voller Sorge, dass irgendjemand von dieser zärtlichen Annäherung Notiz nahm. Als sie Laura bemerkte, lief ihr Gesicht puterrot an.

Laura beobachtete die beiden Frauen nach wie vor aus dem Augenwinkel. Dabei ertappt, wandte sie sich hastig ihrer Zeitung zu. Doch von Beethovens »Fidelio« mochte sie nichts mehr lesen. Stattdessen dachte sie an die letzte Nacht, den Sex mit Klaus, ihr heimliches Spiel unter der Decke, ihre Phantasie. Sie hob den Kopf, mied Helens Blick und starrte aus dem Fenster. Finstere U-Bahn-Schächte schossen an den Scheiben vorbei.

Danach wirst du alles mit anderen Augen sehen.

Sie war froh, dass der Zug in die Station am Potsdamer Platz einfuhr. Zögerlich brach zwischen den Glas- und Betonbauten der Alltag an. Nur wenige der Cafés hatten schon geöffnet. Vor einer Bar saß ein Pärchen vertraut vor seinem Kaffee, plauderte, ließ es sich gemeinsam gut gehen. Das Mädchen beugte sich zu ihrem Freund, zog seinen Kopf zu sich heran, küsste ihn, ausdauernd, leidenschaftlich.

Ich zeige dir, was du brauchst!

Laura beeilte sich, die Stufen zum Eingang der Agentur zu erreichen.

12

Ein Knall weckte Ed. Er öffnete die Augen und entdeckte seltsamerweise die Tastatur vor seinen Augen. Nur langsam begriff er: Sein Kopf war auf den Schreibtisch gesackt. Irgendwann vergangene Nacht war er eingeschlafen, während der Arbeit.

Während der Arbeit, echote es hinter seiner Stirn, während er sich aufrichtete. Auf dem PC-Monitor flackerte der Bildschirmschoner. Er zeigte Fotos der Hochzeit mit Elisabeth. Ed hatte ganz vergessen, dass er die Diashow als Bildschirmschoner eingestellt hatte. Aber es war ja auch eine ganze Weile vergangen, seit er den Rechner zum letzten Mal benutzt hatte.

Jetzt hast du ihn benutzt, dachte er. *Du hast gearbeitet. Du hast geschrieben. Du hast endlich mit deinem Roman begonnen.* Er hatte allerdings Mühe, sich an das zu erinnern, was er in den zurückliegenden Stunden erledigt hatte. Dunkel entsann er sich, sich durch die vielen Notizen gekämpft zu haben, die er vor Monaten in den Berliner Bibliotheken zusammengetragen hatte.

Aber so war es ihm schon damals ergangen, als er an *Das Opfer* gearbeitet hatte. Es war ein Zustand zwischen Wachen und Träumen gewesen, fast wie in einer Trance, aus der er irgendwann am Morgen erwacht war und voller Erstaunen festgestellt hatte, was er geschrieben hatte. So war es früher gewesen. *So ist es jetzt!* Stolz durchflutete ihn. Er wollte ihn mit jemandem teilen.

»Elisabeth?«, rief er, aber aus seinem trockenen Mund löste sich nur ein Krächzen.

Sein Blick fiel auf den Rest Martini, der noch im Glas schwappte. Seine Hand griff nach dem Drink. *Und über deine Sauferei müssen wir auch noch reden.* Erschrocken riss Ed den Arm zurück. Stattdessen ging er ins Bad und hielt am Waschbecken den Kopf unter kaltes Wasser.

»Elisabeth?«, versuchte er es noch einmal, während er sich über das Treppengeländer zum Erdgeschoss beugte. »Bist du in der Küche?«

Seine Frau antwortete nicht. Dann fiel ihm das Geräusch ein, von dem er erwacht war. Die Haustür. Also hatte Elisabeth die Villa verlassen. *Warum so zeitig?*, fragte er sich. Welcher Tag war heute? Natürlich, es war Dienstag. Wie jeden Dienstag klapperte Elisabeth die Filialen ihrer Modeboutique ab.

Auch gut, beschloss er. Dann würde er sich eben alleine an seinen literarischen Ergüssen erfreuen. Vielleicht würde er das Geschriebene anschließend sogar an seinen Lektor mailen. Was Hagen Bolten wohl sagen mochte, wenn er die ersten Zeilen des neuen Ed Baker schon heute, *nicht erst am Freitag,* zu lesen bekam?

Freudig erregt stapfte Ed in sein Arbeitszimmer, brachte den Bildschirmschoner zum Verschwinden – und erstarrte.

Unter Kapitel 1 las er genau drei Sätze. Der erste lautete: Mir dreht sich der Schädel. Einige Leerzeilen darunter: Ich bin hundemüde. Und zu guter Letzt: Jetzt fällt mir nichts mehr ein.

Fast hätte Ed darüber gelacht. Dann überkam ihn der Schock. Gleich darauf stellte sich Erleichterung ein darüber, dass Elisabeth das Haus bereits verlassen hatte.

Er kippte den warmen Rest vom Martini in seinen Mund. Der Alkohol brannte in seiner Kehle. Aber danach fühlte er sich besser. Allerdings nur so lange, bis sein Blick wieder die drei Sätze auf dem Bildschirm fand. Was hatte er bloß die ganze Nacht getrieben? Du säufst und du hurst herum – das ist die Wahrheit! Mit einem Mal wurde ihm heiß. Ed begann zu schwitzen. Er schnaufte schwer.

Unter das Rasseln der Lunge mischte sich das Läuten seines Handys. Er fingerte das Telefon aus der Jackentasche und erkannte auf dem Display die angezeigte Nummer – und diese war sein nächstes Problem. Frostig sagte er: »Ich dachte, wir hätten das geklärt.«

»Ed, mein Liebling«, flötete es aus dem Handy. »Ich freue mich auch, dich zu hören.«

»Hast du gehört, was ich gesagt habe, Nadja?«

»Ja, habe ich.« Jetzt klang Nadja eingeschnappt. »Und was bedeutet das?

»Du sollst mich nicht auf dem Handy anrufen.«

»Soll ich dich etwa zu Hause anrufen?«

»Nicht zu Hause. Nicht auf dem Handy. Du weißt ganz genau, was wäre, wenn meine Frau das mitbekäme.«

Nadja schnalzte mit der Zunge. »Bekommt sie aber nicht. Denn sie ist ja nicht da. Wie jeden Dienstag. Das hast du mir doch erzählt. Darum treffen wir uns immer dienstags. Heute ist Dienstag.«

Er schickte einen stummen Fluch zur Zimmerdecke. »Rufst du deshalb an?«

»Ja. Und weil du dich gestern nicht gemeldet hast.«

»Ich hatte am Sonntag eine Lesung.«

»Gestern war Montag.«

»Gestern hatte ich ein Frühstück mit meinem Lektor.«

»Den ganzen Tag?«

»Nadja«, seufzte er. »Tut mir leid, aber ich war gestern sehr beschäftigt.«

Für einige Sekunden herrschte Stille. »Hast du geschrieben?«

Ich habe es versucht, dachte er, aber das sagte er nicht. »Ja, ich habe mit meinem Roman begonnen.«

Auf dem PC-Monitor flimmerten die drei Zeilen. *Jetzt fällt mir nichts mehr ein.* Die Worte verschwammen vor seinen Augen zu einem finsteren Fleck; ein schwarzes Loch so riesig wie das in seinem Kopf, das sich in eben dieser Sekunde mit einer Erkenntnis füllte: Er hatte zwölf lange Monate keinen einzigen Satz zu Papier gebracht. Wie zum Teufel kam er auf die Idee, bis Freitag fünf Kapitel schreiben zu können? *Nicht einmal mehr drei Tage bis dahin!*

Plötzlich drängte es ihn fort vom Schreibtisch, *diesem Monstrum*, raus aus dem Zimmer, raus aus dem Haus, in den Garten, frische Luft schnappen, einen klaren Kopf bekommen. *Oder gleich die Flucht ergreifen.*

»Kann ich dir nicht helfen?«, säuselte Nadja. »Schließlich bin ich deine Muse. Das sagst du doch immer!«

Er überlegte, wie es wäre, wenn er jetzt zu Nadja fahren würde. Überraschenderweise war die Vorstellung gar nicht so unangenehm.

»Was hältst du also von einem Frühstück bei mir?«

»Viel, mein Schatz«, antwortete er und dachte: *Ein bisschen Ablenkung wird dir gut tun.* Und bis Freitag war ja noch eine Weile hin. Er sprang auf, packte seine Jacke und eilte zur Haustür hinaus.

13

»Ich habe Kaffee gekocht«, empfing sie Erik, kaum dass Laura an ihrem Schreibtisch Platz genommen hatte. »Magst du eine Tasse?«

Sie zögerte einen Moment. »Gerne.«

Keine Minute später stellte er das brühend heiße Getränk vor ihr ab. »Kuchen steht auch im Kühlschrank.«

Sie hob eine Augenbraue.

»Bienenstich«, fügte er hinzu.

»Bienenstich?«

»Den isst du doch gerne.«

Womit er nicht Unrecht hatte. Auch seine Zuvorkommenheit war nicht neu an ihm. Er war immer gut für eine kleine Nettigkeit, die den Arbeitsalltag bereicherte. Aber trotzdem stand ihr heute nicht der Sinn danach. Versuchte er gerade mit ihr zu flirten?

Als wüsste er um ihren Gedanken, fügte er hinzu: »Also, weißt du, ich meine ...« Er stotterte. »Als kleine Wiedergutmachung für gestern.«

Jetzt wirkte er verlegen, fast schon tollpatschig.

Ganz anders als in ihrem Traum. Sie schenkte ihm ein Lächeln. »Danke, Erik.«

»Gern geschehen.«

Sie startete den Computer und rief die Textverarbeitung auf. Unterbrochen von etlichen Telefonaten führte sie das Exposé fort, an dem sie gestern schon geschrieben hatte. Irgendwann hatte sie fünfzehn Seiten zusammen, logisch sortiert, mit einer realistischen Einschätzung der Marktlage und einem ersten Entwurf für das Budget. *Geschafft!* Sie war sich sicher, diesen Auftrag für *FiliCon* an Land zu ziehen. Mindestens 250.000 Euro Umsatzvolumen. Sie speicherte das Konzept auf der Festplatte und gab sich dem Hochgefühl hin, das mit dem Abschluss dieser Arbeit einherging. *Wer braucht schon Sex?* War der dauerhafte Erfolg im Beruf nicht viel besser als jeder kurzzeitige Orgasmus? Im Job hatte sie das gefunden, was andere ständig im Bett suchten: Bestätigung.

Sie sind eine interessante Persönlichkeit.

Sie ließ das Gespräch mit Dr. Filius noch einmal Revue passieren. Der Chef hatte ihre Weitsicht, Entschlossenheit und letztendlich ihre Erfolge gelobt. Genau, das war der entscheidende Punkt: Erfolg auf ganzer Linie. Auch daheim. Laura hatte einen Mann, der sie liebte. Sie liebte ihn. Sie besaßen ein tolles Haus, Geld, Ansehen. Mehr konnte sie doch wirklich nicht vom Leben erwarten.

Ich kann mir nichts Besseres vorstellen.

Ihr Telefon klingelte. Markus, der Art Director, wollte sie erneut wegen des *Fujitaksi*-Auftrags sprechen. »Es ist wichtig«, drängelte er.

»Na gut«, willigte Laura ein. »Dann sprechen wir in einer Stunde.«

Markus atmete erleichtert auf. »Sehr schön.«

Als Laura den Hörer beiseitelegte, stand Erik im Türrahmen. »Willst du nicht endlich mittagessen?«

Überrascht schaute Laura aus dem Fenster. Die Sonne funkelte über dem blauen Dach des Sony-Centers. Das bedeutete, sie hatte inzwischen ihren Zenit erreicht. Wie auf Kommando grummelte Lauras Magen.

Ich zeige dir, was du brauchst.

Laura kicherte.

Erik zog die Stirn in Falten. »Ist was?«

»Nein.«

Er neigte skeptisch seinen Kopf. »Sicher?«

»Ganz sicher.«

Erik wirkte, als wollte er noch etwas sagen, beließ es aber bei einem verkniffenen Gesichtsausdruck. In gedrungener Haltung schritt er zum Aufzug voran. Er trug Cordhose, ein weißes Hemd mit Button-down-Kragen, dazu einen der unverwechselbaren, karierten Schlipse und die Kassenbrille. Das Haar hing ihm streng gegelt über den Kopf. Hatte sie wirklich gedacht, Erik sei attraktiv? *Nur im Traum!* Was auch für den Sex mit ihm galt. Dieser Gedanke war so abwegig wie einfältig. Ausgelöst wodurch auch immer, vielleicht durch Hormonschwankungen, wahrscheinlich durch ihre Periode, die bevorstand, war selbst ihre Masturbationsphantasie nicht mehr als ein harmloser Witz.

Erleichtert über diese und auch die anderen Feststellungen, zu denen sie den Vormittag über gekommen war, folgte sie ihrem Kollegen hinaus in den angenehmen Sommertag.

»Eigentlich ist unser Leben doch wunderschön«, konstatierte sie.

»Hä?«, machte Erik.

»Ich zumindest kann mir nichts Besseres vorstellen.«

»Hat deine Ausgelassenheit einen besonderen Grund?«

Sie zögerte. »Nicht dass ich wüsste.«

Erik blieb skeptisch. Wusste er etwa schon von Dr. Filius' Entscheidung? Falls ja, verlor er kein Wort darüber. Beim Italiener um die Ecke bestellte Laura sich eine Pizza und dazu Cola Light. Erik kämpfte sich durch die Spaghetti. Auf dem Rückweg ins Büro sagte er plötzlich: »Du übernimmst heute Abend die Präsentation bei *Girandex*?«

Also hatte sich die Neuigkeit doch schon herumgesprochen. Weil Laura aber nicht wusste, ob sie Dr. Filius' Sitzung nächste Woche vorgreifen sollte, beließ sie es bei einem knappen: »Ja.«

Sie atmete innerlich auf, als Erik das Thema wechselte. »Die Präsentation soll im *Austerlyn* stattfinden.«

»Ich weiß.«

»Du kennst das Restaurant?«

Der Name des Restaurants klang wohl vertraut in Lauras Ohren. »Netter Laden an der Spree, nicht weit von der Friedrichstraße.«

»Echt?«

Bevor sie weiter darauf eingehen konnte, traf sie im Flur auf Markus. Der Art Director berichtete ihr von den Schwierigkeiten, mit denen er sich bei der *Fujitaksi*-Anzeige konfrontiert sah. Das Motiv zu der Werbung hatte der Maler Devon geliefert. Markus war nicht glücklich damit. »Wer soll dieser Devon sein?«

»Ein stadtbekannter Maler.«

»Ah ja?«

»Er hat das Hochzeitsporträt von mir und meinem Mann gemalt.«

Markus lachte. »O, bedeutet das jetzt, dass du und dein Mann auch stadtbekannt seid?«

Laura stimmte in sein Lachen ein. »Nein, das nicht. Wie ist Devon an diesen Auftrag gekommen?«

»Erik kennt ihn offenbar. Die beiden scheinen gut befreundet zu sein.«

»Ach, wirklich? Na egal.« Laura besah sich das Motiv, das der Künstler für die Anzeige entworfen hatte. Es war gut, aber nicht wirklich herausragend. Und während sie mit Markus über die notwendigen Änderungen diskutierte, vergaß sie fürs Erste das *Austerlyn*.

14

Nadja wartete an der Tür. Aber eigentlich war es nur ihr Bein, das sich in den Hausflur stahl. Die braune Haut des Oberschenkels funkelte golden im Licht des Treppenhauses, zumindest bis zu der Stelle, wo der halterlose Strumpf begann. Dessen Netzmuster schmiegte sich an ihr Bein hinab bis zu dem Schuh, einem ihrer sagenhaften High Heels, dessen Anblick Ed in seinem Entschluss bekräftigte. *Ein bisschen Ablenkung wird dir gut tun.*

Er hatte die Tür kaum erreicht, als Nadja seine Hand ergriff. Sie zog ihn in die Diele ihrer Wohnung. Es war ein kleines, exklusives Appartement am Potsdamer Platz, hoch über den Dächern der Stadt. Ed schenkte dem atemberaubenden Panorama keine Beachtung. Sein Blick war gefesselt von Nadja, die außer den Strümpfen nur ein hauchdünnes Negligee am Leib hatte. Allerdings passte ihr finsteres Gesicht so gar nicht zu dem liebreizenden Outfit.

»Igitt«, presste sie hervor, während sie sich von seiner Hand löste.

»Was ist?«, fragte Ed verwirrt.

»War wohl gestern eine lange Nacht?«

»Äh«, machte er. »Ja, stimmt.«

Sie beugte sich etwas vor und schnupperte an ihm. »Die ganz sicher nicht nur aus Arbeit bestand.«

»Doch«, beharrte er. »Ich habe geschrieben.« *Ganze drei Sätze. Wahnsinn, oder?* Aber das wollte er ihr lieber nicht verraten.

Sie roch noch einmal an ihm. »Mindestens sechs Martini.«

Aber ich saufe nicht, dachte er trotzig.

Sie zuckte mit den Schultern. »Hättest wenigstens vorher duschen können.«

»Entschuldige, ich bin nicht dazu gekommen.« Die Wahrheit war allerdings: Er hatte nicht einmal daran gedacht. Aber auch das sagte er Nadja besser nicht. Weil sich ihre Miene noch weiter verdüsterte, fügte er schnell hinzu: »Ich wollte keine Minute versäumen, dich zu sehen.«

»Gut«, stellte sie fest, »jetzt hast du mich gesehen.« Sie strich mit der Hand über den transparenten, schwarzen Stoff. »Aber anfassen ist erst erlaubt, wenn du unter der Dusche warst.«

Sie drehte sich um und schritt mit herausfordernd wogenden Hüften voran ins Schlafzimmer. Ed spurtete ins Bad, streifte seine Klamotten ab, die er – wie er jetzt erst feststellte – schon seit mehr als 24 Stunden am Leib trug. Kein Wunder, dass Nadja die Nase gerümpft hatte. Das heiße Duschwasser befreite ihn nicht nur vom Schweiß und den Überresten des Alkohols, sondern spülte auch den letzten Rest Panik von ihm. Er fühlte sich wie neugeboren, als er fünf Minuten später nackt durch die Diele ins Schlafzimmer eilte. Nadja wartete im Bett auf ihn, ein Himmelbett, bezogen mit blütenreiner Wäsche. Sie lag auf dem Rücken, hielt die Beine gespreizt. Sie trug keinen Slip. Ihre weiche Spalte glitzerte vor Feuchtigkeit.

Die Welt bekam eine Leichtigkeit, die Ed überraschte. Plötzlich war es ihm ein Rätsel, woher seine Probleme rührten. *Welche Probleme?* Eigentlich war alles ganz einfach. Nadja richtete sich auf und ehe er sich's versah, verschwand sein Glied bis zum Ansatz zwischen ihren Lippen. Als sie kurz von ihm abließ, verschmierte sich ihr Lippenstift um die Eichel. Dieser Anblick gab ihm den Rest.

Ed stolperte vorwärts auf das Bett, drängte sich zwischen Nadjas Schenkel, die sich wie von selbst teilten. Sie schlang die Beine um seine Hüften, presste ihn an sich. Ed folgte ihrem Verlangen, stieß zu, tief und fest, immer wieder. Als er sich in sie ergoss war ihm, als würde auch aller Frust aus ihm strömen.

Nadja gluckste. Sie schaute zu ihm auf und lächelte, als wüsste sie ganz genau, wie es um ihn stand. Er fühlte sich erleichtert und entspannt. Diese Gabe, ihn immer wieder in diesen Zustand zu versetzen, schätzte er an ihr, vom ersten Tag ihrer Begegnung an.

Ed hatte Nadja vor einem halben Jahr getroffen. Kennengelernt hatten sie sich allerdings bereits zu Schulzeiten. Damals hatte es jedoch nur zu einem kurzen, dafür aber umso hemmungsloseren Techtelmechtel gereicht, bevor sie sich aus den Augen verloren hatten. An einem Abend vor knapp sechs Monaten waren sie sich im *Mesquiz,* Eds Stammkneipe in Kreuzberg, wieder über den Weg gelaufen. Sofort hatte sie die alte Leidenschaft gepackt.

Und weil es bei Ed daheim längst nicht mehr rosig lief, tja, hatten sie sich fortan getroffen, immer dienstags, immer heimlich.

Nadja brachte aus einem Eiskübel neben dem Bett eine Flasche zum Vorschein. »Sektfrühstück gefällig?«

»Ein Schluck in Ehren ...«

Sie lachte. »War das ein ›Ja‹?«

Er küsste sie. »Wie könnte ich dir widerstehen?«

Sie schenkte den Sekt in zwei Kelche, mit denen sie anstießen. Anschließend stakste Nadja auf ihren High Heels in die Küche. Ed bewunderte die eleganten Bewegungen ihrer langen Beine, das Wippen der Pobacken, das seine Wirkung auf ihn nicht verfehlte. Als Nadja kurz darauf das Frühstück aus Trauben, Lachs und feinem Gebäck servierte, stellte er das Tablett beiseite und beugte sich mit neuerlichem Verlangen über sie. Nadja kicherte.

In dieser Sekunde klingelte Eds Handy.

Er erwog, das Gespräch nicht anzunehmen. Nadjas sehnsüchtiger Blick ermunterte ihn dazu. Dann aber dachte er an den Disput mit seiner Frau letzte Nacht. Was, wenn sie schon wieder versuchte, ihn zu erreichen? Ob Hagen ihn erneut decken würde? Wohl kaum. Ed rollte sich von Nadja herunter und griff nach dem Telefon. Die Nummer war unterdrückt. »Ja, bitte?«

»Spreche ich mit Ed Baker?«, fragte eine markige, raue Stimme.

Sie kam Ed auf Anhieb bekannt vor. *Aber woher?* »Ja, und wer sind Sie?«

»Ich heiße Ron Büchmann. Sie wissen, wer ich bin?«

»Natürlich.« Jetzt konnte Ed die Stimme zuordnen. Die prägnante, tiefe Stimme gehörte einem der berühmtesten, aber auch berüchtigtsten Schauspieler der Hauptstadt. »Herr Büchmann, ich ...«

»Nennen Sie mich Ron«, unterbrach ihn der Akteur. »Ich hörte, Sie schreiben an einem Buch. Ein Porträt der goldenen Zwanziger.«

Ed war sich nicht sicher, ob Spott in Büchmanns Worten lag. Er nahm sich vor, auf der Hut zu sein. »Wer sagt das? Mein Lektor? Haben Sie von ihm meine Handynummer?«

»Das spielt keine Rolle«, sagte Büchmann. »Also, schreiben Sie?«

Ed kam die vergangene Nacht in den Sinn. »Ja, aber was haben Sie damit zu tun?«

»Ich?« Der Schauspieler lachte. »Nicht viel. Und irgendwie doch eine ganze Menge.«

»Das verstehe ich nicht.«

»Das werden Sie, wenn wir uns treffen.«

Ed wälzte sich auf die Seite. »Ron, könnten Sie bitte etwas konkreter werden?«

Büchmann amüsierte sich. »Passen Sie auf: Sie suchen Stoff für Ihr Buch …«

»Wer sagt, dass ich noch Stoff für mein Buch suche?«

»… und ich biete Ihnen diesen Stoff. Dinge, über die noch nie jemand gesprochen hat. Über die Kehrseite von Berlin. Geheimnisse. Mysterien. Sensationen.«

Nadja schmiegte ihren nackten, warmen Körper an Ed. Ihre Hand liebkoste seine Brust. Er rief sich in Erinnerung, was er über den Schauspieler wusste. Büchmann war ein begnadeter Akteur, eine Koryphäe, aber eben auch ein Exzentriker. »Ich höre.«

»Niemand hört davon. Nur der Wissende sieht.«

»Wie bitte?«

»Heute Abend. 20 Uhr.« Büchmann nannte ihm eine Straße und Hausnummer. »Ich habe in dem Restaurant einen Tisch reserviert.« Ohne ein weiteres Wort beendete er das Gespräch.

Ed legte das Handy beiseite und überdachte den Wortwechsel mit dem Schauspieler. Manche Kritiker verglichen Büchmann mit dem unvergessenen Klaus Kinski. Die meisten waren sich einig: Büchmann war ein Berliner Unikat. Aber was viel entscheidender war: Seine Mutter, Leonore Büchmann, gehörte zu den ganz großen Leinwanddarstellerinnen der 20er Jahre. Wie ihr Sohn war sie für ihren Lebensstil berüchtigt gewesen. *Sie suchen Stoff für Ihr Buch, und ich biete Ihnen diesen Stoff.*

»Wer war das?«, fragte Nadja.

»Das«, rief Ed ausgelassen und verpasste ihrem Po einen Klaps. Das klatschende Geräusch auf der nackten Haut erregte ihn. »Das ist vermutlich die beste Person, die mir je begegnet ist.«

Nadja zog eine Schnute. »Ich dachte, *das* bin *ich*?!«

15

Am Abend durchquerte Laura das Foyer ihres Hauses und Klaus rief: »Mein Schatz, da bist du ja endlich.«

Sie folgte seiner Stimme. Er erwartete sie vor dem Fernseher im Wohnzimmer, einem gewaltigen Flatscreen, den er sich im letzten Jahr selbst zu Weihnachten geschenkt hatte. Im Grunde war es sein einziger Beitrag zur Raumeinrichtung. Um den Rest hatte sich Laura gekümmert und wie bei der Ausstattung ihres Büros auf eine Mischung aus Behaglichkeit und Funktionalität geachtet. Große, ausladende Sofas, sogar ein schmuckvolles Canapé, auf dem sie sich am liebsten niederließ und in einem Buch stöberte, ein Biedermeiersekretär, dazu eine Glasvitrine mit gediegener Innenbeleuchtung. Auf dem massiven, schmiedeeisernen Glastisch standen eine Flasche Wein und zwei Gläser. Daneben lag eine DVD. *Elf Uhr nachts* von Godard. Mit der flachen Hand tätschelte er neben sich über die Ledercouch. »Setz dich doch.«

»Klaus …«

»Pst«, machte er und füllte die beiden Gläser mit Wein. Eines reichte er ihr. »Ein besonderer Tropfen. Nur für uns beide. Auf einen entspannten Abend.«

Sie stießen miteinander an. Sie nippte an dem Wein. »Tut mir leid, Klaus, aber ...«

»Du musst noch einmal weg?« Er nahm einen tiefen Schluck. »Ich dachte, wir verbringen den Abend gemeinsam, gemütlich auf der Couch, ein guter Film, ein noch besserer Wein ...« Er beugte sich vor, zwinkerte mit den Augen. »... ein bisschen Schmusischmusi und eine Fortsetzung der letzten ...«

»Hast du denn meine E-Mail heute Mittag nicht gelesen?«

»Nur überflogen. Stand was Wichtiges drin?«

Sie stellte das Glas zurück auf den Tisch, heftiger als beabsichtigt. Es klirrte. »Darin habe ich dir geschrieben, dass ich heute Abend noch ein Geschäftsessen habe.«

»Ach, Laura.«

»Du weißt, wie wichtig die Kundentermine für die Agentur sind?«

»Kann das nicht ein anderer übernehmen?«

Laura sah ihn fragend an.

»Zum Beispiel dein Chef.«

Sie erhob sich.

»Falls du es vergessen hast: Ich bin in Zukunft der Chef.«

An der Art, wie er mit den Schultern zuckte, erkannte sie, dass er ihr Gespräch von gestern tatsächlich schon wieder vergessen hatte, auch wenn er sich jetzt zu betonen bemühte: »Nein, das habe ich natürlich nicht vergessen. Aber ich dachte mir, wenn ich schon mal Zeit habe ...«

»Ja, wenn *du* schon mal Zeit hast.«

Jetzt räumte er sein Glas beiseite. Es klirrte noch lauter. »Was soll denn das heißen?«

Sie presste die Lippen aufeinander. Sie wollte keinen Konflikt. *Nicht schon wieder.* Laura winkte ab und suchte das Bad auf. Sie hatte sich gerade entkleidet, als ihr Mann im Türrahmen auftauchte. »Du weißt, wie stressig meine Arbeit ist.«

»Ja, das weiß ich. Aber bitte vergiss du nicht, dass ich auch einen Job habe.«

»Darum geht es doch gar nicht.«

»Worum dann?«

Für Sekunden sagte er nichts. Er starrte sie nur an. Weiß Gott, sie stand nicht zum ersten Mal nackt vor ihm. Aber diese Blöße hier, jetzt, im Streit, machte sie schutzlos. Ein eigenartiges Gefühl. Wie aus dem Nichts überkam sie der Wunsch, dass Klaus nach ihr griff, sie nahm, kraftvoll, und … Aber diese Vorstellung stand im heftigen Widerstreit mit der Wut, die sie gerade ihrem Mann gegenüber empfand. Sie bedeckte ihre Brüste mit den Händen.

»Es geht doch nur darum, dass ich …«

Was er sagte, versetzte sie schon wieder in Rage. »Du?«, unterbrach sie ihn laut.

»Nein, natürlich nicht nur ich. Wir beide, Laura. Aber heute …«

»Nein, Klaus, nicht heute.« Ihr platzte der Kragen. »Gestern zum Beispiel hatte ich Zeit. Für ein leckeres Essen. Einen guten Film. Einen entspannten Abend. Von mir aus auch …« Sie spuckte das Wort geradezu aus. »Schmusischmusi.« Hatte sie gerade tatsächlich den Wunsch gehabt, er würde mit ihr schlafen? Das war absurd. Sie trat auf ihn zu. »Aber darf ich dich daran erinnern: Du hattest nichts Besseres zu tun, als dich um Sonntag zu kümmern. Das Golfspiel. Dein Handicap. Deine Schläger.«

Er seufzte. »Das ist unfair.«

»Nein«, schrie sie. »Es ist ignorant.«

»Du übertreibst.«

»Ich übertreibe?« Nein, das tat sie nicht. Im Gegenteil: *Ich kann mir nichts Besseres vorstellen.* Ein tolles Haus, Geld, Ansehen. Ja. Aber eine intakte Beziehung? Nein. Klar und deutlich begriff sie, dass sie sich etwas vormachte. Diese Auseinandersetzungen wiederholten sich doch ständig, nur selten so laut und böse wie heute, aber viel zu oft kurz und spitz. Es sei denn, sie schluckte – wie gestern Abend – ihre Enttäuschung, die Verärgerung, den Zorn hinunter. Wofür eigentlich? Um des lieben Friedens willen? Auf wessen Kosten? »Lass uns Dr. Gaal aufsuchen«, schlug sie vor.

Klaus klatschte entsetzt in die Hände. »Schon wieder diesen Quacksalber?«

»Er ist ein Paartherapeut. Er kann uns helfen.«

»Wobei sollte uns dieser Seelenklempner denn helfen?«

»Wenn du es nicht weißt!«

»Ich weiß nur, dass er uns beim letzten Mal auch nicht geholfen hat.«

»Weil du immer so ignorant bist.«

»Ich? Ignorant? Was soll das denn nun wieder heißen?«

Laura hielt den Atem an. *Wir drehen uns im Kreis.* Daran würde sich nichts ändern. Nicht heute. Vermutlich auch nicht morgen. Oder nächsten Monat. Sie stieß die Luft aus den Lungen und stürmte an ihrem Mann vorbei zum Bett. Sie ergriff das Handy.

»Was hast du vor?«, rief Klaus.

»Was wohl?« Sie stemmte die freie Hand in die Hüfte. Es war ihr inzwischen egal, dass sie nackt vor ihm stand. Viel schlimmer war, dass sie sich schon längst auf dem Weg in die Stadt hätte befinden müssen. Sie zog in Erwägung, mit dem eigenen Wagen zu fahren, aber vermutlich würde es Wein zum Geschäftsessen geben. »Ich rufe ein Taxi.«

»Wohin musst du denn?«

»Ins *Austerlyn.*«

»Ach, unser *Austerlyn*?«

Sie blieb ihm die Antwort schuldig, stattdessen ging duschen. Sie ließ kaltes Wasser über ihren Körper sprudeln. Es kühlte ihren erhitzten Geist. Was war bloß aus ihrer Ehe geworden? Und was aus ihrer Liebe?

Als sie das Bad verließ, war Klaus ins Wohnzimmer verschwunden. Der Fernseher dröhnte durchs Haus. Sie warf sich in das erstbeste Kostüm, das sie im Kleiderschrank fand. Sie wollte eine Strumpfhose dazu anziehen, fand aber nur welche mit Laufmaschen. *Auch das noch!* Ihr blieben nur die halterlosen Strümpfe. Die hatte sie zum letzten Mal ... Sie konnte sich auch nicht daran erinnern, wann sie sie zum letzten Mal für Klaus angezogen hatte. *Was hilft's?* Sie streifte sich das schwarze Nylon über die Beine.

Es klingelte an der Tür. Das musste das Taxi sein.

16

Aus dem Frühstück wurde ein Mittagessen. Am frühen Abend schlüpfte Ed mit Nadja noch einmal unter die Dusche. Danach rasierte er sich und zog sich an. Zum Glück hatte er in Nadjas Kleiderschrank ein paar frische Ersatzklamotten, nichts Besonderes, eine Cordhose, ein Hemd, die er jetzt zu seinen Sportschuhen trug. Als er sich verabschieden wollte, versperrte ihm Nadja den Weg.

»Ed«, murmelte sie. »Die Lesung gestern ...«

»Sonntag«, korrigierte er.

»Ja«, sagte sie und pflückte eine Fussel von seiner Jacke. »Du belügst mich doch nicht, oder?«

Er bedachte sie mit einem entrüsteten Blick. »Warum sollte ich?«

Sie zuckte mit den Achseln. »Manchmal ...« Sie nagte an der Unterlippe. Ihren Satz ließ sie unvollendet.

Er umfasste ihren Nacken, bog ihren Oberkörper zu sich heran und hauchte ihr einen Kuss auf den Mund. »Woran zweifelst du?«

Nadja presste die Lippen aufeinander, als wollte sie den Geschmack des Kusses für immer bewahren. Erst nach einer Weile fragte sie: »Was ist mit deiner Frau?«

»Was soll mit ihr sein? Da ist nichts mehr.«

»Ihr schlaft auch nicht mehr miteinander?«

»Nein, das habe ich dir doch erzählt: Sie will nicht mehr.«

Nadja musterte ihn mit einem Stirnrunzeln. »Aber du würdest wollen?«

Ed schnaubte entrüstet. »Auf keinen Fall. Was denkst du? Das Thema ist erledigt.«

Nadja zog einen Schmollmund. »Und warum trennt ihr euch dann nicht?«

Das war ein anderes Thema. Ed strich ihr behutsam durchs Haar. »Die Sache ist im Augenblick nicht so einfach.«

»Ich verstehe das nicht.«

»Was ist daran nicht zu verstehen?« Ed wollte nicht weiter darüber reden. Er winkte seiner Affäre, eilte dann in den Flur, wo er den Fahrstuhl betrat. Der Aufzug beförderte ihn zügig hinab ins Erdgeschoss. Mit der U-Bahn fuhr er zum Alexanderplatz. Weil noch etwas Zeit bis zum verabredeten Treffen mit Büchmann war, legte er den Weg bis zum Restaurant zu Fuß zurück. Er passierte die Hochhäuser in Mitte, eilte über die Straße Unter den Linden, reihte sich in die Touristenscharen ein, die die preußisch-herrschaftlichen Gebäude der Oper und der Humboldt-Universität bestaunten. Es war eine wogende Masse, die sich bei den sommerlichen Temperaturen über die Bürgersteige schob.

Ed bog in die Friedrichstraße ab, tauchte in ein neuerliches Gewusel aus Passanten, die durch die Straßen, Gassen und Wege strömten, Verästelungen kreuz und quer, schier unüberschaubar in alle Himmelsrichtungen und in neue Stadtteile führend, in denen man sich wie in einem Irrgarten verlaufen konnte, wenn man nicht Obacht gab, welche Straße man wählte.

Nicht weit vom Eingang zu *Pour Elise,* einer der Boutiquen seiner Frau, verharrte Ed überrascht auf der Stelle. *Ist das da nicht …?* Doch, natürlich, das war … »Hagen!«, rief er.

Sein Schwager hörte ihn nicht. Kein Wunder, bei dem surrenden Gewimmel der Menschen auf den Bürgersteigen. Hagen eilte über die Straße davon.

»Hagen«, wiederholte Ed, der seinem Lektor gerne von dem Termin mit Ron Büchmann erzählt hätte. *Von der Kehrseite Berlins, den Geheimnissen, Mysterien, Sensationen. Stoff für mein Buch.*

Doch Hagen strebte unbeirrt einer Gasse entgegen, die von der Friedrichstraße wegführte. Als Ed dort eintraf, sah er seinen Schwager ein Stück weiter am Spreeufer entlanglaufen. Nach einigen Metern trat Hagen in ein Restaurant, das im Erdgeschoss eines herrschaftlichen Altbaus lag. Von außen wirkte das Interieur des Lokals ebenso feudal.

Ed hielt Ausschau nach einem Namen, aber das Restaurant war bei den Berlinern offenbar so bekannt, dass sein Betreiber auf eine Leuchtreklame verzichtete.

Ed warf einen Blick auf das Straßenschild, danach auf die Hausnummer am Lokal. Es war der Treffpunkt, den Büchmann ihm genannt hatte.

»Entschuldigung?«, hörte er eine Stimme hinter sich. »Darf ich bitte vorbei?«

Ed ging einen Schritt beiseite. Eine Frau im Business-Kostüm trat in das Restaurant. Ed folgte ihr.

17

Laura nannte dem Taxifahrer die Adresse und der Wagen setzte sich mit einem Ruck in Bewegung. Der Duft eines After Shaves, samtig-warmes Sandelholz, wehte zu ihr in den Fond. Offenbar hatte der Fahrer vor kurzem erst seine Schicht begonnen, frisch geduscht, rasiert, noch nicht übermüdet. Trotzdem schwieg er während der Fahrt. Das war Laura ganz recht. Für den Augenblick stand ihr der Sinn ganz sicher nicht nach Unterhaltung. Small Talk würde sie noch den ganzen Abend betreiben müssen, im *Austerlyn,* mit der Geschäftsleitung von *Girandex*.

Im Rückspiegel bemerkte Laura den Blick des Fahrers, der sie unter geschwungenen Augenbrauen hervor musterte. Erst als sie auf die Avus Richtung Mitte einbogen, richtete er seine Aufmerksamkeit wieder auf den Verkehr. Surrend glitt der Wagen über den Asphalt. Der Himmel verfärbte sich von strahlendem Blau ins Violette. Vereinzelt blinzelten erste Sterne hervor, wie Brillanten, ausgebreitet auf einer Samtdecke.

Am Messedamm nahmen sie die A100 Richtung Bundesplatz. Der späte Feierabendverkehr geriet ins Stocken. Sie fügte sich klaglos in ihr Schicksal. Sie war ohnehin schon über der Zeit.

Erneut kreuzte ihr Blick den des Fahrers im Rückspiegel. Er schien sie schon die ganze Zeit mit aufmerksamen Augen zu beobachten. Wieder fielen ihr seine dichten, geschwungenen Brauen auf. Diesmal wich er ihr nicht aus. Was gab es da zu gucken? Genervt senkte sie selbst den Blick und errötete, als sie den Grund für seine Penetranz ausmachte.

Ihr Rock war hochgerutscht und gab die Spitzen ihrer halterlosen Strümpfe preis. *Gott, wie peinlich.* Hastig zupfte sie den Rock zurecht und vermied es für den Rest der Reise, den Fahrer anzuschauen.

Endlich vor dem *Austerlyn* angekommen, kramte sie das Geld aus ihrer Handtasche und reichte es dem Fahrer. Ohne einen Blick zurück sprang sie aus dem Wagen. Sie wartete nicht einmal auf das Wechselgeld. Der Fahrer machte aber auch keinerlei Anstalten, ihr das Geld zu geben. Er brauste davon.

Laura blieb auf dem Bürgersteig stehen. Das *Austerlyn* lag im Erdgeschoss eines sechsgeschossigen Gründerzeitensembles. Ein prunkvoller, historischer Bau, der dem edlen Ambiente des Restaurants gerecht wurde. Dass sie ausgerechnet jetzt hierhin musste, behagte ihr gar nicht. Sie atmete durch, drängte den Streit mit Klaus aus ihrem Bewusstsein.

Sie rief sich noch einmal den Blick des Taxifahrers vor Augen, sein unverhohlenes Interesse, ja seine Gier. Obwohl noch immer die Hitze des Tages über den Asphalt trieb, überzog sie eine Gänsehaut. Keineswegs unangenehm. *Was ist bloß los mit dir?*, empörte sie sich.

»Entschuldigung«, sagte sie. »Darf ich bitte vorbei?« Sie schob sich an dem jungen Mann vorbei, der scheinbar unschlüssig vor dem Eingang des *Austerlyn* verharrte.

Sie stieg die zwei Stufen hinauf und öffnete die Tür. Hinter einem Samtvorhang wartete ein Portier an einem kleinen Stehtischchen. Er beugte sich zur Begrüßung vor. Laura wollte ihn nach der Reservierung für *FiliCon* fragen. Doch da hatte Erik sie bereits erspäht und eilte zwischen den Tischen entlang auf sie zu.

»Laura«, flüsterte er, als er vor ihr stand. »Wo steckst du denn?«

Sie sah sich in dem Restaurant um.

»Wir warten auf dich.«

Eine Reihe Promis tummelte sich an den Tischen: Wirtschaftsbosse, Politiker, Schauspieler, Popstars. Das *Austerlyn* war Treffpunkt der Berliner Elite. Sie steckte die Köpfe zusammen, plauderte mit gedämpfter Stimme, während die livrierten Kellner einen Gang nach dem anderen servierten. Das Klappern des Bestecks war lauter als die vielen Unterhaltungen.

»Laura?« Eriks Stimme drang an ihr Ohr. »Laura?« Er stupste sie am Arm. »Ist alles in Ordnung mit dir?«

»Ja.« Sie nickte. »Ich war schon mal hier.«

18

»Ach?«, machte Erik.

»Ja«, wiederholte Laura. »Ich war früher schon einige Male hier. Zusammen mit meinem Mann Klaus.«

»Das ist schön.« Erik trat unruhig von einem Fuß auf den anderen. »Aber …«

»Hier hat er mir den Heiratsantrag gemacht.« Es kam ihr vor, als sei seitdem eine Ewigkeit vergangen.

»Laura, können wir jetzt?« Erik schien jeden Moment einen Zusammenbruch zu erleiden. »Ich weiß nicht, wie lange ich Dr. Schneider von *Girandex* noch vertrösten kann.«

Laura konnte verstehen, dass ihre nostalgischen Anflüge ihn nicht interessierten. Er konnte ja nicht wissen, warum diese Erinnerung in diesem Moment für sie so wichtig war.

Sie versuchte sich daran zu erinnern, wann Klaus sie zum letzten Mal zum Essen ausgeführt hatte. Oder wann es in den vergangenen Jahren überhaupt einen Moment der Zweisamkeit gegeben hatte. Entweder hatte sie keine Zeit. Oder Klaus musste Termine wahrnehmen. *Zum Beispiel wichtige Mails über Golfschläger austauschen.*

»Laura«, flehte Erik. »Was ist los?«

Am liebsten hätte sie kehrtgemacht, wäre nach Hause gefahren, hätte sich ins Bett verkrochen und versucht, ihrer Trauer auf die Spur zu kommen, die mit plötzlicher Heftigkeit ihr Herz verkrampfte. Doch sie durfte Dr. Filius nicht enttäuschen, nicht jetzt, wo er sein ganzes Vertrauen in sie setzte. *Niemand repräsentiert die Firma so gut wie Sie.* Nur darauf kam es jetzt an. *Reiß dich am Riemen.* Sie straffte ihre Haltung. Entschlossen umfasste sie ihre Handtasche. »Können wir?«

19

Geduldig wartete Ed neben dem Samtvorhang. Die Frau, die vor ihm das Restaurant betreten hatte, beratschlagte sich mit einem Bekannten, der offenbar schon längere Zeit auf sie gewartet hatte. Er nannte sie Laura. Sie wirkte entrückt. Er war genervt. Schließlich ließ sie sich von ihm zu einem Tisch führen.

Ed setzte einen Schritt in das Lokal.

»Willkommen im *Austerlyn*«, begrüßte ihn der Portier, während er Ed von Kopf bis Fuß musterte.

Der Großteil der Restaurantgäste war vornehm gekleidet. Mit seiner Cordhose und dem Hemd kam Ed sich ziemlich deplaziert vor.

»Haben Sie einen Tisch reserviert?«, fragte der Portier.

Ed hielt Ausschau nach Hagen Bolten. Statt seines Lektors erspähte er andere, bekannte Gesichter. Schauspieler und Musiker, berühmt durch Funk und Fernsehen. Er entdeckte sogar einige Politiker. »Ja, auf den Namen Büchmann.«

Der Portier rümpfte missbilligend die Nase. »Sie sind aber nicht Herr Büchmann.«

Nun suchte Ed den Schauspieler. Doch auch den konnte er in der Ansammlung prominenter Menschen nicht ausmachen. Vermutlich war Büchmann noch nicht da.

»Und?«, fragte der Portier. In seiner Stimme schwang Ungeduld.

»Ich bin mit ihm verabredet.«

»Dann folgen Sie mir bitte.«

Ed ließ sich zu einem Tisch am anderen Ende des *Austerlyn* führen. Der Platz befand sich in direkter Nachbarschaft einer munteren Gruppe von Geschäftsleuten, zu denen auch die junge Frau von eben gehörte. Wie war noch ihr Name gewesen? Ja, genau, Laura. Ein schöner Name, der zu ihr passte. Unter dem strengen, etwas hausbackenen Kostüm schimmerte die Attraktivität einer

Frau in den Dreißigern durch. Unter anderen Umständen, dachte Ed und wurde unterbrochen, als ein livrierter Ober die Speisekarte brachte.

Ein Großteil der aufgelisteten Gerichte sagte Ed nichts. Die Preise dagegen waren gepfeffert. Er beäugte die anderen Gäste im Restaurant. Sie blätterten durch die Speisekarte, willkürlich wie durch eine Zeitschrift. Niemand schien sonderlich erschrocken über die Zahlen unter den Menüs. Ed beschloss, mit der Bestellung auf Büchmann zu warten.

Derweil nippte er an einem Aperitif, den er ungefragt serviert bekommen hatte. Das Getränk schmeckte wie Martini, nur ungleich stärker. Von Büchmann fehlte nach wie vor jede Spur. Auch Hagen war nicht zu sehen. Vielleicht hatte er sich kurz auf die Toilette zurückgezogen. Kurz? Seit Eds Eintreffen im *Austerlyn* war mindestens eine Viertelstunde vergangen. Möglicherweise hatte Ed sich vertan und Hagen war in ein benachbartes Lokal gegangen. Oder er hatte jemanden mit seinem Schwager verwechselt.

Nach einer Weile kam der Kellner wieder an seinen Tisch und erkundigte sich nach Eds Wünschen. Der schaute mittlerweile ungeduldig auf die Uhr. Inzwischen war eine Dreiviertelstunde verstrichen. Wo steckte Büchmann? Wenn er sich verspätete, hätte er wenigstens die Höflichkeit besitzen und kurz anrufen können. Schließlich besaß er ja Eds Handynummer.

Eds Magen meldete sich mit einem hungrigen Knurren zu Wort. Nach einer weiteren Viertelstunde vergaß Ed jede Höflichkeit. Er wählte *Austerlyns* Salatkomposition an eingelegten Feigen mit Kumquats und gerösteten Nüssen, anschließend in blauem Zweigelt geschmorte Kalbsbäckchen mit violetten Kartoffeln, Schalotten und Brokkoli. Zum Dessert gönnte er sich American Cheesecake mit Vanilleshake und Schokoladensorbet.

Ed glaubte nicht, dass Büchmann noch auftauchen würde. Entweder war ihm etwas dazwischengekommen, oder der Schauspieler erlaubte sich einen Spaß mit ihm. Ein helles Lachen am Nachbartisch riss ihn aus seinen Gedanken.

»Haben Sie das gesehen?«, fragte einer der Geschäftsleute und deutete zu einem Kellner.

Ed folgte seinem Fingerzeig, aber der Ober, der ihm die Vorspeise servierte, versperrte die Sicht. Auf einem großen Teller verteilten sich einige Salatsprossen, unter denen Ed die Feigen, Kumquats und gerösteten Nüsse förmlich suchen musste. Wie sollte er davon satt werden? Noch dazu zu diesem Preis?

Er pickte das Grünzeug vom Teller. Sein Magen brummte. Ed brauchte eine Weile, bis er begriff, dass es nicht der Hunger war, der für Verstimmung sorgte. Der Aperitif rumorte in seinem Magen. Offenbar vertrug er sich nicht mit dem Sekt, den er den Mittag über aus Nadjas Bauchnabel geschlürft hatte.

Während er den Kellner die Hauptspeise herantragen sah, erhob er sich vom Tisch und suchte die Toilette. Eine Treppe führte in einen schummrigen Kellergang hinab. Am anderen Ende lagen die WC-Räume.

Aus einer Abstellkammer drang eine Stimme. Gleich darauf ein Stöhnen. Es klang, als ... Das Brodeln in seinem Bauch übertönte das Geräusch. Ed eilte in das Männerklo, enterte eine der drei blickdichten Kabinen, die mit fein ziseliertem Marmor so edel wie der Speisesaal des Restaurants waren. An der Wand hing sogar ein farblich auf die Kloschüssel abgestimmtes Ölbild, eine Landschaft aus der Provence.

Ed verschloss die Tür und nahm erleichtert Platz. Im gleichen Moment hörte er Schritte. Das helle Klackern von Absätzen. Sie erfüllten den Raum. Etwas klirrte. Ein Schlüssel. Dann herrschte Stille.

Ed betätigte die Spülung, schloss den Gürtel seiner Hose, entriegelte die Tür und drückte die Klinke herab. Die Tür ließ sich nicht öffnen. Ed war eingesperrt.

20

Laura führte gerade die geplanten TV-Spots aus, als Dr. Bruno Schneider auflachte. Irritiert verstummte sie.

Der Chef von *Girandex* war nicht sonderlich erbaut über ihre Verspätung gewesen, dementsprechend zäh hatte sich Lauras aufwendige Präsentation über den Abend gezogen. Erschwerend waren ihre Ausführungen immer wieder von einem weiteren Gang des Menüs unterbrochen worden. Auch während des Essens kam das Gespräch nur schleppend in Gang. Mehr als einmal hatte Laura sich gewünscht, ihrem anfänglichen Wunsch zur Heimkehr nachgegeben zu haben. Selbst der Rotwein, der ohne Aufforderung von den Kellnern nachgegossen wurde, hatte nichts daran ändern können. Statt die Stimmung aufzulockern, hatte er in Lauras Schädel ein dumpfes Gefühl der Schwere erzeugt. Sie fragte: »Wie bitte?«

Der geschäftsführende Vorstand von *Girandex* lachte noch immer. »Haben Sie das gesehen?«

Laura trank einen Schluck vom stillen Wasser. Ihr Mund war vom vielen Reden bereits trocken. »Ich verstehe nicht ganz.«

Dr. Schneider beugte sich zu ihr herüber. Mit der Andeutung eines Kopfnickens wies er auf einen der uniformierten Kellner, einen großgewachsenen, auffällig blondierten Endzwanziger. »Sehen Sie den?«

»Ja.«

»Haben Sie gerade mitbekommen, was er getan hat?«

Laura hatte dem Kellner nur wenig, um ehrlich zu sein, überhaupt keine Aufmerksamkeit gezollt. Es gab für sie momentan ganz eindeutig Wichtigeres. Zum Beispiel den Werbeplan für Dr. Schneiders Firma. Aber weil ein zahlender Kunde nun mal ein zahlender Kunde war, schüttelte sie den Kopf.

»Er tut's schon wieder«, ließ sich Andreas Williams, Dr. Schneiders Assistent, mit unverkennbarer Erheiterung vernehmen.

»Tatsächlich«, nickte auch Erik jetzt amüsiert.

Laura hatte das untrügliche Gefühl, dass die um den Tisch versammelten Herrschaften ihr schon seit geraumer Zeit nicht mehr zugehört hatten. Aber was war so interessant an einem Restaurantbediensteten? Sie blickte ratlos in die Runde, doch niemand schien bereit, sie aufzuklären.

Dann sah auch sie es. Der Kellner verpasste einer seiner Kolleginnen einen heimlichen Klaps auf den Po, als sie ihn im Gewimmel des Lokals passierte. Die Frau war von kleiner, zierlicher Gestalt, dunkelhaarig, braungebrannt. Die anzügliche Berührung schien sie nicht zu stören. Vielmehr verzog sich ihr Gesicht zu einem verschmitzten Lächeln. Offenbar wähnten sich die beiden Turteltauben unbeobachtet, denn beim nächsten Aufeinandertreffen wiederholte sich das Spiel. Jetzt musste sogar Laura lächeln.

»Was man nicht alles erlebt.« Dr. Schneider nahm Laura wieder ins Visier. »Entschuldigen Sie die Unterbrechung, aber das war ...« Er schüttelte belustigt den Kopf. »... unterhaltsam.«

Tatsächlich lockerte der Vorfall die Stimmung am Tisch auf. Dr. Schneider begeisterte sich zunehmend für die Präsentation, warf sinnvolle Vorschläge ein, machte den einen oder anderen Scherz. Wider Erwarten gestaltete sich der Abend doch noch angenehm. Beseelt vom Rotwein schlug Dr. Schneider sogar vor, sich doch endlich beim Vornamen zu nennen. »Ich heiße Bruno.«

Laura wechselte einen Blick mit Erik. Für gewöhnlich wahrten sie eine Distanz zu ihren Kunden, gerade wenn es die Zusammenarbeit mit der Agentur noch nicht lange gab. Doch *Girandex* umfasste ein Auftragsvolumen von mehreren Millionen Euro. Und der Kunde war König.

»Laura!«, willigte sie ein.

»Andreas.«

»Erik.«

Eine weitere Flasche Wein wurde serviert, gefolgt vom Dessert. Karamellisierte Passionsfrucht-Tarte mit Erdbeersalat und Sauerrahmeis. Erik lehnte sich auf seinem Stuhl zurück, rieb sich den Bauch. Ein untrügliches Zeichen, dass das Geschäftsessen sich dem Ende neigte.

»Dann können wir den Abend beschließen«, sagte Williams.

»Und mit einem guten Gefühl nach Hause gehen«, meinte Dr. Schneider. »Laura, finden Sie nicht auch?«

Laura nippte an ihrem Wein. So sehr sie sich zu Beginn des Abends gewünscht hatte, zurück nach Hause zu kommen, lag ihr jetzt nichts ferner als das. *Was erwartet dich daheim?* Augenblicklich grummelte es wieder in ihrem Magen.

Sie legte die Serviette beiseite. »Bruno, entschuldigen Sie mich bitte.« Sie erhob sich. »Bevor wir den Heimweg antreten, möchte ich mich kurz frisch machen.«

Am hinteren Ende des Lokals brachten sie Stufen in einen Gang, der zu den Toilettenräumen im Keller führte. Der schlauchartige Flur war von einem gespenstischen Zwielicht erfüllt, denn die eigentliche Beleuchtung schaffte es kaum, das Gewölbe zu erhellen. Zum Glück gingen alle paar Meter Türen ab. Einige waren nur angelehnt, und das Licht, das aus den Lagerräumen dahinter fiel, sorgte dafür, dass Laura nicht über ihre eigenen Pumps stolperte.

Sie erreichte das Damen-WC, als ein Geräusch sie erschrocken herumfahren ließ. War da jemand? Nein, sie hatte sich getäuscht.

Trotzdem beeilte sie sich, den Toilettenraum zu betreten. Sie erleichterte sich, doch das beklemmende Gefühl nahm zu. Sie dachte an Klaus. Seine Ignoranz. Ihre Streitigkeiten. Ihr Eheleben. *Dass ich nicht lache!*

Sie betätigte die Spülung, knöpfte sich den Rock zu und ging zum Waschbecken. Sie gähnte, während sie sich im Spiegel betrachtete. Sie war 42 Jahre alt, aber sie war überzeugt, dass man ihr das Alter nicht ansah. Klar, der Wein hatte seine Spuren hinterlassen. Und auch die Müdigkeit stand ihr ins Gesicht geschrieben, aber das alles war nichts, was sie nicht mit einer guten Portion Schlaf in den Griff kriegen konnte. Ansonsten sah sie zweifelsohne gut aus. Wie sagte man so schön? Gut gehalten. Sie lächelte. Besser klang: attraktiv. Ja, das war sie. *Wäre nur schön, wenn Klaus das auch mal wieder bemerken würde.*

Sie hielt ihre Handgelenke unter das kalte Wasser. Es brachte ihr Blut wieder in Bewegung. *Sei's drum.* Sie frischte rasch ihr Make-up und Puder auf, nickte ihrem Spiegelbild aufmunternd zu und trat zurück in den dunklen Gang.

Sie hatte die Hälfte des Weges hinter sich, als sie erneut ein Geräusch hinter sich hörte. Aus einem Reflex heraus drehte sie sich um. Da war niemand. Nur ein Rascheln, nicht hinter, sondern neben ihr. Aus einem der angrenzenden Räume. Schwaches Licht drang durch den Türschlitz. Und ein Seufzen. Was ging da vor?

Es ging Laura nichts an. Sie setzte sich wieder in Bewegung, dem Kellerausgang entgegen. Ein plötzliches Klatschen ließ sie abermals innehalten. Es folgte ein spitzer Schrei, eindeutig eine Frau, nicht sehr laut, aber doch vernehmbar.

Die werden doch nicht etwa …? Nein, das war unmöglich. Nicht im *Austerlyn.* Laura musste sich irren. Der Wein spielte ihr einen Streich. Da war nur ein Angestellter im Lagerraum, der Kisten stapelte und sich dabei … Nein, das Stöhnen, das sich jetzt über die Türschwelle in den Gang schlich, war unverkennbar.

Bevor Laura wusste, wie ihr geschah, machte sie kehrt. *Hoffentlich gehst du bald noch oben,* verlangte eine Stimme. Doch eine andere Stimme, die sie zweifellos dem Wein in ihrem Schädel verdankte, höhnte: *Du willst es doch wissen!*

Laura trat vor die Tür und schob ihr Gesicht nahe an den Spalt. Sie traute ihren Augen nicht.

21

Laura hielt den Atem an. Die beiden Turteltauben aus dem Restaurant, der blondierte Kellner und seine braungebrannte Kollegin, vergnügten sich in dem kleinen Verschlag hinter der Tür. *Aber wie!* Die zierliche Frau war bis auf die Pumps an ihren Füßen entblößt. Der Mann hatte sie mit Servietten um Arme und Beine bäuchlings an einen Holzschrank gefesselt. Natürlich hätte sie sich ohne Weiteres von der Servietten-Fesselung losmachen können. Aber es hatte nicht den Anschein, als wollte sie sonderlich viel Gegenwehr leisten.

Noch immer wagte Laura nicht zu atmen. Der Mann packte das lange, braune Haar der Frau, zog ihren Kopf daran in den Nacken. Mit der flachen Hand hieb er unterdessen auf ihren Po. Die Haut war bereits ganz rot von den Schlägen. Das war also das Klatschen. Jetzt griff der Mann der Frau zwischen die Beine, alles andere als zärtlich. Er fingerte in ihrem Geschlecht, rücksichtslos und rüde. Dennoch wand sie sich unter der Berührung, bis er abrupt von ihr abließ.

Er öffnete seine Hose. Sein Penis sprang wie eine Feder hervor. Steif ragte er in die Höhe. Er war groß. Er näherte sich dem Hinterteil der Frau. Er war viel zu groß für die kleine, zierliche Gestalt. Er würde ihr wehtun. Ganz bestimmt würde er sie verletzen.

Laura wollte sich abwenden. Sie hatte genug gesehen. Aber zu ihrer eigenen Überraschung blieb sie stehen. Sie war wie festgewurzelt. Magisch angezogen von dem bizarren Treiben in der Kammer. Atemlos beobachtete sie, wie das harte Glied tief in die Frau eindrang, bis kein Platz mehr war zwischen den Hüften – unmöglich! Ein entrücktes Lächeln glitt über das Gesicht der Frau.

In diesem Moment hörte Laura ein Räuspern hinter sich.

22

Während noch das Wasser der Spülung rauschte, drückte Ed gegen die Klotür, aber sie blieb verschlossen. *Natürlich!* Denn als er die Kabine betreten hatte, war die Tür nach innen aufgegangen. Er riss an der Türklinke. Die Tür bewegte sich keinen Zentimeter. Wie war das möglich?

»Hallo?«, rief er und seine Stimme hallte in dem Toilettenraum.

Niemand antwortete.

Er entsann sich des klackernden Geräusches der Absätze, das er vor einigen Minuten vernommen hatte. Und dem Klirren, als hätte jemand mit einem Schlüssel von außen die Tür verriegelt. Danach war es still geblieben. Wer immer in den WC-Raum gekommen war, stand folglich noch draußen vor der Tür.

Dummerweise war die Klokabine eine in sich abgeschlossene Kammer. Es gab keinen Spalt unter- oder oberhalb der Tür, durch den Ed hätte nachsehen können, wer da mit ihm Schabernack trieb. »Hagen?«

Niemand antwortete.

Doch Ed war sich sicher. Es konnte nicht anders sein. »Bist du das, Hagen?«

Keine Reaktion.

Ed lachte. »Ich weiß, dass du das bist.«

Nichts.

Er drückte erneut die Klinke hinab. Die Tür war nach wie vor verrammelt. Sein Lachen erstarb. »Jetzt ist's aber langsam nicht mehr lustig.«

Stille.

Ed sank auf die Kloschüssel hinab. »Also gut. Dann warte ich eben.«

Sein Blick glitt über den edlen Marmor der Kabinenwand. Schließlich landete er auf dem Ölbild. Es zeigte ein grüne Wiese der Provence, über die der Wind mit sanften Flügeln strich. Am Horizont war das Meer als ein schmaler, blauer Streifen zu erkennen. Auf dem Bilderrahmen lag ein Zettel.

Ed schnappte danach. Neugierig entfaltete er das Papier. In eleganter Handschrift stand darauf geschrieben: *Für Ed.* Mit noch größerer Verblüffung las er die Worte, die darunter verfasst worden waren: *Niemand hört davon. Nur der Wissende sieht.*

Das waren Büchmanns Worte, steckte etwa er hinter Eds Gefangenschaft? Wieso?

Egal, beschloss Ed. Um eine Erklärung würde er sich später kümmern, wenn er aus seinem Gefängnis befreit war. Noch einmal presste er die Türklinke herab. Zu seiner Überraschung sprang die Tür ohne Probleme auf.

23

Noch bevor Laura sich umdrehen konnte, wurde sie an den Handgelenken gepackt und beherzt in eine Nische gedrängt. Sie wollte erschrocken schreien, doch eine Hand legte sich auf ihre Lippen. Ein Knie schob sich zwischen ihre Beine.

Erik!

Doch eine fremde Stimme flüsterte an ihrem Ohr: »Hat dir gefallen, was du gesehen hast?«

Mehr als die plötzliche Anwesenheit des Fremden erzeugte ein süßer Sandelholzduft, der in Lauras Nase stieg, eine Gänsehaut. Sie hatte dieses After Shave schon mal gerochen. Es war noch gar nicht so lange her. Als wüsste er um ihren Gedanken, lachte der Mann. Aber es war kein gehässiges Lachen.

»Ich weiß, was du brauchst«, schlängelte sich seine Stimme in ihr Bewusstsein. Jetzt hielt er sie nur noch mit einer Hand fest.

Die Finger der anderen, die eben noch auf ihren Lippen gelegen hatten, glitten nun die nackte Haut oberhalb ihrer Strümpfe empor, fanden ihre Schamlippen.

Nein, bitte!

Laura wollte schreien, doch kein Laut kam über ihre Lippen. Nur ein Keuchen.

Bitte nicht!

Die fremden, warmen Finger teilten das weiche Fleisch. Warum kam ihr niemand zu Hilfe? Die Finger schoben sich vorwärts. Weil noch nicht viel Zeit vergangenen war, seit sie den Tisch verlassen hatte. Die Finger drangen in sie ein. Zu wenig Zeit, als dass sich Erik, Dr. Schneider, *Bruno,* und Andreas Sorgen machten. Eine Berührung in ihrem Innern. Lauras Beine gaben unter ihr nach. Ein kurzes Streicheln. Trotzdem blieb sie stehen. Schon lösten sich die Finger aus ihr. Sie heulte auf.

Es dauerte einen Moment, bis Laura begriff, dass sie auch aus der Umklammerung entlassen worden war. Trotzdem verharrte sie auf der Stelle. Sie begann zu zittern. Erst das löste ihre Erstarrung. Langsam, sich auf den Anblick eines von Gier verzerrten Gesichts mit dichten, geschwungenen Augenbrauen vorbereitend, drehte sie den Kopf. Der dunkle Flur war leer. Nur der balsamisch-süße Duft von Sandelholz hing noch in der Luft.

Weiter hinten erhellte Licht die Stufen, die hinauf ins Lokal führten. Mit wackeligen Beinen setzte sie sich in Bewegung. Schritt für Schritt. Was war gerade geschehen? Sie konnte es nicht in Worte fassen. *Unglaublich!* Doch das Gefühl der warmen Finger, das auf ihrer Scham nachglühte, konnte sie nicht leugnen. *Warm!,* wiederholte sie. Klaus' Finger waren gestern Abend kalt gewesen.

Sie lachte. In ihren Ohren klang es wie das Kichern einer Irren. Man hatte gerade versucht, sie ... Nein, sie wollte das Wort nicht einmal in Gedanken aussprechen. ... Und sie dachte an die kalten Finger ihres Mannes. Vielleicht hatte sie tatsächlich den Verstand verloren.

Sie erreichte die Treppe. Sie warf noch einmal einen scheuen Blick zurück. Wie erwartet lag der Gang verlassen. Und doch erweckte etwas ihren Argwohn. Aber was? Sie spähte in das Zwielicht. Es wollte ihr nicht einfallen.

Also erklomm sie die Stufen, eine nach der anderen, bis sie die helle, pompöse Sicherheit des *Austerlyn* erreichte.

24

Laura hatte sich halbwegs gefangen, als sie den Tisch erreichte. Erik allerdings schien ihr den Schrecken anzusehen. »Geht es dir gut?«

»Klar, natürlich.« Ihre eigene Stimme kam ihr fremd vor.

»Du warst ziemlich lange weg.«

Sie nahm ihre Handtasche. »Mich frisch machen.«

»Frisch für den Abend«, rief Dr. Schneider, ausgelassen vom Alkohol.

»Wir haben überlegt«, sagte Williams, »dass wir noch auf einen Absacker ins *Café Hermano* gehen.«

»Noch einmal anstoßen auf die gute Zusammenarbeit«, fügte Dr. Schneider hinzu. Jetzt lallte er sogar ein bisschen. Er lachte. Offenbar war er noch nicht betrunken genug, um es nicht selbst zu bemerken.

»Hat es nicht …« Laura hustete, aber das änderte nichts an ihrer belegten Kehle. »… kürzlich ein Feuer im *Hermano* gegeben?«

»Hat es«, stimmte Williams zu. »Aber sie haben inzwischen renoviert und neu eröffnet.«

»Also, was halten Sie davon? Noch ein Absacker?« Dr. Schneider wollte Lauras Hand ergreifen.

Sie zuckte vor der Berührung zurück. Falls er es mitbekam, ließ er es sich nicht anmerken. Oder sein Alkoholpegel war doch schon höher als angenommen.

Laura dagegen war ernüchtert. Noch immer steckte ihr die Erschütterung in den Gliedern. Sie verneinte. Dr. Schneider stellte eine enttäuschte Miene zur Schau. »Es ist schon spät. Und es gibt morgen viel zu tun. Sie wollen doch bestimmt die Verträge für Ihre Kampagne.«

»Schon morgen?« Dr. Schneiders Gesicht hellte sich auf. »Respekt, das nenne ich mal Verlässlichkeit.«

Laura beglich die Rechnung und sie verließen das Lokal. Trotz der späten Stunde war es draußen immer noch warm. Sie verabschiedeten sich und Dr. Schneider rang ihnen das Versprechen ab, sich schon bald wieder zu einem gemütlichen Abend zu treffen. Laura blickte den beiden nach, bis sie aus ihrem Blickfeld verschwunden waren und die Straße verlassen im Zwielicht lag.

Plötzlich fiel ihr ein, was sie gestört hatte, als sie vorhin den Gang im *Austerlyn* verlassen hatte. Mit einem Mal war ihr kalt. Denn die Tür zu dem Lagerraum hatte offen gestanden. Niemand hatte sich mehr in der Kammer befunden. Aber sie hatte das Pärchen nicht verschwinden sehen.

Sie hörte eine Stimme. Erik.

»Wie bitte?«

»Ich habe gefragt: Soll ich dir noch ein Taxi …?!«

»Nein!«

Erik hatte die Panik in ihrer Stimme vernommen. »Ist wirklich alles in Ordnung mit dir?«

»Verdammt, ja.«

Er zuckte zurück. Was sie ihm nicht verübeln konnte. Sie selbst war überrascht von ihrer schroffen Reaktion. Aber sie kam nicht gegen den Druck an, der auf ihrer Brust lastete. Als könnte auch er diese Last sehen, musterte Erik sie von Kopf bis Fuß und wieder zurück, bis sein Blick auf dem Revers ihres Kostüms haften blieb.

Laura folgte seinem Blick. Der Stoff war zerknittert. *Herrgott!* Schnell strich sie sich den Kragen glatt.

Sie atmete durch. Sie dachte angestrengt nach. Wann waren die beiden Turteltauben aus der Kammer an ihr vorbeigehuscht? Darauf konnte es nur eine Antwort geben. Erneut fröstelte es Laura. Aber diesmal fühlte es sich anders an. *Wie gestern Nacht, als du dachtest …* Laura sperrte den Gedanken aus.

Sie nahm ihr Handy und bestellte sich ein Taxi, diesmal aber von einem anderen Unternehmen.

25

Im ersten Moment konnte Ed es kaum fassen. Er war wieder frei. Rasch setzte er sich in Bewegung. Wer immer ihn hier eingesperrt hatte, würde sich ein mächtiges Donnerwetter anhören müssen. Zu seiner Verwunderung hielt sich niemand außer ihm in dem WC-Raum auf. Er hastete in den Gang, aber selbst dort herrschte gähnende Leere. Auf halber Strecke stand die Tür zu einem Lagerraum offen, aber auch der lag verlassen.

Ed stopfte den Zettel in seine Hosentasche, wusch sich die Hände und eilte zurück ins Restaurant. Beim ersten Kellner, der ihm über den Weg lief, beschwerte er sich: »Ich war im Klo eingesperrt!«

Lächelnd zupfte der Ober seine Livree zurecht. »Im Klo eingeschlossen?« Es klang wie: Und sonst ist alles klar, oder wie?

Ed rotierte einmal um die eigene Achse. Das Austerlyn war inzwischen fast leer. Auch die munteren Geschäftsleute am Tisch gegenüber hatten das Restaurant verlassen. Was für ein seltsamer Schabernack wurde hier getrieben?

Er suchte seinen Platz auf. Die geschmorten Kalbsbäckchen mit violetten Kartoffeln, Schalotten und Brokkoli waren serviert worden, inzwischen aber erkaltet. Missmutig mampfte er das Gemüse, während er grübelte, wer hinter diesem eigentümlichen Scherz stecken mochte.

Ed zupfte den Zettel aus der Hosentasche. Niemand hört davon. Nur der Wissende sieht. Hagen Bolten konnte von diesen Worten nichts wissen; seit ihrem Gespräch gestern Abend im Brenner hatten sie nichts mehr voneinander gehört. Und wenn Büchmann und sein Schwager nicht unter einer Decke steckten – wovon Ed ausging –, konnte nur der Schauspieler hinter dem Vorfall stecken.

Doch wieso hatte Büchmann ihn auf dem Klo eingeschlossen? Was sollte diese absurde Aktion? Ed kannte den Schauspieler doch gar nicht, zumindest nicht außerhalb der Leinwand. Ed hatte Büchmann am Mittag zum ersten Mal im Leben persönlich gesprochen. Und überhaupt: Büchmann hatte nicht wissen können, dass Ed sich auf die Toilette des *Austerlyn* begeben würde. Wäre Ed nicht aufs Klo gegangen, hätte er niemals die rätselhafte Botschaft erhalten. *Was hatte sie zu bedeuten?*

Der Kellner trat an seinen Tisch. »Schmeckt es Ihnen nicht?«

»Ist ein bisschen kalt«, maulte Ed.

»Sollen wir es noch einmal aufwärmen?«

Das kleine Häufchen, aus dem die Hauptspeise bestand, lohnte den Aufwand nicht. »Danke, geht schon.«

»Möchten Sie das Dessert?«

»Ja, bitte.«

Ed las die Sätze auf dem Zettel noch einmal. *Niemand hört davon. Nur der Wissende sieht.* Doch der Sinn der Botschaft blieb ihm verborgen.

26

Am nächsten Morgen erwachte Laura mit einem Kater, der keinen Zweifel daran ließ, dass sie während des Abendessens gestern zu viel Wein getrunken hatte. Zumindest führte sie die Kopfschmerzen auf den Alkohol zurück. So oder so, daran war jetzt nichts mehr zu ändern. Sie gönnte sich noch einige Minuten unter der Decke, in denen sie sich ganz dem Pochen hinter ihren Schläfen hingab. Was allemal besser war als über Dinge nachzudenken, die sie in Aufruhr versetzten.

Sie öffnete die Augen. Klaus' Betthälfte lag leer. Er war bereits wieder arbeiten. *Zum Glück,* dachte Laura auf dem Weg ins Bad, wo sie sich eine Aspirin in Wasser auflöste. Sie verspürte nur wenig Lust, sich abermals mit ihrem Mann auseinandersetzen zu müssen. Außerdem war sie sich nicht sicher, ob sie ihm überhaupt unter die Augen treten konnte nach dem, was ihr gestern widerfahren war. Noch immer traute sie sich nicht, es auszusprechen.

Sie setzte sich auf den Toilettendeckel, massierte sich mit der einen Hand den Nacken, während die andere das Glas mit der brausenden Tablette hielt. Was war gestern Abend im Keller vom *Austerlyn* geschehen? Es war schockierend gewesen. *Aber es hat dir ... irgendwie auch ...* Sie schluckte die bittere Medizin hinunter und sah zu, dass sie unter die Dusche kam.

In der Küche lag wieder ein Zettel von Klaus. *Tut mir leid wegen gestern Abend. Sehen wir uns heute? H.d.l. Klaus.* Sie las die Worte ein weiteres Mal und bedauerte die hässlichen Gedanken von eben. Nun wünschte sie sich Klaus herbei. Für eine Umarmung. Einen Kaffee zu zweit. Das hätte sie jetzt gebraucht.

Als sie eine Dreiviertelstunde später ihr Büro erreichte, stapelten sich wieder die Akten, die die Mitarbeiter auf ihrem Schreibtisch hinterlassen hatten. Auch ein Teil der Post von gestern lag noch unbearbeitet auf einem Haufen, und es dauerte nicht mehr lange und der Briefträger brachte seine heutige Lieferung. Dann war da noch das zweite Exposé, das beendet werden musste. Außerdem klopfte es ständig an ihrer Tür.

In dieser Sekunde zeigte Markus ihr den ersten Entwurf der *Fujitaksi*-Anzeige. »Gefällt er dir?«

»Auf jeden Fall ist er besser als gestern.«

»Soll ich ihn reinzeichnen?«

Sie bestätigte es und rief nebenher Mails ab. Erik blickte um die Ecke. »Bist du gestern gut nach Hause gekommen?«

»Danke, ja.«

»Der Wein war ganz schön heftig.«

»Kann man wohl sagen.«

»Hat uns alle ein bisschen kirre gemacht.«

»Ja.«

Er schien Lust auf ein Gespräch zu haben, aber mit Erik über den gestrigen Abend zu plaudern, war das Letzte, was sie sich im Moment wünschte. Er zog von dannen. Laura konzentrierte sich auf die Mails. Der Großteil stammte von den Kollegen und war als Dringend markiert. Einige Mitarbeiter erkundigten sich, ob sie diese oder jene Akte inzwischen schon gelesen hatte. Nein, hatte sie nicht. Andere baten um Rückruf, ebenso wichtig.

Laura hatte schon vor vielen Jahren begriffen, dass in ihrem Job immer alles dringend war. Unaufschiebbar. Es noch einmal explizit als solches zu markieren, führte allenfalls dazu, dass sie die Mail hinten anstellte. Dr. Filius hatte mal erklärt: Ein Geschäftsführer muss sich seine guten Mitarbeiter erziehen.

Es klopfte an der Tür. Zwei Layouter suchten Rat in einer Motivfrage. Laura sog unbeherrscht die Luft ein. »Hatten wir das nicht schon?«

»Ja …«

»Ich dachte, meine Anweisung bezüglich der PR-Kampagne sei eindeutig.«

»Aber …«

Reine Erziehungssache. »Wo liegt also das Problem?«

Die beiden Mitarbeiter nickten zerknirscht und verließen ihr Büro. Sie wandte sich wieder ihrem Rechner zu. Sie musste mit dem Exposé beginnen, die Zeit begann allmählich knapp zu werden. Sie hatte kaum die ersten Zeilen geschrieben, als ihr Telefon klingelte.

»Laura?«, hustete Dr. Filius aus dem Hörer.

Laura richtete einen lautlosen Stoßseufzer gen Himmel. »Ich bin ganz Ohr.«

»Wie war die Präsentation gestern Abend?«

Schockierend. Und irgendwie auch … Das Signal einer eintreffenden Mail unterbrach ihren Gedankengang. Sie sagte: »Dr. Schneider will jetzt Bruno genannt werden.«

»Mit anderen Worten: Ihm hat unser Vorschlag gefallen?«

Laura blickte auf den PC-Monitor. »Ja.«

»Der Vertrag kommt also zustande?«

Die neue Mail war ausnahmsweise nicht mit Dringend gekennzeichnet. »Ja.«

»Hervorragend, Laura. Meinen Glückwunsch.«

Die Mail stammte allerdings auch nicht von einem ihrer Mitarbeiter. Sie kannte den Namen nicht. Ein neuer Kunde? »Danke.«

Sie öffnete die Mail, überflog die Worte. Sie blinzelte, las die Mail noch einmal. Das konnte nicht möglich sein. Das war …

»… am kommenden Freitag, ist das okay? Laura? Hallo?«

Sie schreckte auf. »Dr. Filius, entschuldigen Sie. Ich war kurz abgelenkt.«

»Ich fragte, ob Ihnen der kommende Freitag, 11 Uhr, als Termin für die Konferenz passt?«

Es fiel ihr schwer, von der Mail abzulassen. Sie zwang sich, in ihrem Timer nachzusehen. »Nein, kein Problem. Freitag ist in Ordnung.«

»Dann freue ich mich«, erklärte Dr. Filius.

»Ich freue mich auch«, antwortete Laura und hoffte, dass sie in den Ohren ihres Chefs auch so klang. Sie legte auf und beugte sich zum Monitor vor, als hoffte sie, die Mail würde sich bei näherem Hinsehen als Trugbild entpuppen. Aber das tat sie nicht. Schwarz auf weiß flimmerten die Buchstaben vor ihr: »Hallo Laura! Es hat dir gefallen. Weil ich weiß, was du brauchst. Ich schlage vor: Wir treffen uns heute Abend im *Café Speciale*. Carlos.«

27

»Laura!« Sie schrak zusammen. Erik stand im Raum und wedelte mit einigen Ausdrucken. »Kannst du die Proofs bitte kurz überfliegen?«

»Erik, nicht jetzt.« Überstürzt griff sie zur Maus, blendete das Mailprogramm aus. Ein Stapel Papiere flatterte zu Boden.

Ihr Kollege glotzte sie verdattert an. »Alles klar?«

»Ja«, sagte sie schärfer als beabsichtigt.

Er neigte den Kopf. Vermutlich überlegte er gerade, ob sie nun endgültig den Verstand verloren hatte. Weil sie nichts unternahm, ihn von dieser Annahme abzubringen, hob er die Schultern und machte kehrt.

Laura kämpfte um ihre Fassung. Sie nahm eine Akte, fächelte sich frische Luft zu. Als sie glaubte, sich halbwegs wieder beruhigt zu haben, rief sie das Mailprogramm wieder auf.

Es hat dir gefallen.

Keine Frage, die Nachricht stammte von dem Fremden im *Austerlyn*. Der, da war sie sich sicher, identisch mit diesem aufdringlichen Taxifahrer sein musste. Nur er konnte wissen, wer sie war. Aber woher hatte er die Information, wo sie arbeitete?

Hatte er ihr hinterherspioniert? Natürlich, so musste es gewesen sein, schließlich war er ihr schon gestern Abend gefolgt, hatte ihr aufgelauert.

Jetzt fragte er, nein, er stellte fest: *Weil ich weiß, was du brauchst.* Unerhört, wie kam er dazu? Ihr auch noch vorzuschlagen, sich am Abend mit ihr zu treffen, war nur noch das Tüpfelchen auf dem i. Was er wohl dann mit ihr veranstalten würde? Darauf gab es nur eine Antwort.

Sie griff zum Telefon und wählte die Nummer des Taxiunternehmens. Während es klingelte, stellte sich Dankbarkeit bei ihr ein. Dass der Fremde – sie scheute sich, ihn beim Namen zu nennen – sich bei ihr gemeldet hatte. Auf diese Weise gab er ihr die Chance, diesen schockierenden Vorfall tatsächlich aus der Welt zu schaffen.

Eine freundliche Frauenstimme meldete sich. »Taxi Winkelmann in Berlin. Was kann ich für Sie tun?«

»Ich möchte mich über einen Ihrer Fahrer beschweren.«

»Einen Augenblick.«

Ein Klicken, die Stimme verschwand, an ihrer Stelle säuselte jetzt Fahrstuhlmusik, zu der eine mechanische Stimme höflich empfahl, doch ganz auf das Taxi seines Vertrauens zu setzen: *Taxi Winkelmann.* Laura keuchte spöttisch.

»Ja, bitte?«, knarzte es aus dem Hörer.

»Mit wem spreche ich?«

»Mit dem Geschäftsführer, Anton Winkelmann. Man sagte mir, Sie hätten eine Beschwerde?«

»Ja, ich möchte mich über einen Fahrer beschweren.«

»Um was geht es?«

»Er hat mich ...« Laura atmete durch. Auch jetzt fiel es ihr schwer, darüber zu sprechen. *Schließlich geht es um dein Intimstes.* Sie suchte die richtigen Worte. »... mich sexuell belästigt.«

»Was genau ist passiert?«

»Hören Sie«, schnaubte sie. *Das geht mir zu weit.* »Reicht es nicht, wenn ich Ihnen sage, dass er mich … also … ich meine, dass er mir zu nahe getreten ist?«

»Haben Sie eine Ahnung, wie viele solcher Beschwerden wir bekommen?«

»Nein, das habe ich nicht.« *Eigentlich interessiert es mich auch nicht.* Ihre Stimme gewann an Kraft. »Aber ist es Ihnen lieber, wenn ich Anzeige gegen Ihr Unternehmen erstatte? Wenn ich diese Dreistigkeit an die …«

»Ist schon okay«, unterbrach sie Winkelmann. »Können Sie mir wenigstens den …«

»Der Name des Fahrers war Carlos.«

Der Unternehmer räusperte sich. »Entschuldigen Sie, aber wir haben keinen Fahrer mit diesem Namen.«

Wenig überraschend. Er hatte Laura einen falschen Namen genannt. Aber das sollte das geringste Problem sein. »Er hat mich gestern Abend um halb 8 in Zehlendorf abgeholt. Am Quermatenweg.«

»Haben Sie das Taxi bei uns bestellt?«

»Würde ich Sie sonst anrufen?«

Anton Winkelmann grunzte, erwiderte aber nichts. Es klackerte, während er offenbar auf der Tastatur eines PCs tippte. Schließlich sagte der Taxiunternehmer: »Nein, tut mir leid, gestern um halb 8 gab es keine Tour nach Zehlendorf.«

»Das stimmt nicht.«

»Definitiv: kein Eintrag in unserer Liste.«

»Dann hat dieser Carlos …«

»Ich sagte Ihnen doch: Es gibt bei uns keinen Carlos.«

»Wie auch immer er heißen mag, er hat den Eintrag gelöscht.«

»Keiner unserer Fahrer hat Zugang zur Datenbank.«

»Dieser doch.«

»Glauben Sie mir: Es gab gestern keine Fahrt nach Zehlendorf.«

»Wenn ich Ihnen aber sage, dass …«

»Tut mir leid, Sie müssen sich irren!«

Wutentbrannt schmiss Laura den Hörer zurück auf die Gabel. Wieder pochte es hinter ihren Schläfen. Mit dem Schmerz kamen auch die Zweifel. Hatte sie sich im Taxiunternehmen geirrt? Sie drückte die Wiederwahl ihres Handys und verglich die gestrige Nummer mit der, die sie vor wenigen Minuten über ihren Büroanschluss gewählt hatte. Nein, kein Zweifel: Es war die gleiche Nummer. Taxi Winkelmann. Sie hatte sich *nicht* geirrt.

Aber wenn der Taxiunternehmer tatsächlich keine Fahrt nach Zehlendorf in seiner Datenbank hatte finden können, was ging dann hier vor? Was auch immer, es war ganz sicher ein Grund, die Einladung ins *Café Speciale* nicht anzunehmen. So es denn eine Einladung war. Eigentlich klang es mehr wie eine Aufforderung. Oder ein Befehl. Unerhört!

Der Duft von süßem, verführerischem Sandelholz umgab sie plötzlich, wie aus dem Nichts, nur eine Einbildung, zu der eine Stimme in Laura wisperte: *Unerhört? Findest du das wirklich?*

28

Seit dem frühen Morgen hockte Ed wieder an seinem Schreibtisch. Auf dem PC-Schirm vor ihm flimmerte ein blütenweißes Textdokument, dem er jedoch kaum Beachtung schenkte. Seine Augen hafteten an dem Zettel, den er gestern Abend auf der Toilette des *Austerlyn* gefunden hatte. *Für Ed.* Das Papier lag jetzt neben seiner Tastatur ausgebreitet. *Niemand hört davon. Nur der Wissende sieht.* Noch immer hatte er keine Ahnung davon, was man ihm damit hatte sagen wollen. Und vor allem: Wer?

»Ed, ich habe Frühstück gemacht«, hörte er Elisabeth unten aus der Küche rufen.

»Ja«, erwiderte Ed und tippte die Wahlwiederholung seines Handys. Das Freizeichen erklang, aber niemand nahm ab. »Verdammt!«

»Was hast du gesagt?«

»Nichts«, rief er und senkte seine Stimme. »Verdammt!«

»Kommst du?« Schritte polterten die Treppe herauf. Elisabeths Kopf erschien im Türrahmen. Der Duft frischen Kaffees wehte in Eds Arbeitszimmer.

»Ja, gleich«, versprach er.

»Ich muss gleich zur Arbeit.« Seine Frau trug bereits eines ihrer teuren Kostüme, die sie auch in ihrer Boutique *Pour Elise* verkaufte. Der Laden in der Friedrichstraße öffnete um 12.

»Ich muss nur noch diesen einen Anruf erledigen«, sagte Ed.

»Du telefonierst schon den ganzen Vormittag.«

»Ich kann deinen Bruder nicht erreichen.«

»Warum rufst du nicht einfach im Verlag an?«, meinte sie schnippisch.

»Was meinst du, wo ich es die ganze Zeit versuche?«, entgegnete er ebenso grantig und ließ das Telefon noch einmal die Nummer wählen. Er presste den Hörer fest an sein Ohr, als könnte er auf diese Weise dafür sorgen, dass endlich jemand seinen Anruf entgegennahm. Doch stattdessen erklang zum wiederholten Mal nur das Freizeichen.

Elisabeth sagte: »Ich dachte mir, wenn wir beide schon zu Hause sind, dann könnten wir doch mal gemeinsam frühstücken. Wäre das nicht was?«

Es tutete unverändert in sein Ohr. »Ich komme gleich, okay?«

Elisabeth nickte, aber aus ihrer Miene sprach die Skepsis. Einige Sekunden verstrichen, in denen sie ihn nicht aus den Augen ließ. »Ed …«

»Was?«

»Ich fände es wirklich schön, wenn …«

Eine genervte Stimme tönte aus dem Hörer und Ed rief: »Hallo, Ed Baker hier.«

»Ach, guten Morgen, Eduard«, antwortete Karin Meisters und wurde damit ihrem Ruf als Hagens Vorzimmerdrachen wenig überraschend gerecht.

»Guten Morgen«, knurrte Ed und verfolgte aus dem Augenwinkel, wie Elisabeth das Zimmer verließ. »Ich …«

»Bist du das, der die ganze Zeit bei mir klingelt?«, fragte die Sekretärin.

»Richtig, das bin ich«, brummte er. »Warum bist du nicht rangegangen, wenn du es hast klingeln hören?«

»Ich war beschäftigt«, erklärte sie und noch ehe Ed reagieren konnte, fügte sie hinzu: »Was man ja nicht von jedem behaupten kann, oder? Was macht denn dein Roman, Eduard?«

Wenn er gekonnt hätte, wäre Ed in dieser Sekunde durch die Leitung gekrochen und hätte die Sekretärin gewürgt. So beließ er es bei einem wütenden Schnaufen. »Ich muss mit Hagen sprechen.«

»Das tut mir leid, er ist beschäftigt.«

»Ich möchte ihn etwas fragen.«

»Hat das nicht Zeit?«

»Nein«, blaffte Ed in das Telefon. »Es geht um meinen Roman.«

»Ui«, kicherte Karin Meisters. Erstaunlicherweise troff ihr Spott tatsächlich durch die Telefonleitung und ergoss sich über Ed. »Dann dürfte es in der Tat äußerst wichtig sein.« Es klickte in der Leitung und Fahrstuhlmusik erklang. Wieder verging eine Ewigkeit, bis Hagen Bolten zu vernehmen war: »Ed, was gibt es?« Im Hintergrund war das Klappern von Geschirr zu hören. »Ich habe nicht viel …«

»Warst du gestern im *Austerlyn*?«

»Du meinst diesen Edelschuppen in Mitte? Nein, war ich nicht. Wieso fragst du?«

»Ich dachte, ich hätte dich gesehen.«

»Aha«, machte Hagen. Er klang verärgert. »Und deswegen störst du mich mitten in der Verlagskonferenz?«

Ed ging nicht darauf ein. Er fragte stattdessen: »Kennst du Ron Büchmann?«

»Du meinst diesen Schauspieler? Nein, nicht persönlich.«

»Du bist ihm noch nie begegnet?«

»Nein, nicht dass ich wüsste.«

»Hast auch noch nie mit ihm gesprochen?«

»Sag ich doch.«

»Du hättest ja auch telefonisch mit ihm reden können.«

»Ed«, stöhnte der Lektor. »Wenn ich dir sage, dass ich …«

»Du hast ihm also auch nicht meine Handynummer gegeben?«, fuhr Ed dazwischen. »Oder ihm gesagt, er solle mich anrufen?«

»Ich sagte doch gerade, dass ich … Hör mal, was sollen diese ganzen Fragen überhaupt?«

»Ach nichts«, entgegnete Ed. »Ich wollte nur wissen, ob du ihn kennst.«

»Nein, tue ich nicht.«

»Hagen, du würdest mich nicht anlügen, oder?«

Der Lektor atmete hörbar durch. »War das jetzt alles?«

Ed legte auf. Er eilte die Treppe hinunter in die Küche, wo Elisabeth sich gerade ihren Mantel überstreifte. »Jetzt muss ich los«, bedauerte sie und deutete auf eine Tasse, aus der Kaffee dampfte. »Lass es dir schmecken.«

Er reagierte nicht auf ihren galligen Ton.

»Sehen wir uns wenigstens heute Abend?«

»Ich denke schon.«

»Dann sollten wir miteinander reden«, sagte sie und schnappte ihre Tasche. Als die Haustür hinter ihr ins Schloss fiel, ging er zum Tisch, füllte Milch und Zucker in den Kaffee. Auf dem Weg zurück in sein Arbeitszimmer malte er sich das Gespräch mit Elisabeth aus. In ihm wuchs die Sorge, dass ihre Unterredung diesmal nicht einfach so abzuwenden war.

Und was das bedeutete, na ja, besser, er dachte erst einmal nicht daran. Vielleicht glätteten sich die Wogen bis zum Abend wieder.

Er setzte sich an den Rechner. Nach einer kurzen Recherche im Internet wählte er eine weitere Telefonnummer.

»Das Management«, meldete sich eine zuvorkommende Stimme.

»Spreche ich mit dem Management von Ron Büchmann?«, erkundigte sich Ed.

»Richtig, ja. Und wer sind Sie?«

»Ed Baker. Ich bin Schriftsteller.«

»Habe ich was von Ihnen gelesen?«, fragte der Manager.

»Bestimmt«, sagte Ed. »Ich habe *Das Opfer* geschrieben.«

»Nee, das kenne ich nicht. War wohl kein großer Erfolg, oder?« Der Mann kicherte. »Was kann ich für Sie tun?«

»Ich muss Ron Büchmann treffen.«

»Kennt er Sie?«

»Ich denke schon.«

»Und was wollen Sie von ihm?«

»Die Frage ist eher: Was will er von mir?«

Für einen Moment herrschte Schweigen. Dann fragte der Manager: »Wie meinen Sie das?«

»Herr Büchmann wollte mich gestern Abend treffen?«

»Wollte er das?«

»Er hat mich angerufen, sich mit mir verabredet, aber …« Ed hielt inne. *Er hat mich auf dem Klo eingesperrt.* Aber das sagte er nicht, weil er sich – Wahrheit hin, Wahrheit her – nicht zum Gespött machen wollte.

»Ron ist nicht erschienen«, stellte der Manager fest. »Habe ich recht?«

»Ja«, sagte Ed.

»Das wundert mich nicht. Denn Ron ist seit gestern Mittag in Urlaub.«

»Aber …«, sagte Ed und verstummte. Was wurde hier gespielt? Warum bestellte Büchmann ihn ins *Austerlyn,* wenn er wusste, dass er selbst dort gar nicht auftauchen würde?

»Können Sie mir seine Telefonnummer geben?«

»Nein, das geht nicht«, bedauerte der Manager. »Das werden Sie sicherlich verstehen.«

»Dann richten Sie ihm doch bitte aus, er soll mich zurückrufen.«

»Würde ich gerne machen, aber Ron hat ausdrücklich darum gebeten, nicht gestört zu werden.«

Ed beendete das Gespräch. Es konnte nicht anders sein: Alles war nur ein dummer Jux. Von Ron Büchmann. Oder von Hagen Bolten. Am Ende gar von beiden.

Und nun?

Ed beschloss, den Vorfall zu vergessen. Seine Verärgerung darüber konnte er aber nicht einfach von sich streifen – bis ihm eine Idee kam.

Warum eigentlich nicht?, fragte er sich und klemmte sich hinter die Tastatur. Er löschte das Wort *Kapitel 1,* nur um es gleich darauf noch einmal zu tippen. Zwei Leerzeilen darunter begann er seinen Aufenthalt im *Austerlyn* zu schildern, angefangen von dem Anruf Büchmanns bis zu Eds verzweifeltem Bemühen, die verriegelte Toilettentür zu öffnen – natürlich mit verfremdeten Personen und ohne Nadja zu erwähnen.

Während er schrieb, musste Ed sogar schmunzeln. Letzten Endes hatte ihm Büchmann doch den versprochenen Stoff für sein Buch geliefert, vielleicht sogar den ersehnten Einstieg in den Roman, wenn Ed den Vorfall in die entsprechende Zeit verlegte. *Gab es in den 20er Jahren schon Telefone?,* fragte sich Ed. *Und wie sahen damals Toiletten aus?* Er notierte sich die Frage auf einem Zettel und nahm sich vor, die Antworten darauf sobald wie möglich zu recherchieren.

Als er drei Kapitel fertig hatte, lehnte er sich zufrieden zurück. *Zeit für eine Pause,* beschloss er. *Die hast du dir verdient.* Er knipste den Computer aus, schlüpfte in seine Jacke und nahm ein Taxi nach Kreuzberg.

29

Laura beschloss, genau das mit der Mail zu tun, was sie bereits mit dem gestrigen Vorfall vorgehabt hatte: sie zu vergessen. Zum Glück half ihr der Stress im Büro dabei. Sie schrieb an dem Exposé weiter, danach begann sie die Verträge für Dr. Schneider von *Girandex* aufzusetzen. Es war allerdings mehr Arbeit, als sie erwartet hatte. Irgendwann war sie müde und sie beschloss, die Texte morgen weiter auszuformulieren. Sie setzte den Geschäftsführer mit einer kurzen Mail darüber in Kenntnis und machte sich danach auf den Heimweg.

Auf der Fahrt nach Zehlendorf rief sie sich die Nachricht von Klaus vor Augen. *Tut mir leid wegen gestern Abend. Sehen wir uns heute?* Ja, heute würden sie ein bisschen Zeit füreinander finden. Laura würde noch einmal mit Klaus reden. Sie würden eine Lösung finden. Als die U-Bahn den Botanischen Garten passierte, läutete Lauras Handy. »Ja, bitte?«

»Hallo, Laura, Darling.« Es war Charlotte, Lauras beste Freundin. Sie kannten sich seit über 20 Jahren, seit der Schulzeit, die sie in Wedding verbracht hatten. »Wie geht es dir?«

»Wie es einer designierten Geschäftsführerin so geht.«

»Also wieder viel Stress im …« Charlotte brach ab. »Moment! Designiert? Geschäftsführerin? Habe ich da etwas nicht mitbekommen?«

Laura unterrichtete sie über die anstehenden Veränderungen bei *FiliCon*. Charlotte juchzte in den Hörer: »Das ist nicht wahr?«

Die Umsitzenden im Abteil schauten von ihren Zeitungen und Büchern auf. Selbst ein junger Mann, der sich die Kopfhörer seines iPods tief in die Ohrmuschel gepresst hatte, drehte sich um.

»Warum sollte ich lügen?«, dämpfte Laura ihre Stimme.

»Darling, das freut mich ja so sehr. Weißt du was? Das müssen wir unbedingt feiern. Was hast du heute vor?«

»Eigentlich wollte ich heute mit Klaus ...« Sie sog zischend den Atem ein. »Also, ich meine, ein entspannter Abend. Ein bisschen reden. Wir wollten uns ...«

»... mal wieder versöhnen?«, vollendete Charlotte den Satz mit unverhohlener Süffisanz.

»Nein, so ist das nicht.«

»Nein, natürlich nicht«, spöttelte Charlotte. »Nur ein bisschen Stress. Kommt in den besten Ehen vor. Ich weiß.«

Charlotte war seit anderthalb Jahren geschieden. *Glücklich*, wie sie sich jedem zu versichern bemühte. Laura war sich manchmal nicht sicher, ob Charlotte sich damit nicht selbst zu überzeugen versuchte. Denn seit ihr Mann sie von heute auf morgen verlassen hatte, musste sie sich alleine um ihre Tochter Carol kümmern. Leider hatte sie keinen Kindergartenplatz gefunden, so dass nur wenig Zeit für Arbeit blieb. Aber auch ihre Freizeitunternehmungen hatte Charlotte auf ein Minimum reduzieren müssen. Und wenn sie denn mal Zeit für Laura fand, was selten genug vorkam, schimpfte sie auf die böse Männerwelt, nicht ohne auch den Problemen in Lauras Ehe auf die Spur zu kommen. *Denn irgendwann steht jede Ehe vor einem Haufen Müll*, war Charlottes Devise, *dafür sorgen die Männer schon.*

Vielleicht hatte sie damit sogar recht. Aber Abfall musste nicht immer beseitigt werden. Manchmal konnte man zerbrochene Dinge wieder kitten. »Heute geht es wirklich nicht.«

»Schade,« mäkelte Charlotte kummervoll. »Gerade heute, wo ich einen Babysitter für Carol habe. Deswegen rufe ich dich ja an, Darling. Ich dachte mir, wir beide gönnen uns heute einen schicken Abend in der Stadt.«

»Ein anderes Mal«, versprach Laura zum Abschied und entstieg der U-Bahn. Draußen zog die Dämmerung auf. Erste Sterne blinzelten am Himmel. Vielleicht konnte Laura den Abend mit Klaus im Garten ausklingen lassen. Wann hatten sie zum letzten Mal auf der Hollywoodschaukel gesessen, im Angesicht der blühenden Blumen? Wann hatten sie deren berauschenden Duft in sich aufgesogen, die nackten Zehen im Gras vergraben und dabei einfach nur genossen, wie die Zeit verging.

»Jemand da?«, rief Laura, als sie das Foyer betrat. Ihr Blick blieb an dem Bild hängen, das sie und Klaus zeigte, wenige Tage nach der Hochzeit. Devon, ihr gemeinsamer Freund, war ein ausgezeichneter Maler, der nicht umsonst in Berlin eine derartige Popularität genoss. Er hatte ihr Bildnis in unglaublich klaren Farben eingefangen, eine lebhafte Erinnerung an den Feiertag. Laura wurde es warm ums Herz und es bekräftigte sie in ihrer Entscheidung für den heutigen Abend.

Die Stille des Hauses wurde jäh unterbrochen von dem Piepsen ihres Handys. Eine Nachricht war auf der Mailbox hinterlassen worden. Sie wählte den Anrufbeantworter an und rechnete damit, noch einmal Charlotte zu hören. Oder Dr. Schneider, der mit ihr kurz über die Verzögerung der Verträge sprechen wollte. Doch stattdessen erklang Klaus' Stimme. Offenbar hatte er Laura zu erreichen versucht, als sie mit Charlotte telefoniert hatte. Ihr Mann sagte: »Entschuldige, Laura, ich bin noch nicht zu Hause.« Seine Worte gingen in einem ausgelassenen Gemenge unter. Eine Frau lachte im Hintergrund. »Ich bin mit Kollegen was trinken.«

Laura schaltete das Handy aus. Sie setzte sich aufs Canapé, begann einen Roman zu lesen. *Das Opfer* von Ed Baker. Doch sie konnte sich nicht auf den Krimi konzentrieren. Nachdem sie den ersten Absatz drei Mal gelesen hatte, ohne auch nur ein Wort verstanden zu haben, legte sie das Buch beiseite. Stattdessen klappte sie den Laptop auf, startete die Textverarbeitung und nahm sich die Korrektur des Exposés vor. Sie las die Worte, aber sie drangen ebenfalls nicht zu ihr durch.

Stattdessen hallte das glockenhelle Lachen in ihren Ohren nach. *Von wegen Kollegen!* Wer war dieses Frauenzimmer? Ihre Anwesenheit hatte Klaus offenkundig gefallen. Natürlich, sonst hätte er Laura nicht versetzt. *Ich weiß, was dir gefällt.* Na toll, jetzt spukte wieder die Mail des Fremden in Lauras Kopf herum und an Arbeit war gar nicht mehr zu denken. Sie schlug das Notebook zu, schaltete das Handy wieder ein. Sie rechnete nicht damit, dass ihr Anruf beantwortet wurde. Doch Charlotte meldete sich sofort: »Doch kein Klaus?«

»Steht dein Angebot noch?«, entgegnete Laura.

Charlotte lachte. »Der Abend kann beginnen!«

30

Laura verzichtete auf ein Taxi. Auch mit der Bahn wollte sie nicht in die Stadt. Ihr stand nicht der Sinn nach Inspiration und Kreativität. Deshalb wählte sie ihren BMW. Er brachte sie sicher und zügig zur Hauptstraße Richtung Mitte. Dort schrillte abermals ihr Handy.

»Laura, Darling!«, rief Charlotte. »Bist du schon unterwegs?«

Die hell erleuchteten Auslagen des Forums Steglitz rauschten an Laura vorbei. »Wieso?«

»Es tut mir ja so leid.« Charlotte klang genervt. »Aber ich kann nicht kommen.«

»Was ist passiert?«

»Mein Babysitter hat mir gerade abgesagt.« Wie zur Bestätigung plärrte Carol im Hintergrund. »Können wir unser Date aufs Wochenende verschieben?«

»Von mir aus.«

»Dann bis zum Wochenende.«

»Soll ich noch vorbei ...«, setzte Laura an, doch ihre Freundin hatte bereits aufgelegt.

Laura hielt an einer Ampel. Links ging die Kurfürstenstraße ab. Im blauen Neonlicht eines Sexshops reihten sich knapp bekleidete Damen auf dem Straßenstrich auf. Laura konnte sich nicht vorstellen, dass es den Mädels wirklich Spaß bereitete, sich öffentlich so nackt zur Schau zu stellen. Wie demütigend! Ein Wagen hielt am Bordstein, eine der Frauen beugte sich zum Fenster hinab. Kurz darauf sprang die Beifahrertür auf, der Abend konnte beginnen.

Ein Wagen hinter Laura hupte. Die Ampel zeigte grün. Laura drückte das Gaspedal durch, der BMW machte einen Satz und der Motor erstarb mit einem Röcheln. Ihr fehlte die Routine beim Autofahren. Sie startete neu und fuhr langsam an. Wenig später kam der Potsdamer Platz in Sicht.

Sie überlegte, ob sie ins Spitz gehen sollte, die Lieblingskneipe ihrer Agentur. Ganz sicher würde sie noch einige Kollegen dort antreffen. Aber das bedeutete, schon wieder über die Arbeit zu reden – nicht wirklich eine Alternative zum entspannten Abend im Garten.

Was hält dich davon ab?

Laura nahm die nächstbeste Abzweigung, kurvte um den Block. In der Ferne zuckte ein Blitz über den Himmel. Ein Donnern zog grollend über die Stadt. Damit war wohl auch der Abend im Garten gestrichen. Sie fuhr über das Lützowufer und gelangte zur Budapester Straße. In den meisten Cafés und Kneipen herrschte noch Hochbetrieb. Vereinzelt begannen aber die Kellner das Mobiliar einzuräumen.

An der Kantstraße musste Laura erneut an einer Ampel stoppen. Gegenüber stand ein Mehrfamilienhaus. Vier Etagen, Balkons, rauer Putz, die Optik der 60er. Westberlin. Es gab zwei Eingänge. Einer war die normale Haustür für die Mieter. Über dem anderen flackerte eine Leuchtreklame: *Café Speciale.*

Laura musste zweimal hinschauen. War das ein Zufall? Es fiel Laura schwer, daran zu glauben. Die Ampel sprang auf grün und sie ließ den BMW anrollen. Nicht schnell genug für ihren Hintermann, der zu hupen begann und sie dann mit quietschenden Reifen überholte. Laura dagegen bremste neben einer Parklücke. Nein, es konnte nichts anderes sein. Es war nur ein Zufall. Nichts als ein dummer, dummer Zufall.

Sie stellte den Wagen ab, blieb aber sitzen. Erste Regentropfen gingen auf die Autoscheibe nieder. Wollte sie wirklich aussteigen? Ihre Sorge galt weniger dem Wetter, vielmehr dem, was sie dort im *Café Speciale* erwartete. Vielleicht sollte sie einfach das Auto wieder starten und zurück nach Zehlendorf fahren. Möglicherweise war Klaus inzwischen heimgekehrt.

Lauras Magen verkrampfte sich. Sie atmete durch. Nein, an Klaus wollte sie jetzt auch nicht denken. Woran aber dann? Ihr Blick fand wieder das Neonlicht des *Café Speciale*. Herrgott, es war nur ein Café. Was hatte sie schon zu verlieren? Wenn sie nicht wieder in düsteren Kellergewölben umherstolperte und sich stattdessen im Restaurantbereich aufhielt, unter Menschen, drohte ihr keinerlei Gefahr. Außerdem, und das war viel entscheidender, bekam sie so auch die Möglichkeit, diesen Carlos, oder wie immer er heißt, zur Rede zu stellen.

Sie verließ den Wagen und eilte durch den Regen ins Café. Die Eingangstür war nur angelehnt. Mit einem beherzten Schwung zog sie sie auf und betrat einen Vorraum. Auf der anderen Seite führte eine verdunkelte Glastür in das von flackerndem Kerzenlicht erhellte Speciale.

Laura hatte die Glastür bereits in der Hand, als sie den Tisch daneben bemerkte. Dahinter saß eine blonde Frau, die ein Kostüm trug, das dem von Laura nicht unähnlich war, nur dass es ein ungleich tieferes Dekolleté bot. Sie lächelte Laura wissend zu, so als passierte es ihr nicht zum ersten Mal, dass Gäste sie übersahen. Vermutlich nur die weiblichen Gäste, feixte Laura in sich hinein und wünschte einen guten Abend.

Die Blondine nickte und sagte: »Der Eintritt kostet 25 Euro.«

Laura wollte bereits der Kiefer hinunterklappen, da fügte die Kassiererin mit einem weiteren Lächeln hinzu: »Darin enthalten sind zwei Gratisdrinks Ihrer Wahl.«

Nun, damit ließ sich durchaus leben, obschon es Laura nicht einleuchten wollte, warum sie für den Aufenthalt in einem Café 25 Euro Eintritt berappen sollte. Was um alles in der Welt hatte sich dieser Carlos dabei gedacht? Sie griff nach ihrer Geldbörse und bezahlte den Eintritt.

Die Blondine dankte ihr mit einem liebreizenden Blick. Ohne Lauras Dazutun öffnete sich die Glastür und eine sanfte Stimme jenseits der Tür begrüßte Laura: »Willkommen im *Café Speciale*.«

31

»Man hat dich … was?« Mike, Eds Kumpel, prustete lauthals los. Fast kippte er dabei vom Barhocker, was seiner Erheiterung aber keinen Abbruch tat. Gerade rechtzeitig klammerte er sich an die Theke und wieherte noch lauter. Einige der Umsitzenden wandten sich neugierig zu ihm um.

Ed schoss die Schamesröte ins Gesicht. Nun bereute er es, von seinem merkwürdigen Erlebnis am Vorabend erzählt zu haben.

Wie waren sie überhaupt auf das Thema gekommen? Weil ihm keine Antwort einfiel und die peinliche Situation vom Grübeln nicht angenehmer wurde, bestellte er bei Tan, dem Barkeeper im *Mesquiz*, einen weiteren Drink.

Mike beugte sich herüber. »Habe ich das gerade richtig verstanden?«

»Ja«, grummelte Ed. »Der Lektor, mein Schwager, dieser Mistkerl, hat mir die Pistole auf die Brust gesetzt.«

»Nein, nein«, meinte Mike und unterdrückte ein weiteres Kichern. Er zupfte sich sein schwarzes Seidenhemd zurecht, zu dem er eine Karottenjeans trug. Kein Mensch trug heutzutage mehr Karottenjeans – bis auf Mike. Merkwürdigerweise standen ihm die Hosen. »Ich meine das, was du danach erzählt hast. Das mit Ron Büchmann, dem Schauspieler, der …«

»Vergiss es einfach, okay?«

Doch Mike dachte nicht daran. »Man hat dich auf dem Klo eingeschlossen! Im *Austerlyn*!« Er lachte schon wieder. »Wie kann denn so etwas passieren?«

Das fragte Ed sich auch. Zur Antwort stellte Tan, der Barkeeper, ihm einen Gin Tonic vor die Nase. Auf seinen Lippen kräuselte sich ein feines Lächeln. Ed schickte ihm einen warnenden Blick über den Tresen. Aus dem Augenwinkel sah er Georg die Kneipe betreten. Tan deutete einen Reißverschluss an, mit dem er seinen Mund versiegelte. *Ich schweige wie ein Grab.* Ed beruhigte sich. Er wusste, auf die Thekenkraft war Verlass, Verschwiegenheit gehörte zur Tugend eines Barkeepers. Aber Mikes unentwegtes Gewieher ließ Schlimmes erahnen.

»Ed«, rief Georg. »Schön dich zu sehen. Bist mächtig abgestürzt letzte Woche. Hast du die Kleine mitgenommen? Wie hieß sie noch?«

»Maria«, knurrte Ed.

»Ist sie heute auch hier?«

»Warum fragst du?«, begehrte Mike zu wissen. »Glaubst du etwa, du hast Chancen bei ihr?«

Georg streckte ihm den Mittelfinger entgegen. »Ich bin verheiratet. Glücklich.« Seine Augen streiften Ed. Es war nicht zu erkennen, ob ein Vorwurf in seinem Blick lag.

»Hast du schon gehört?«, begann Mike. »Ed lässt sich neuerdings ...«

»Mike!«, schnauzte Ed ihn an. »Ich habe dir ...« Ed verstummte, als sich eine schmale Hand auf seine Schulter legte.

»Ed, mein Dichter«, flötete die junge Dame und schenkte ihm einen Kuss auf die Wange. Sie steckte in unschmeichelhafter, grüner Cargo-Wear und klobigen Stiefeln. Ihr schulterlanges schwarzes Haar hatte sie mit einem Halstuch am Hinterkopf zusammengebunden, und in der stickigen Hitze der Kneipe glänzte ihre Haut in einem dunklen Mokkaton.

Ed musste einen Moment überlegen, woher er sie kannte. »Maren«, sagte er schließlich. »Das ist aber eine Überraschung.«

Marens Miene verdüsterte sich. »Wer ist Maren?«

Ed spitzte vorsichtig den Mund. »Du, oder nicht?«

Sie funkelte ihn böse an. »Nee, mein Name ist Jule.«

»Oh«, sagte Ed und wollte eine Entschuldigung hinterherschieben. Aber Jule fegte seine Hand beiseite und tauchte ins Getümmel der Kneipe.

Mike und Georg grinsten breit.

»Seid bloß still«, fauchte Ed. Gleich darauf piepte sein Handy. Ein Blick auf das Display ließ seine Laune auf den Tiefpunkt sinken. Es war Elisabeth, die wissen wollte: »Wo steckst du?«

»Ich sitze noch mit Mike zusammen.«

»Wolltest du nicht an deinem Roman schreiben?«

»Wer sagt das?«

»Mein Bruder.«

»Was hat Hagen dir noch erzählt?«

»Was soll deine ständige Fragerei danach, was er mir noch erzählt haben soll? Ist da etwas, was ich wissen müsste?«

Ed schalt sich selbst einen Narren. Er griff nach seinem Drink. »Nein, nichts.«

Elisabeth verfiel in Schweigen. Aus den Lautsprechern im Mesquiz säuselte Rockmusik. Ein Song der Scorpions. Ed nippte unschlüssig an seinem Gin Tonic.

»Ich dachte, du bist daheim?«, fragte Elisabeth schließlich.

»Warum?«

»Weil du es heute Morgen versprochen hast.«

»Ja, tut mir leid, aber ich hatte noch zu tun.«

Sie stöhnte ungehalten. »Ich dachte, wir reden endlich miteinander.«

Ed spülte den Drink in seine Kehle und schwieg.

»Ich habe mir einige Gedanken gemacht«, sagte seine Frau. »Und ich dachte ...«

Ihre Worte wurden von der Musik verschluckt, die plötzlich laut aus den Boxen plärrte. Tan, der Barkeeper, eilte zur Stereoanlage und verringerte die Lautstärke.

»Entschuldige, Elisabeth«, meinte Ed. »Was sagtest du?«

»Ich sagte, ich habe mir etwas überlegt.«

Mit der Zunge fischte er die letzten Tropfen aus dem Glas. »Ja?«

»Vielleicht sollten wir zu einer Eheberatung gehen.«

Ed verschluckte sich. »Wie bitte?«, hustete er blechern in das Glas.

»Zu einem Therapeuten.«

»Das habe ich verstanden. Aber was sollen wir dort?«

»Ich dachte, wir könnten eine Therapie beginnen.«

»Und du meinst, die bringt uns etwas?«, zweifelte er.

»Ganz sicher mehr, als wenn du jeden Abend mit deinen Freunden in der Kneipe hockst und dir deine Martinis ...«

»Elisabeth!«, blaffte Ed in das Telefon.

»Entschuldige«, sagte sie. »Aber weißt du, manchmal glaube ich …« Ihre Stimme erstarb.

Ein langer Schopf tauchte wie aus dem Nichts neben Mike auf. Das junge Mädchen bewegte sich geschmeidig, als sie Eds Kumpel einen Kuss verabreichte. Ihr offenes Haar schimmerte dunkel wie das Gefieder eines Raben, ihre Haut war dunkler Honig. Die Augen, die Eds Blick trafen, hatten die Schattierung von Karamell. Sie beugte sich zu ihm herüber. Diesmal war es Maren. *Ganz sicher.*

»Manchmal glaube ich, noch ist es nicht zu spät für uns, oder?«, fragte Elisabeth.

Marens süßes Parfüm umwölkte Eds Nase. Ihre Lippen streiften seine Wange. Sie näherte sich seinem freien Ohr, in das sie flüsterte: »Erinnerst du dich noch?«

Ihre Stimme war rauchig. Ed wurde von einer Gänsehaut erfasst. »Natürlich.«

»Also was meinst du? Kommst du heim und wir sprechen darüber?«

Erinnerungen an eine Nacht zu dritt wurden wach. Maren zwinkerte mit den Augen und wisperte: »Unternehmen wir heute noch etwas?«

»Das können wir machen«, erklärte Ed.

»Dann bis nachher«, sagte Elisabeth.

»Spendierst du mir einen Drink?«, fragte Maren und bettete ihren Kopf auf seine Schulter.

Ed legte auf und winkte dem Barkeeper. »Noch zwei Gin Tonic!«

32

Nichts in dem Saal erinnerte Laura an ein Café. Eigentlich war das *Speciale* eine einzige große Halle, die von Kerzen auf mannshohen Kandelabern in ein faszinierendes Spiel aus Licht und Schatten getaucht wurde. Manchmal zuckten die Flammen empor und erhellten Wände aus ockerfarbenem Backstein, die sich zur Decke hin wölbten. Eisenketten hingen herab, daran baumelten Skulpturen aus Holz, die weiblichen Körperformen nachempfunden waren. Zweifelsohne eine eigenwillige Dekoration.

Laura war sich nicht sicher, ob auch die Frau, die sie neben dem Eingang anlächelte, nur Dekoration war. Sie trug nichts als ein Korsett und dazu Schuhe mit Absätzen, auf denen sie unmöglich laufen konnte. Gerade als Laura sich deshalb für *Dekoration* entschieden hatte, sprach die Frau sie an: »Sie wünschen einen Tisch?«

Laura schaute sich in dem Café um. Nirgendwo konnte sie in dem mit Natursteinen ausgelegten Saal Tische ausmachen. Was sollte also diese Frage?

Dann aber brachte eine Brise die Flammen der Kerzen abermals zum Tanzen und Laura machte kleine Nischen aus, die in das Mauerwerk rings um den Saal eingelassen worden waren. Einige wurden von den massiven Deckenträgern durchbrochen. Darunter standen kleine Tische mit noch schmaleren Stühlen. Nicht alle Plätze waren besetzt. An einigen hatten sich Paare niedergelassen, die in vornehme Abendgarderobe gekleidet waren. Dagegen kam sich Laura in ihrem Businesskostüm fast schon wie in Straßenkleidung vor.

An anderen Tischen saßen einzelne Damen und Herren, die sich aber auch nicht unwohl zu fühlen schienen. Sie nippten an ihren Getränken, ließen ihre Blicke durch den Raum gleiten, selbstvergessen, mit sich zufrieden. Über allen Köpfen schwebte unaufdringliche Pianomusik. Die Atmosphäre wirkte in dem Halbdunkel keineswegs bedrohlich, vielmehr entspannt. Und irgendwie … Laura überlegte, kam aber nicht darauf.

Sie hielt nach diesem Carlos Ausschau. Aber von ihm war nichts zu sehen. Stattdessen bemerkte sie am hinteren Raumende eine rustikale Theke. Die Barhocker davor waren unbesetzt. Von dort ließen sich aber das Café und vor allem der Eingang im Auge behalten. »Ich nehme einen Platz an der Theke.«

»Selbstverständlich«, sagte die junge Frau und bewies, dass sie mehr war als nur Dekoration. Scheinbar mühelos stöckelte sie auf ihren hohen Schuhen quer durch das Café und rückte Laura einen der Hocker zurecht, sobald sie die Bar erreicht hatten.

Der Barkeeper schlenderte herbei. »Sie möchten?«

Was möchte ich? Laura beobachtete, wie die junge Frau zurück zum Eingang stolzierte. Wieder sah sie sich in dem Café um. Die verklinkerten Wände schmückten kunstvoll arrangierte Akte von Frauen und Männern, die Masken wie aus einer venezianischen Oper trugen. Die Frage sollte wohl eher lauten: *Was mache ich hier?*

»Einen Champagner?«, schlug der Barkeeper vor.

»Ja, ein Champagner wäre nicht schlecht.« Keine zehn Sekunden später reichte er ihr das sprudelnde Getränk. Laura trank davon. Es war herb, brannte auf der Zunge. Der Alkohol stieg ihr augenblicklich zu Kopf. Ihr wurde heiß hinter den Schläfen. Sie entledigte sich ihrer Jacke, hängte sie über den Arm. Sie würde sich für den Rest des Abends zügeln müssen, schließlich war sie mit dem Auto gekommen.

Sie ließ ihren Blick durch den Saal gleiten. Noch immer keine Spur von Carlos. Inzwischen hatte sie ihre Zweifel, dass er überhaupt auftauchte.

»Guten Abend.«

Vor Schreck ließ Laura ihre Jacke fallen. Hastig rutschte sie vom Hocker, dabei verschüttete sie Champagner, der auf das Kleidungsstück tropfte.

»Habe ich Sie erschrocken?«

Sie hob die Jacke auf, fegte mit der Handfläche über den Schmutz, aber Champagner und Staub ließen sich nicht so einfach von dem Stoff entfernen. Sie sah zu dem Mann auf. Es war nicht Carlos. Offenbar nur ein weiterer Gast, der ein Gespräch suchte. »Ja, ein wenig.«

»Sie sind neu hier, oder?«

»Heute zum ersten Mal hier, ja.«

»Das sieht man. Sie schauen aus, als wüssten Sie nicht, was Sie hier sollten.«

Womit Sie gar nicht mal so Unrecht haben. Laura trank einen Schluck Champagner. »Eigentlich war ich verabredet.«

Noch während sie es sagte, musste sie lachen. Eine Verabredung sah anders aus. Das hier war lediglich ein blöder Scherz von diesem Carlos. »Ich glaube, meine Verabredung ist nicht gekommen.«

Der Mann nickte mitleidig. Er war in einen Anzug gekleidet, der ganz gewiss nicht von der Stange war. Unter dem Sakko trug er kein Hemd. Das Revers entblößte eine nackte, glatte, angenehm braune Brust. Er war vielleicht Mitte dreißig. Er setzte sich neben Laura auf den Hocker. »Ich bin Polonius.«

»Ich heiße Laura.«

Polonius schüttelte ihr die Hand. Als wäre dies ein Zeichen gewesen, erloschen die Kerzen mit einem Zischen, die Pianomusik verstummte und Laura saß in der Finsternis.

33

Einige Augenblicke später flammte ein Scheinwerfer auf und erhellte die gegenüberliegende Seitenwand. Den Satinvorhang, der dort von der Decke hing, hatte Laura bisher gar nicht wahrgenommen. Surrend glitt er beiseite und gab den Blick auf eine

Bühne frei. Laute Elektromusik erscholl plötzlich und aus einer Düse am Boden wurde Kunstnebel auf die Bühne gepumpt.

Die Gäste in dem Café beugten sich auf ihren Tischen vor. Jetzt begriff Laura, was ihr vorhin an den Leuten aufgefallen war. Sie hatten erwartungsvoll an ihren Tischen gesessen, so als würden sie sich auf etwas freuen. Offenbar war der Moment, den sie herbeigesehnt hatten, jetzt gekommen.

Ein Mann mittleren Alters trat auf der Bühne in das Scheinwerferlicht. In seiner schwarzen Lederhose und den hohen, schwarzen Stiefeln wiegte er sich im Takt der elektronischen Musik. Sein Körper war von muskulöser Statur, stark und präsent wie nur bei wenigen der anwesenden Männer.

»Das ist Andy«, hörte Laura Polonius nahe ihrem Ohr flüstern. »Ihm gehören einige Berliner Cafés, in denen er manchmal diese Shows macht.«

»Shows?«

»Warten Sie es ab.«

»Wer ist die Frau bei ihm?«

»Seine Freundin Christin.«

Andy begann seine Freundin, die während ihres kurzen Gespräches die Bühne betreten hatte, zu entkleiden. Christin wehrte sich dagegen. Doch Andy hatte plötzlich eine Peitsche in der Hand und jedes Mal, wenn sie sich sträubte, bekam sie einen Hieb damit. Als das letzte Kleidungsstück fiel, war Christin sichtlich erregt. Andy drückte sie auf den Bühnenboden, zu gleichen Teilen gebieterisch und fürsorglich, bis sie vor ihm kauerte. Er griff nach ihren Händen. Sie begehrte auf. Wieder Schläge mit der Peitsche. Die klatschenden Hiebe auf die nackte Haut übertönten die Musik. Schließlich ließ Christin sich von der Dominanz ihres Freundes überwältigen. Er fesselte sie an Ösen, die aus dem Boden ragten. Gleich darauf band er auch ihre Füße fest. Jetzt war sie ihm wehrlos ausgeliefert.

Andy spielte mit ihr, streichelte sie, küsste sie. Seine Berührungen wurden fordernder. Er streifte ihre Scheide mit den Fingern, und ihr Unterleib wölbte sich voller Verlangen nach oben. Sie stöhnte auf, stand offenbar kurz vor dem Höhepunkt. Andy lachte, verpasste ihrem Bauch und den Beinen Schläge mit der Peitsche.

Dann begann Andy sein Spiel von vorne, immer wilder und hemmungsloser. Seine Freundin schleuderte verzweifelt den Kopf hin und her, während er sie streichelte und langsam um den Verstand brachte.

Noch mehr Nebel wurde auf die Bühne geblasen. Die Gäste verschwanden in den dichten Schleiern, auch von Christin und Andy war nichts mehr zu erkennen. Als der Dunst sich allmählich auflockerte, stand Andy über der gefesselten Christin. Wie selbstverständlich öffnete er seine Hose, ließ sie zu Boden gleiten, bis er nackt war. Auf seinen Stiefeln ging er hinter ihr in die Hocke, drang in sie ein. Noch immer gefesselt konnte sie sich nicht dagegen wehren.

»Gefällt es Ihnen?«, fragte Polonius. Seine Stimme war weit entfernt.

Laura konnte sich nur schwer von dem Geschehen abwenden. Nichts von alldem erschien ihr abartig oder pervers. Es war ganz natürlich. Selbst die Anwesenheit der Zuschauer wirkte nicht peinlich. Vielleicht war gerade das der Reiz: die Mischung aus Voyeurismus und Exhibitionismus. »Irgendwie schon.«

Polonius kam näher, drängte seinen Arm gegen ihren Busen. Seine Hand glitt ihr Kostüm hinab und landete wie zufällig zwischen ihren Beinen. Doch so etwas geschah nicht aus Versehen, nicht an einem Ort wie diesem, soviel war klar.

Laura drehte sich zu ihm um. Polonius war verschwunden, jemand anderes heimlich an seine Stelle getreten. Bevor sie ihn im Halbdunkel erkannte, roch sie sein After Shave. Süßlich. Herb. Fast schon vertraut. Es war der Fremde aus dem *Austerlyn.*

Carlos. Er lächelte. Laura zuckte zurück. Nicht weil er plötzlich neben ihr stand, auch nicht vor seinen Fingern, die ihren Schritt berührten. Es war die eigene Erregung, die zwischen ihren Beinen floss, die sie schockierte.

Es war viel Zeit vergangen, seit sie Erregung verspürt hatte. *Richtige* Erregung. Seit sie mit Klaus geschlafen hatte. *Richtig* geschlafen hatte. So verdammt viel Zeit. Und jetzt dieses Schauspiel vor ihr. Christin unter dem nackten Körper ihres Freundes. Carlos an Lauras Seite, mit seiner unverhohlenen Offerte. Es war verlockend. So einfach. Plötzlich fühlte Laura sich schuldig.

Sie entschied, dass sie genug gesehen hatte. Ohne ein Wort strebte sie zum Ausgang. Die blonde Frau hinter der Kasse im Empfangsraum hob fragend ihre Augenlider: »Gefällt es Ihnen nicht?«

Aber da stand Laura bereits auf der Straße, geflohen vor der verhängnisvollen Wahrheit. Noch immer tobte das Sommergewitter über Berlin. Der Wind fegte den Regen kalt in Lauras Gesicht. Er brachte kaum Linderung für ihr erhitztes Gemüt.

34

Auch Ed wurde in diesen Minuten mächtig heiß. Was entweder an den Drinks lag, die er die letzten Stunden über zu sich genommen hatte, oder an Maren, die sich unvermittelt vor ihm entblätterte. Dabei waren sie erst vor wenigen Minuten in Mikes Wohnung angekommen. Doch sie hatte es entweder eilig, oder sie war einfach nur scharf. Für Ed war beides in Ordnung.

Mike dagegen kam aus der Küche und rief überrascht: »Oha!«

Wie Ed konnte er die Augen nicht von Maren lösen. Ein Pushup hielt die beachtlichen Brüste in Form. Ihre Scham lag hinter einem schmalen Tanga verborgen. Ihre Stiefel fegte sie mit einem eleganten Kick zur Seite. Klackernd landeten sie irgendwo in der Ecke, wo sie nicht weiter störten.

Ed wechselte einen Blick mit Mike.

»Was ist mit euch, Jungs?«, lächelte Maren. »Seid ihr schwul geworden?«

»Wie kommst du darauf?«, empörte sich Mike.

»Weil ihr euch anglotzt wie zwei schwule Brüder.« Sie löste den Verschluss ihres BHs, während sie sich auf das Sofa gegenüber setzte. »Dabei spielt die Musik hier vorne.«

»Dann werde ich jetzt musizieren«, erklärte Mike mit aller Feierlichkeit, die er aufbringen konnte. Er stellte die Cocktails beiseite, die er in der Küche gemixt hatte, und ging vor der jungen Frau in die Knie. Sie hob eine ihrer Brüste an. Sofort saugte er an der steif aufragenden Brustwarze.

»Und was ist mit dir, Ed?« Maren lächelte.

Ed blinzelte kurz zu den Drinks, deren Eiswürfel verlockend im Licht glitzerten. Doch für den Augenblick sehnte Ed sich nach etwas Handfesterem. Er trat an Marens Seite und beugte sich zu ihrer zweiten Brust herab. Sein Blick kreuzte den von Mike. Sein Kumpel zwinkerte, während er atemlos erklärte: »Es gibt Momente, da liebe ich es, mit einem Schriftsteller befreundet zu sein.«

Maren verpasste ihnen beiden eine Kopfnuss. »Eure geistigen Ergüsse interessieren mich nicht.«

»Nein, natürlich nicht«, nuschelte Mike, während er wieder an ihrem Busen zu saugen begann.

Ed sank zurück auf die Couch und beobachtete fasziniert das Spiel der beiden. Es erinnerte ihn an jenen Abend vor drei oder vier Wochen, als Mike und er schon einmal in den Genuss von Marens flinken Fingern gekommen waren. Damals waren sie ins *Adler* entschwunden.

Jetzt umfasste Maren Mikes Kopf und hob ihn an. Ihre Lippen näherten sich seinem Mund. Sie hielt die Augen geschlossen, trotzdem löste sie geschwind die Knöpfe an Mikes Seidenhemd. Mit ihren rotlackierten Fingernägeln spielte sie an seinen Brustwarzen.

Mike stöhnte und löste sich von der jungen Schönheit. »Ich brauch eine kurze Pause.« Er nahm einen der Drinks; Eis klirrte gegen Glas. Er hielt sich das Glas an die Stirn.

Maren wollte nicht warten. Sie kam auf Ed zu. Bei jedem ihrer Schritte schwang sie die Hüfte, als tanzte sie einen leidenschaftlichen Tango. Sie hockte sich vor Ed, bot ihm ihre Zunge dar. Doch noch ehe Ed sie mit seinem Mund erreichen konnte, beugte sie sich lächelnd tiefer. Sein Reißverschluss zirpte.

»Du weißt ja«, warnte Mike und lachte. »Was immer du mit ihm anstellst, die Leute werden davon erfahren – in seinem neuen Roman.«

»Ach«, kicherte sie. »Ein bisschen Sex schadet doch niemandem.« Ihre Hand vergrub sich in Eds Hosenschlitz. »Außerdem: Nur weil's in einem Buch steht, heißt es nicht, dass es stimmt.«

Sie brachte Eds Schwanz zum Vorschein, der zu beträchtlicher Größe angewachsen war. Als sie die Eichel in den Mund nahm, durchzuckte ein Gedanke Eds trunkenen Verstand. »Was hast du gerade gesagt?«, keuchte er.

»Wer?«, fragte Mike.

»Nicht du«, presste Ed hervor. »Du, Maren.«

Sie löste sich von seinem Glied und schaute grinsend auf. »Was ist los mit dir? Willst du quatschen oder vögeln?«

»Was hast du gerade gesagt?«, wiederholte Ed.

Ihre Hand umfasste seinen Schwanz und bewegte die Haut auf und ab. »Ich sagte: Ein bisschen Sex kann nicht schaden.«

»Nein«, rief er. »Danach!«

Sie hob die Schultern und ihre schweren Brüste wippten. »Weiß nicht mehr.«

»Du hast gesagt: Nur weil's in einem Buch steht, heißt es nicht, dass es stimmt.«

»*Das* habe ich gesagt?«

»Nee, das hat sie nicht gesagt«, meldete sich Mike zu Wort, der sich aus seiner Karottenjeans schälte. Sein Glied war so steif wie die Hose, die er beiseiteschmiss.

Ed schloß die Augen und versuchte, sich die letzten Minuten in Erinnerung zu rufen – vergeblich. Sie waren weg. Fortgeschwemmt vom Alkohol, vertrieben von Marens Fingern, die noch immer seinen Schwanz bearbeiteten, als gäbe es kein Morgen mehr. Dennoch kam es Ed so vor, als hätte er noch etwas vergessen. Aber was?

Elisabeth!, warnte eine Stimme in seinem Kopf. Was war mit seiner Frau gewesen? Hatten sie mal wieder gestritten? Etwas dämmerte in ihm, bemühte sich, seinen trunkenen, erregten Verstand zu ernüchtern. Wovon hatte sie noch mal erzählt? Ed mochte es gar nicht wissen. Er wollte Marens Fertigkeiten weiter genießen, sich entspannen, wohlfühlen und … Er musste lachen, was Maren als Aufforderung zum Weitermachen verstand. Sie legte ihren Kopf in seinen Schoß. Ihre Hand tastete dabei blindlings durch die Luft und bekam Mikes Schwanz zu fassen. Geübt verwöhnte sie die beiden Männer, als machte sie den lieben, langen Tag nichts anderes. Vielleicht stimmte das sogar.

35

Es war 1.30 Uhr, als Laura vor ihrem Haus parkte. Im Foyer streifte sie die Jacke ab, doch die Erregung konnte sie nicht so einfach beiseitelegen. Sie bemerkte das Hochzeitsbild an der

Wand. Klaus schaute ziemlich gut darauf aus. Das was man landläufig als attraktiv bezeichnete. Sie hängte die Jacke in die Garderobennische neben der Treppe. Die Jacke war noch klebrig von dem verschütteten Champagner. Zudem haftete der Sand vom Steinboden daran.

Klaus hatte sich bereits schlafen gelegt. Weil sie ihn nicht wecken wollte, schlich sie auf Zehenspitzen die Treppe hinauf. Doch ihre Sorge war umsonst. Als sie auf dem Weg zum Bad das Schlafzimmer passierte, knarzte die Matratze, gefolgt von Klaus' Stimme: »Ist spät geworden.«

Sie versuchte einen Vorwurf in seiner Stimme zu entdecken, doch da war nichts außer einer schlichten Feststellung. Das ärgerte sie. Sie wünschte sich, dass er ihr Vorhaltungen machte. Dann hätte sie sich besser fühlen können. Oder schuldig. War es das? Wollte sie sich schuldig fühlen? Weil ihr etwas widerfahren war, was jenseits dessen lag, was eine verheiratete Frau allein erleben durfte. So was gehörte sich nicht. So war sie nicht erzogen worden. Ihre Eltern hatten ihr Respekt, Treue, Anstand beigebracht. Ein schlechtes Gewissen war wohl das Mindeste.

Im Bad verriegelte sie die Tür. Sie riss sich die Kleider vom Leib, wollte in ihr Nachthemd schlüpfen. Wiederholt glitt es ihr aus den Fingern, so sehr zitterten ihre Hände. Als sie es endlich am Körper trug, wusch sie sich das Gesicht mit kaltem Wasser.

Sie tapste durch die Dunkelheit ins Schlafzimmer, sank auf ihre Seite des Bettes nieder.

»Ist was mit dir?«, fragte Klaus.

Laura hielt den Atem an. *Ja, eine ganze Menge.* Wo sollte sie anfangen zu erzählen? So viel war geschehen. Zu viel, um es in Worte zu fassen.

Sie zog die Decke über ihren Körper. Ihre Hände zitterten, noch immer. Das Bett knarrte, als sich Klaus herumdrehte. Ob er wieder nackt unter der Decke lag? Laura stellte sich vor, wie er vor ihr stand. Mit steifem Glied. Sie dachte an Andy, an Polonius, an Carlos. Die Gesichtszüge der drei vermischten sich mit denen von Klaus. Ihre Hand streichelte ihre Oberschenkel. Mit den Fingernägeln kratzte sie über ihre nackte Haut. Sie spürte, wie ihre Brustwarzen sich versteiften.

Ein Parfümduft drang ihr in die Nase. Der eines After Shaves. *Herrgott.* Haftete etwa der Geruch von Carlos noch an ihr? Nicht auszudenken, wenn ... Ihr Gesicht war dem ihres Mannes mit einem Mal ganz nahe. Wie war das geschehen? Sie hatte es nicht mitbekommen. Wie von selbst war sie über die Matratze zu Klaus unter die Decke gekrochen. Ihr Mund berührte seine Lippen. Es fühlte sich gut an. *Soll er doch das After Shave riechen!* Laura erschrak über den Gedanken. Aber vielleicht löste der Geruch auch etwas in ihrem Mann aus. Möglicherweise umgriff er dann ihren Nacken und zog sie an sich. Vielleicht weckte es die Leidenschaft in ihm. *Endlich einmal!*

Sie legte ihre Hand zwischen seine Beine. Er trug Shorts. Ihre Finger schlängelten sich durch den Schlitz. Sie spürte Haut. Nackte, glatte, warme Haut. Sie bekam sein Glied zu fassen. Das Gefühl elektrisierte sie. Noch mehr Lust in ihrem Körper. Dazu der Alkohol. Die Eindrücke der Nacht. Sie wollte Klaus. *Jetzt sofort!*

»Nicht jetzt«, sagte er und drehte sich ab. »Ich bin müde.«

Verwundert und verärgert hielt Laura die Luft an. *Ich bin müde.* Sie traute ihren Ohren nicht. Sie lauschte in die Dunkelheit, ob Klaus mit ihr scherzte. Aber ein verhaltenes Schnarchen kroch unter seiner Decke hervor.

Sie rollte sich zurück auf ihre Seite, starrte an die Zimmerdecke. Wieder waren da Schatten, die um Laura herumtanzten. Laura, deren Haut brannte. Ebenso wenig wie das Feuer wollte der Groll gegen Klaus weichen. Sie wusste, dass das nicht fair war, aber sie konnte nichts dagegen ausrichten.

Ich weiß, was du brauchst.

Die Schatten der Bäume im Garten tanzten an der Wand entlang. Wie nackte Frauen und Männer, die sich im Takt einer unhörbaren Musik bewegten. Ihre Körper berührten sich, verschlangen einander, lösten sich, fanden wieder zueinander, ein hemmungsloses Treiben. Laura empfand Neid. Wut. Lust. Ein Gefühlswirrwarr. Wie in Trance lupfte sie ihr Nachthemd, schob ihren Slip beiseite, griff nach ihren Brüsten, massierte die weichen Hügel.

Ihre Bewegungen wurden schneller, fordernder. Fast schon tat es weh. Aber vielleicht war es auch nur das Drängen in ihrem Körper, das schmerzte. Es trieb sie vorwärts. Sie wollte nur noch diese Gier stillen, die von ihr Besitz ergriffen hatte. Deshalb sehnte sie sich danach, dass Klaus sich wieder zu ihr legte. Sich nicht mit Erklärungen aufhielt. Er sollte sich einfach auf sie werfen. Sie voller Verlangen nehmen. So wie Andy seine Freundin gepackt hatte.

Herrgott, er sollte sie ficken mit seinem harten Schwanz!

Sie erschrak. Wo war ihre gute Kinderstube geblieben? An der Kasse zum *Café Speciale* vielleicht.

Na und!

Laura empfand kein schlechtes Gewissen mehr wegen des Besuchs in dem Sextempel. Und noch viel weniger wegen Carlos, der seine Hände zwischen ihre Beine gelegt hatte, der ihre Scham erkundet hatte, als wäre es das Natürlichste der Welt. Als wäre es sein gutes Recht, seine Finger in ihrem Intimsten zu vergraben. So wie sie selbst jetzt ihren eigenen Finger in ihr Loch tauchte. Ja, tauchte. Denn sie war feucht. Es floss förmlich aus ihr heraus. Sie schob einen zweiten Finger hinterher. Einen dritten. Ihre Hand füllte sie aus. Und jetzt? Was jetzt? Es war nur noch ein kleiner Schritt. *Soll ich ihn wagen?* Was hielt sie davon ab? Laura bohrte die Hand noch einmal in sich hinein. Fester. Tiefer. Bis sie glaubte zu zerplatzen. *Ich platze!*

Heißes Blut pulsierte hinter ihren Schläfen. Strom jagte durch ihren Körper. Das Bett erbebte unter dem Ansturm der Gefühle. Doch es war nur ihr Becken, das emporgehoben und sofort zurück auf die Matratze gepresst wurde. Ein Feuer explodierte in ihrem Kopf. Ein Chaos aus Bildern der letzten Stunden und Tage. Träume. Männer. Erik. Andy. Carlos. So gierig. Machtvoll. Da brach der Höhepunkt über Laura herein und mit ihm die Erkenntnis: Ja, es hatte sich gut angefühlt, als Carlos sie berührt hatte.

Das war die Wahrheit!

36

Am Donnerstagmorgen schrak Laura aus dem Schlaf, weil Klaus im Bad rumorte. Sie blinzelte zwischen den müden Augenlidern hervor zur Uhr. Es war kurz nach 8. Ihr Mann war spät dran. Sie versuchte sich an den Traum zu erinnern, den sie die Minuten vor ihrem Erwachen gehabt hatte, aber er verflüchtigte sich bereits, war nicht mehr greifbar. Sie streckte einen Fuß unter ihrer Decke hervor, wollte aufstehen. Da schob sich die Erinnerung an den gestrigen Abend in ihr Gedächtnis. Mit der Distanz einer Nacht präsentierte sich die freudige Erkenntnis, mit der sie eingeschlafen war, *die Wahrheit,* als ein eiskalter Lappen, der ihr ins Gesicht klatschte. Zurück blieben Scham und Schuldgefühle.

Gut möglich, dass Lauras Welt an Farbe gewonnen hatte. *Aber sei ehrlich: Wie ist das geschehen?* So etwas war in den ganzen fünfzehn Jahren ihrer Ehe mit Klaus noch nicht vorgekommen. Das war selbst in den Partnerschaften *vor* Klaus nicht geschehen. Sie war ohne ihren Partner ausgegangen.

Natürlich war sie nicht zum ersten Mal ohne ihren Mann in die Berliner Kneipen und Restaurants gegangen. Aber letzte

Nacht war es nicht um einen gemütlichen, ausgelassenen Abend mit Charlotte, mit Devon oder mit Kollegen gegangen.

Wenn du schon die Wahrheit willst, dann richtig!

Sie zog die Decke über den Kopf, als könnte sie sich so vor der Antwort schützen. Sie wollte nicht mehr aufstehen. Zumindest so lange nicht, wie Klaus noch im Hause war. Sie konnte ihm nicht unter die Augen treten. Sie hatte Angst, dass er ihr ansah, was passiert war. Das war natürlich absurd. Es war nichts geschehen. Aber irgendwie doch. Es war genug vorgefallen, dass sie ein schlechtes Gewissen plagte.

Klaus schlich die Treppe hinunter. Offenbar glaubte er, Laura schliefe noch. Sie unternahm nichts, ihn in dieser Annahme zu korrigieren. Es polterte leise, als er der Garderobe im Foyer Schuhe und Jackett entnahm. Für einen Moment herrschte Stille. Hatte er etwas vergessen? Dann fiel die Tür mit einem verhaltenen Schlag ins Schloss. Ein Wagen sprang an, der Motor röhrte auf, als Klaus die Auffahrt zurücksetzte. Kurz darauf kehrte Ruhe ein.

Aber es ist ja nichts passiert, beschwichtigte sich Laura zum wiederholten Male, während sie sich aus dem Bett und ins Bad quälte. Im Gegenteil, sie hatte doch sogar mit Klaus schlafen wollen. Er hatte sich ihr verweigert, woraufhin sie es sich selbst gemacht hatte. Sogar dabei hatte sie ihr Begehren auf Klaus projiziert. Ja, das hatte sie. Sie hatte sich gewünscht, dass er über sie herfiel, so wie in ihrer Phantasie oder in der Show, zu der sie Carlos gelockt hatte. *Aber ich habe an Klaus gedacht!*

Genau darum ging es: um Klaus. Um Laura selbst. Darum, dass sie in ihrer Ehe in Routine verfallen waren. Und nicht zu vergessen: Das Sexualität vielleicht doch mehr für sie war, als sie sich bisher hatte eingestehen wollen.

Nachdenklich kämmte sie sich die Haare und zog sich ein frisches Kostüm an. In der Garderobe unten im Foyer entdeckte sie die Jacke vom Vorabend, klebrig vom Champagner, dreckig vom Sandboden. Es roch in der kleinen Nische nach Alkohol. Ihr kam der kurze Moment der Stille von vorhin in den Sinn. Hatte Klaus etwas bemerkt? Sie kreuzte seinen Blick auf dem Hochzeitsbild. Für einen Moment starrte er sie argwöhnisch an, aber das redete sie sich nur ein. Sie blinzelte mit den Augen und Klaus lächelte wie immer.

In der Küche fand Laura wieder einen Zettel. *Die nächsten zwei Abende wird es später werden. Hdl. Klaus.* Kein Vorwurf. Nur die übliche Routine. *Routine.* Mehr war von ihrer Ehe nicht übriggeblieben.

Ihr Handy klingelte. »Ja, bitte?«

»Hallo, hier ist Erik. Bist du schon unterwegs?«

»Ich wollte noch frühstücken«, entgegnete Laura, obwohl sie wusste, dass sie keinen Bissen hinterbekommen würde.

»Dr. Schneider von *Girandex* hat angerufen. Er fragte nach den Verträgen.«

Laura faltete die Notiz ihres Mannes zusammen. »Sie sind zur Hälfte fertig.«

»Er klang sehr ungeduldig.«

Laura zerriss den Zettel. »Er bekommt sie noch heute.«

»Kannst du ihm das bitte sagen?«

Sie ließ die Papierfetzen in den Mülleimer verschwinden. »Natürlich.«

In der U-Bahn telefonierte sie mit Dr. Schneider, vertröstete ihn auf den Nachmittag. Im Büro allerdings brach Hektik aus, so dass sie kaum Zeit fand, sich um die Verträge zu kümmern. Wiederholt unterbrachen sie Kollegen mit wichtigen Fragen, Layouts, Broschüren, Flyer, Folder, Präsentationen, darüber hinaus musste ein großer Messeauftritt vorbereitet werden. Es fiel ihr schwer, sich auf die Paragraphen zu konzentrieren. Dankbar nahm sie daher das Angebot von Erik an, mit einigen Kollegen zum Mittagessen zu gehen. Es war eine gute Gelegenheit, den Kopf von den lästigen Unterbrechungen frei zu bekommen.

Sie suchten die Sushi-Bar in den Arkaden auf. Während sie sich die Fischhäppchen von dem Laufband in der Mitte des Restaurants klaubten, war die Stimmung unter den Kollegen ausgelassen. Es wurde viel gelacht, vornehmlich über schusselige Kollegen und naive Kunden. Schließlich machten Witze die Runde. Markus, der Layouter, erzählte von einem Pärchen. »Die Frau fängt an zu stöhnen: ›Ja, gib's mir! Sag mir dreckige Sachen!‹ Woraufhin er antwortet: ›Küche, Bad, Wohnzimmer.‹«

»Erzählst du gerade von dir daheim?«, fragte Erik.

»Hättest du gerne!«, lachte Markus. »Meine Frau ist sehr reinlich.« Er zwinkerte verschmitzt. »Nur im Bett ist sie dreckig.«

Horst, ein anderer Grafiker, meldete sich zu Wort: »Ich hatte mal eine, die war so dreckig, die stand darauf, dass man sie anspuckte.«

»Das geht ja noch«, sagte Lucy, eine der Kontakterinnen aus der Agentur. »Ich hab kürzlich einen Film gesehen, da gab es Leute, die standen drauf, dass man sie anpinkelte. Und den Rest möchte ich besser nicht erzählen.«

»Danke, ich esse noch«, schimpfte Erik.

Doch Markus hatte kein Erbarmen. »Womöglich soll man sie dabei noch fesseln.«

»Oder auspeitschen«, nickte Lucy.

»Ja, ja«, machte Horst. »Ich bin mal aus Versehen in so eine Kneipe geraten. Es gab eine Bühne, auf der lief eine Show, mit Lack und Leder und Peitschen. Mannomann, ich sag's euch, SM oder wie die das nennen, da hat es mich ganz schön gegruselt.«

»So jemand käme mir nicht ins Haus«, pflichtete Lucy bei.

»Solche Leute sind nicht normal, aber wirklich.« Das war Erik, der noch immer einige Nigiri Inari und Kanikama auf seinem Teller hatte. »Wer auf so etwas steht, ist doch pervers.« Er rückte den Teller von sich. »Oder was sagst du dazu, Laura? Du bist so ruhig …«

37

Ed brauchte einige Sekunden, bis er begriff, wo er sich befand. Er rieb sich die trockenen Lider. *Natürlich, auf dem Sofa in deinem Arbeitszimmer.* Die Sonne strahlte zum Fenster herein und ließ den Schreibtisch mitsamt Computer magisch leuchten. Es war wie eine verheißungsvolle Botschaft, die sich vor Eds Augen materialisierte. *Setz dich an den* PC *und schreibe.* In dieser funkelnden Pracht würde alles aus ihm herausfließen, mit einer Leichtigkeit, die … Eine Wolke schob sich vor die Sonne und löschte den Glanz. Zurück blieb ein trüber Schatten. Eds Magen verkrampfte sich.

Er versuchte sich zu erinnern, wie und wann er letzte Nacht heimgekommen war. Es wollte ihm nicht einfallen. Nur Tan, der Barkeeper im *Mesquiz,* spukte in seinem Gedächtnis herum. Dann gesellte sich Mike hinzu. An seiner Seite befand sich Maren. Gemeinsam waren sie später in Mikes Wohnung verschwunden. Dort war es vergnüglich gewesen.

»Elisabeth?«, rief er in die Stille der Villa.

Niemand antwortete ihm. Wahrscheinlich war sie bereits wieder zur Arbeit. Ganz sicher war sie stinksauer, weil er gestern nicht mehr aufgetaucht war. Ed bekam ein schlechtes Gewissen, was seine Kopfschmerzen noch einmal steigerte.

Ed rülpste und kämpfte sich hoch. Nicht nur sein Schädel protestierte gegen die Bewegung, auch sein Magen rebellierte. *Verdammt, es müssen eine Menge Drinks gewesen sein.* Er atmete durch, doch die Übelkeit wollte nicht weichen. Im Gegenteil. Ed sprang von der Couch, eilte ins Bad. Das Hämmern hinter seinen

Schläfen steigerte sich bei jedem Schritt, raubte ihm den Atem. Gerade noch rechtzeitig erreichte er den Raum, schlängelte sich an der Waschmaschine vorbei, deren Bullauge sperrangelweit offen stand. Er sackte daneben zu Boden, klappte den Klodeckel auf und erbrach sich. Grenzenlose Müdigkeit übermannte ihn. Er konnte sich nicht einmal die bittere Galle von den Lippen wischen.

Nur gut, dass Elisabeth in ihre Boutique verschwunden war. Sie wäre wenig erfreut gewesen über den Anblick, den er abgab. Wahrscheinlich hätte sie ihn gleich ins Auto und zum Therapeuten verfrachtet. Dieser hätte sich dann in allen Einzelheiten anhören können, woran ... *Moment!*

Wie aus heiterem Himmel fiel ihm Marens Bemerkung ein. *Nur weil's in einem Buch steht, heißt es nicht, dass es stimmt.*

Gleich darauf ging ihm die Botschaft auf dem Zettel durch den Kopf. *Niemand hört davon. Nur der Wissende sieht.*

Ein weiterer Gedanke durchzuckte Ed, sehr schnell, undeutlich, verhangen von Nebel. Oder Alkohol. Martini. Champagner. Und Sex. Mit Nadja. Maren. Maria. Jule. Und wieder seine Muse, Nadja. *Konzentrier dich!*

Abermals kam er nicht gegen das Gefühl an, etwas zu übersehen. Aber was? *Was sieht der Wissende?*

Die Antwort lag greifbar nahe. Ed spürte, wie sein Geist Worte formte. Noch hatten sie nicht den richtigen Klang. Aber mit ein bisschen Kraft, Mühe und Ausdauer würde er weiter an seinem Roman schreiben können.

Mit neuerwachtem Elan wälzte sich Ed von der Kloschüssel weg – und krachte mit der Stirn gegen das Bullauge der Waschmaschine. Ein höllischer Schmerz explodierte in seinem Kopf. Mit einem Gurgeln verschwamm sein Blick. Gleich darauf erlosch die Sonne. Dann herrschte Dunkelheit.

38

»Entschuldige«, meinte Laura. »Ich habe gerade an die Verträge gedacht.«

»Ach so«, sagte Erik.

»Um was ging es?«

Er wischte sich die Mundwinkel mit der Papierserviette. »Ist nicht weiter wichtig.«

Laura schaute auf das Rollband, auf dem die Sushi-Happen in einem endlosen Zirkel an ihr vorbeizogen, immer und immer wieder. Ein ständiger Kreislauf. *Routine.*

Laura hatte keineswegs an die Verträge gedacht. Sie war sehr wohl der Unterhaltung ihrer Kollegen gefolgt. Sie hatte jedes einzelne Wort verstanden. *Wer auf so etwas steht, ist doch pervers!* Was sollte sie dazu sagen. Sie selbst hatte noch gestern Abend das Gefühl gehabt, dass ... dass ... ja, dass ihr Körper nach mehr verlangte als nur nach Routine, nach mehr als nur einem kurzen Fick am Abend. Wieder erschrak sie bei dem drastischen Ausdruck. *Wie kannst du nur?* Doch die Empörung entstand mehr aus einem Pflichtgefühl heraus. Es war nur ein Wort. Aber woher rührte diese Veränderung in ihrem Denken? Waren es die Hormone? Steuerte ihr Körper ihren Verstand in eine neue Richtung? Was verbarg sich noch alles in ihr?

Solche Leute sind nicht normal.

War Carlos auch einer dieser Leute? Laura wusste nichts über ihn, außer dass er vorgegeben hatte, Taxifahrer zu sein. Aber in Wahrheit war er bei dem Fuhrunternehmen, dessen Fahrzeug er gesteuert hatte, nicht einmal angestellt.

Wer war Carlos überhaupt? Er war nichts anderes als ein Fremder für sie. Und so verhielt es sich auch umgekehrt. Mochte er noch so sehr behaupten: *Ich weiß, was du brauchst.* Am Ende wusste er nichts über sie. Es war besser, wenn er ein Fremder blieb.

Lauras Kollegen erhoben sich von den Plätzen und zahlten ihr Essen. Jedes Mal spie die Kasse einen Bon aus, schnappte auf. Der Kassierer nahm das Geld entgegen, reichte das Wechselgeld, schob die Kasse zu. Neuer Bon. Kasse auf. Das Geld. Kasse zu. Und wieder von vorne.

Als Laura dem Kassierer ihr Geld reichte, beschloss sie, die Routine zu durchbrechen, die sich in ihre Beziehung mit Klaus, in ihr Miteinander, eingeschlichen hatte.

Wenn sie nur gewusst hätte, wie sie das anstellen sollte. Wie wollte sie Klaus davon überzeugen, ihr Wünsche zu erfüllen, von denen sie selbst bis vor kurzem nicht einmal geahnt hatte, dass sie in ihr schlummerten? Sie würde sich einen Weg überlegen müssen. *Sei kreativ. Das ist dein Job.*

Der Aufzug trug sie nach oben zu den Büros. Sie nahm am Rechner Platz. E-Mails waren in ihrer Zeit der Abwesenheit eingetroffen. Die meisten waren wie gewohnt mit hoher Dringlichkeit markiert. Nur eine fiel aus dem Rahmen. Laura klickte sie an. Es war ein Reflex. *Dein Unterbewusstsein!*

Die Worte flammten auf dem Monitor auf, klar und deutlich, unmissverständlich: »Ich bedaure es, dass du den gestrigen Abend so schnell beendet hast. Ich schlage dir ein neues Treffen vor – in genau einer Woche. Carlos.«

Doch erst bei der Lektüre des allerletzten Satzes, der wie ein vergessenes Anhängsel der Mail angefügt war, begann Lauras Herz zu pochen. Die Worte lauteten: »Es ist deine letzte Chance.«

39

Ein lautes Brummen erfüllte Eds Kopf. Im ersten Moment dachte er, das Dröhnen sei seinem herben Zusammenstoß mit der dämlichen Waschmaschine geschuldet. Als jedoch der Krach verstummte, verwarf er die Annahme. Gleich darauf ging der Lärm von vorne los. Er kam eindeutig von draußen.

Vorsichtig setzte Ed sich auf. In seinem Schädel tobte der Schmerz, der durch das Plärren von draußen noch an Heftigkeit gewann. Es fiel ihm schwer, sich zu konzentrieren. Er bemühte sich, den kreativen Schub, der ihn vor wenigen Minuten noch ereilt hatte, wiederherzustellen. Doch je mehr er sich bemühte, umso heftiger wurde die Pein hinter seiner Stirn. *Und dann dieser Lärm!*

Mit respektvollem Abstand zum Bullauge richtete er sich auf und trat ans Fenster. An der Straße entdeckte er zwei Landschaftsgärtner. Der kleinere der beiden stand am Fuß einer Leiter, auf der der zweite Mann den Baumwipfel mit der Motorsäge bearbeitete. Deren Röhren bohrte sich immer tiefer in Eds Schädel.

Er riss das Fenster auf und rief: »Muss das sein?«

Der Lärm verschluckte seine Worte.

»Verdammt!«, brüllte er und gestikulierte wild.

Der Landschaftsgärtner am Boden wurde auf ihn aufmerksam. Er tippte seinen Kollegen an, der die Motorsäge bediente. Das Heulen erstarb.

»Verdammt, ist dieser Lärm wirklich nötig?«

»Ja«, sagte der Mann auf der Leiter.

»Können Sie damit nicht warten?«

»Nein.«

Prompt ratterte die Motorsäge wieder los. Ed knallte das Fenster in den Rahmen. Er ging zum Spiegel und betrachtete die Wunde an der Stirn. Sie sah nur halb so schlimm aus, wie sie sich anfühlte. Mit einem Waschlappen wischte er das Blut ab und klebte ein Pflaster darauf. Gegen die Kopfschmerzen schluckte er zwei Aspirin. Das flaue Gefühl im Magen trieb ihn in die Küche. Von der Straße surrte noch immer in einem enervierenden Rhythmus die Motorsäge.

Doch was viel schlimmer war: Alles, was ihm vor wenigen Minuten noch hatte einfallen wollen, war weg. Wie fortgeblasen. Oder wie aus seinem Schädel geprügelt. *Mit dem Bullauge deiner Waschmaschine!* Wenn es nicht so bitter gewesen wäre, Ed hätte darüber gelacht.

Während der Kaffee in der Maschine brodelte, schmierte er sich eine Stulle mit Erdbeerkonfitüre, die ihm nicht schmeckte. Lustlos knabberte er an dem Brot. Glücklicherweise setzte allmählich die Wirkung der Tabletten ein. Das Ziehen hinter den Schläfen ließ langsam nach.

Ed goss sich den Kaffee in die Tasse, spülte mit der heißen Brühe das Brot hinunter. Auch sein Magen beruhigte sich. Unschlüssig schaute Ed sich um. *Worauf wartest du?* Die Motorsäge draußen auf der Straße verstummte.

Ed wertete es als ein Zeichen und begab sich in sein Arbeitszimmer, wo er gegen eine Wand aus Schweiß und Alkoholdunst prallte. Er nahm die Decke von der Couch und hängte sie aus dem Fenster. Von den Landschaftsgärtnern fehlte jede Spur. *Gott sei Dank.*

Er entsorgte die stinkenden Klamotten in der Waschmaschine, der er einen Fußtritt verpasste, und ging unter die Dusche. Frisch angekleidet rückte er die Kissen auf dem Sofa zurecht, leerte den Mülleimer unter seinem Schreibtisch.

Als er schließlich nichts mehr entdeckte, was er noch erledigen konnte, rief er Mike an. Doch der ging nicht ans Telefon. Ob er noch mit Maren im Bett lag? Denkbar war das. Ed beneidete ihn darum.

Er startete den PC und beobachtete auf dem Monitor, wie die Festplatte hochfuhr. Ihm war nie aufgefallen, wie zügig der Computer diesen Vorgang erledigte. Er wünschte sich, der Rechner würde sich weniger beeilen. Schließlich klickte er das Textdokument an. Die drei bereits vorhandenen Kapitel bauten sich vor ihm auf. Sie waren flüssig und mit Witz geschrieben. Aber waren sie tatsächlich der Beginn von Eds Roman? Während Ed sie überflog, entsann er sich Mikes Reaktion. Sein Kumpel hatte lauthals über die Geschichte gelacht. Plötzlich breitete sich wieder Unruhe in Ed aus. Er wollte sich davon nicht überwältigen lassen.

Setz dich an den Rechner und schreib weiter, maßregelte er sich selbst. Aber die Worte verhallten im Dunst der Verzweiflung. Wie sollte er die Geschichte fortsetzen, wenn er nicht wusste, wie sie weiterging? Plötzlich drängte es ihn zur Hausbar. Er brauchte einen Drink.

In diesem Moment klingelte sein Handy. Es war Hagen Bolten.

»Guten Morgen«, sagte Ed.

»Morgen ist wohl übertrieben«, stellte der Lektor pikiert fest. Er fügte noch etwas hinzu, was im Röhren der einsetzenden Motorsäge unterging.

»Du musst lauter sprechen!«, rief Ed ins Telefon.

»Meine Güte, was ist denn bei dir los?«

»Baumarbeiten«, erklärte Ed.

»Kannst du dabei arbeiten?«

Eds Blick fiel auf das Textdokument. Er rang mit sich und seinem Verstand. *Was hast du vorhin gedacht? Versuch dich zu erinnern!* »Das klappt schon.«

»Also bleibt es bei morgen?«, fragte Hagen.

Ed verspürte Wut. »Natürlich.«

»Fünf Kapitel?«

Aus einem trotzigen Impuls heraus sagte Ed: »Wahrscheinlich sogar mehr.«

»Das ist gut. Das ist sehr gut. Bis morgen Abend, im *Brenner.*« Hagen legte auf.

Entgeistert starrte Ed auf sein Handy. Nur langsam sickerte zu ihm durch, was er gerade seinem Schwager erklärt hatte. *Wahrscheinlich sogar mehr.* War Ed von allen guten Geistern verlassen? Er rief sich zur Besinnung. Er sagte sich: *Drei Kapitel sind besser als keine.* Aber auch das half kaum, seine wachsende Unruhe zu bezwingen.

Hagens Warnung spukte durch seinen Kopf.

40

Laura las das Postskriptum ein zweites und ein drittes Mal, ohne dass sie sich einen Reim darauf machen konnte. Sie war sich nicht einmal sicher, ob sie es wollte.

Letzte Chance?

Das klang, als ginge es bei allem, was vorgefallen war, um mehr als nur ein frivoles Spiel. Um *viel* mehr. Fast schon wütend klickte Laura den *Antwort*-Button. Sie schrieb, dass sie sein Spiel – zugegeben, wider Erwarten – ganz reizvoll gefunden habe. Aber dass es eben nur ein Spiel gewesen sei, dem sie keinerlei Ernsthaftigkeit beigemessen habe und das sie nun beenden werde. Weil sie nämlich verheiratet sei, sehr glücklich sogar, wie sie besonders hervorhob, und dass sie dieses Glück nicht zu riskieren gedenke. Sie sei ihm dankbar für den Anreiz, *nein, für den Anstoß*, den er ihr gegeben hätte, weil er genau zur richtigen Zeit gekommen sei (vielleicht hatte Carlos es ihr tatsächlich angesehen, das Begehren, die unterdrückte Lust, aber das dachte Laura nur, das schrieb sie nicht). Sie habe es jedoch zum Anlass genommen, selbst die Initiative zu ergreifen, und zwar mit ihrem Mann, und sie werde … Laura wusste nach wie vor nicht, wie sie es beginnen wollte. Aber die Entscheidung, etwas zu unternehmen, war getroffen.

Sie klickte auf *Senden* und die Mail wurde übertragen. Laura lehnte sich beruhigt zurück. Es war richtig, was sie geschrieben hatte. Die Sache mit Carlos, *der nur ein Fremder ist, halt dir das vor Augen*, sie war erledigt. Schluss. Aus. Basta.

Dennoch erwischte sie sich im Verlauf des Nachmittags dabei, dass sie wiederholt in ihren Eingangsordner blickte. Nein, es war keine Nachricht von Carlos eingetroffen. Vielleicht war er gerade nicht online. Aber sie war überzeugt, er würde ihre Entscheidung nicht einfach akzeptieren. Die wenigen Male, die sie sich begegnet waren, sowohl per Mail als auch real, hatte er sich als hartnäckig erwiesen. Wenn sie so darüber nachdachte, schmeichelte ihr das sogar. Selbstverständlich, welche Frau mochte es nicht, wenn man sie begehrte?

»Sie sehen nachdenklich aus.« Dr. Filius kam in ihr Büro. »Ist alles in Ordnung?«

»Natürlich«, erklärte Laura.

»Der Vertrag mit *Girandex* ist auch in trockenen Tüchern?«

»Ohne jeden Zweifel.«

Sie hatte Dr. Schneider zwar immer noch nicht den Vertragsentwurf geschickt – er war ja nicht einmal fertig –, aber Laura war der Überzeugung, es würde keine Komplikationen mehr geben. Sie hatte sich alle Mühe gegeben, dass der Abend mit dem Chef von *Girandex* ein angenehmes Ende fand.

Sie hatte sich nicht einmal etwas von ihrem Erlebnis im Keller des *Austerlyn* anmerken lassen. Von ihrem Aufeinandertreffen mit Carlos. Carlos. *Herrgott, kannst du ihn nicht endlich vergessen?*

»Ich wollte mit Ihnen kurz über unsere Sitzung nächste Woche Freitag reden?«

»Freitag?«

»Über das Meeting mit den Kollegen. Ich hatte Ihnen doch gesagt, dass wir der Belegschaft am Freitag mitteilen werden, dass Sie …«

»Natürlich«, beeilte sich Laura zu bestätigen. »Das geht in Ordnung.«

»Ursprünglich wollte ich die Sache allein übernehmen. Aber ich glaube, es ist besser, wenn wir beide von Anfang an gemeinsam vor die Mitarbeiter treten.«

»Es ist Ihre Entscheidung.«

»Das heißt also, Sie sind damit einverstanden?«

»Ja, gerne.«

»Sehr schön.« Dr. Filius verabschiedete sich, und Laura machte sich endlich an den Vertrag. Am späten Abend ließ sie ihn vom hauseigenen Rechtsanwalt prüfen, anschließend schickte sie ihn per Mail an Dr. Schneider. Dabei entging ihr nicht, dass sie noch immer keine Antwort von Carlos erhalten hatte.

Sie packte ihre Tasche und stellte fest, dass die Uhr nach 22 Uhr zeigte. Ob Klaus bereits daheim war? Am Morgen hatte er die Nachricht hinterlassen, dass es bei ihm später werden würde. Während die Bahn Richtung Zehlendorf raste, überlegte Laura, wie sie das Gespräch am besten eröffnen konnte, sollte ihr Mann schon zu Hause sein. Aber die rechten Worte wollten ihr nicht einfallen. Das ärgerte sie. Was konnte so schwer an einem Gespräch mit Klaus sein? *Streng dich an, du bist doch sonst nicht auf den Kopf gefallen!* Trotzdem verspürte sie ein flaues Gefühl im Magen. Es wurde stärker, je näher sie ihrem Haus kam.

Als sie den Vorgarten durchquerte, wäre sie am liebsten umgekehrt. Zurück zur Arbeit. Oder zurück zu ... *Nein, daran darfst du nicht denken!*

Dennoch wanderten ihre Gedanken zu Carlos. Warum hatte er ihr nicht geantwortet? *Egal, denk an deinen Vorsatz!* Der Knoten in ihrem Bauch zog sich zusammen.

Hastig öffnete Laura die Tür zum Foyer und schob sie ebenso schnell zurück ins Schloß. Sie atmete durch. Die Zimmer lagen im Dunkeln. Ihre ganze Sorge war unbegründet. Klaus war noch nicht daheim. Also würde sie morgen mit ihm reden.

41

Der Wecker riss Laura aus dem Schlaf. Diese Nacht war sie von aufwühlenden Träumen verschont geblieben, dennoch brauchte sie eine Weile, um wach zu werden. Sie blinzelte hinüber zur anderen Betthälfte. Dort ließ nur das zerwühlte Laken darauf schließen, dass Klaus spät in der Nacht heimgekehrt war. Jetzt war er bereits wieder zur Arbeit verschwunden. Laura lauschte. Das Haus lag in Stille. Kein Geräusch deutete auf Klaus' Anwesenheit hin. Und Theodora, die Haushälterin, würde erst gegen Mittag kommen und den freitäglichen Hausputz beginnen.

Laura schämte sich für das Gefühl der Erleichterung. Aber noch immer wusste sie nicht, wie sie die Sache mit ihrem Mann, *ihrer Ehe,* angehen sollte. Wie sollte sie das Gespräch mit Klaus beginnen? Worüber *sollte* sie überhaupt mit ihm heute Abend reden?

Sie erinnerte sich daran, dass Klaus ihr gestern Morgen geschrieben hatte: *Die nächsten zwei Abende wird es später werden.* Wahrscheinlich würde er heute sowieso wenig Zeit für sie finden. *Auch gut,* dachte Laura. *Oder vielleicht sogar noch viel besser.* Sie würde sich am Wochenende mit ihm unterhalten. Ja, das war ihr nur recht. Am Wochenende würden sie Zeit füreinander finden – und endlich die richtigen Worte.

Sie sprang unter die Dusche, kleidete sich an, nahm ein rasches Frühstück in der Küche zu sich, zwei Brote mit Wurst und Käse, dazu einen Kaffee, danach eilte sie zur Bahn.

Der Potsdamer Platz lag noch im Dämmerschlaf, die Touristen würden erst am späten Morgen über das Viertel herfallen. Laura war eine der ersten, die im Büro eintraf. *Vorbildlich,* lächelte sie in sich hinein, *so wie es sich für eine angehende Geschäftsführerin gehört.* Sie startete den Rechner und ertappte sich dabei, wie sie Ausschau nach einer Mail von Carlos hielt. Noch ehe sie die eintreffenden Nachrichten alle überflogen hatte, tadelte sie sich selbst dafür. Natürlich hatte er nicht geantwortet. Außerdem war es doch egal.

Sie konzentrierte sich auf die Projekte, die sie in ordentlichen Stapeln auf ihrem Schreibtisch schichtete. Doch schon bald herrschte das gleiche Chaos wie die letzten Tage.

Erik schaute vorbei. »Hat Dr. Schneider bereits geantwortet?«

Laura schaute zum PC-Monitor. »Nein«, sagte sie und ihr Blick wanderte erneut über die E-Mails, die sie seit dem Feierabend gestern erhalten hatte. Vielleicht hatte sie ja die Mail von Carlos übersehen. Sie konnte sich partout nicht vorstellen, dass er so einfach aufgab.

»Meinst du, er wird sich noch mal melden?«, fragte Erik.

»Wer? Car ...?!« Laura stockte. *Herrgott, warum kannst du Carlos nicht einfach endlich Carlos sein lassen?* Ihre Mail gestern an ihn war doch eindeutig gewesen. Nicht nur für Carlos. Auch für sie selbst.

Sie zuckte mit den Achseln. »Wenn Dr. Schneider noch Fragen hat, ganz sicher. Ansonsten wird er den Vertrag unterzeichnen und zurücksenden.«

»Okay«, machte Erik und schaute Laura mit geneigtem Kopf an.

Sie blinzelte irritiert. »Ist noch was?«

Ihr Kollege erhob sich abrupt. »Nein, nein«, sagte er rasch und verließ den Raum. Laura schaute ihm hinterher. Irgendetwas hatte Erik ihr noch sagen wollen, aber sich nicht getraut. Vermutlich wollte er sie fragen, welche Rolle sie sich zukünftig bei *FiliCon* ... Lauras Mailbox blinkte auf. Eine Nachricht ohne besondere Markierung. Laura huschte erwartungsvoll zum Monitor. Doch es war nur die Antwort von Dr. Schneider. Er hatte das Vertragswerk bereits unterschrieben, eingescannt und zurückgesandt. Nun bat er um ein neuerliches Meeting. Er wollte den weiteren Gang der Dinge besprechen, und zwar schon bald.

Doch es war inzwischen kurz vor Feierabend, kurz vor Wochenende. Carlos hatte ihr noch immer nicht geschrieben. Offenbar hatte sie sich geirrt, was seine Hartnäckigkeit anging. Laura verspürte Enttäuschung. War das etwa alles?

Vielleicht ist es besser so. Nein, korrigierte sie sich. Es ist besser.

42

Am Freitagabend fühlte sich Ed immer noch nicht besser. Trotzdem wählte er seine Klamotten mit Bedacht, kleidete sich in cremefarbene Cordhose mit Sakko. Er band sich sogar eine Krawatte um. Unbedingt wollte er auf Hagen einen ordentlichen Eindruck machen. Hagen sollte sehen, dass Ed sich Mühe gab.

Als er sich im Schankraum des *Brenner* einfand, war der Lektor noch nicht da. Ed war sich nicht sicher, ob er froh darüber sein sollte. Er hockte sich an einen der freien Tische und bestellte ein Selters. Er legte sich die Worte zurecht, mit denen er Hagen entgegentreten wollte. *Ich habe nur drei Kapitel geschafft.* Er würde ihn um einige Tage Aufschub bitten. *Nur eine kurze Zeit.* Er durfte dabei nicht zu weinerlich klingen, das machte sich nicht gut. Aber Reue sollte trotzdem durchklingen. *Ich werde mich zusammenreißen. Versprochen!*

Sein Handy klingelte. »Hast du schon bestellt?«, hörte er seinen Schwager sagen.

»Nein«, erklärte Ed.

»Dann warte nicht länger damit.«

»Aber …«

»Ich schaffe es heute nicht«, unterbrach Hagen.

Ed war auf der Hut. »Und das bedeutet?«

»Dass wir uns heute nicht treffen.«

»Wann dann?«

»Das kann ich dir nicht sagen. Ich fliege morgen für zwei Wochen nach New York. Auftrag vom Verleger. Die Entscheidung kam kurzfristig. Du weißt ja, wie das ist …«

Ed verspürte Erleichterung, aber er wollte ihr noch nicht nachgeben. »Was ist mit meinem Roman?«

»Du schreibst weiter, was sonst?«, entgegnete Hagen. »Du hast doch die letzten Tage daran gearbeitet, oder?«

»Natürlich«, beeilte sich Ed zu sagen.

»Schön«, fand Hagen. »Umso mehr kannst du mir zu lesen geben, sobald ich nach Berlin zurückkomme.«

»Gut«, sagte Ed noch einmal hastig.

»Gut«, meinte auch Hagen. »Bis dann.«

»Eine gute Reise«, wünschte Ed und meinte das auch so. Eine tonnenschwere Last fiel von ihm ab. *Zwei Wochen!* Wenn das kein gnädiger Wink des Schicksals war? Während er ein stilles Dankgebet zum Himmel schickte, winkte er dem Kellner und orderte einen Martini. *Zur Feier des Tages.* Den hatte er sich verdient. Und ab morgen, ja, das schwor er sich, ab morgen würde er sich zügeln. Keine Frauengeschichten mehr. *Zumindest nicht mehr so viele,* grinste er in sich hinein. Ansonsten aber würde er sich auf den Roman konzentrieren, seine Recherchen, das Berlin der 20er Jahre – mit ganzer Kraft und ab und zu einem kühlen Martini. *Zur Belohnung.*

43

»Geht es euch wieder besser?«, fragte Charlotte und schob sich den Strohhalm ihres Mojitos in den Mund. Es war Samstagabend und in der Kneipe um sie herum herrschte ein munteres Durcheinander.

»Wem?«, wollte Laura wissen.

»Na, wem wohl?« Ihre Freundin rollte mit den Augen. »Dir und Klaus natürlich. Sind eure Probleme wieder aus der Welt?«

»Ich habe nie gesagt, dass es Probleme gibt.«

»Laura, Darling, du hast aber auch nie das Gegenteil behauptet.«

»Ach, Charlotte.« Jetzt war es an Laura, die Pupillen zu verdrehen. »Probleme gibt's immer mal.«

»Ach, Laura«, äffte Charlotte sie nach. »Ich kenne dich lange genug. Du kannst mir nichts vormachen. Ich merke seit geraumer Zeit, dass zwischen dir und Klaus nicht mehr alles so rosig wie am Anfang ist. Ich finde, früher oder später ...«

»Früher oder später findest du, meine liebe Charlotte, bei jedem Mann irgendwelche Probleme, einfach, weil du sie finden willst. Und damit wir es nicht vergessen: Deiner Meinung nach sind ohnehin alle Beziehungen zum Scheitern verurteilt, früher oder später ...«

Charlotte lachte freudlos. »Du weißt, dass das nicht fair ist.«

»Deine Psychogramme sind es auch nicht. Das weißt du selbst am besten. Nur weil du ...« Laura winkte ab. »Vergiss es.«

Ihre Freundin stampfte betroffen das Eis in ihrem Cocktail klein.

Natürlich war es nicht fair von Laura gewesen, Charlotte an die Trennung von ihrem Mann zu erinnern. Aber es war auch nicht fair von Charlotte gewesen, ihre eigene Scheidung als Argument für das Scheitern aller Beziehungen dieser Welt heranzuziehen.

Na gut, zugegeben, es gab Probleme zwischen ihr und Klaus. Dessen war sich Laura mehr denn je bewusst. Aber sie war auf dem Weg, diese aus der Welt zu schaffen – früher oder später. *Wohl eher später ...* Denn obwohl sie es sich fest vorgenommen hatte, war es Laura nicht gelungen, mit ihrem Mann zu reden. Er hatte am frühen Samstagmorgen einen Anruf aus der Firma erhalten. Der Chef war persönlich und in Panik am Apparat gewesen. Offenbar hatte es Probleme mit dem Vertrieb in den USA gegeben.

»Sehen wir uns heute Abend?«, hatte Laura ihrem Mann hinterhergerufen, während er durchs Foyer zur Garage stürmte.

»Ich glaube nicht. Der Chef hat gemeint, es könnte spät werden.«

»Aber morgen?«

»Ja, selbstverständlich.«

»Sollen wir was unternehmen?«

»Ja, das machen wir.«

»Nur wir zwei?«

»Na klar.«

»Ich hätte was mit dir zu besprechen.«

»Ja, das machen wir.«

»Es ist wichtig.«

»Versprochen!«

Am Nachmittag hatte sich Charlotte gemeldet und Laura an die Verabredung fürs Wochenende erinnert. Also hatte sich Laura zurechtgemacht, war eigens noch ins Zehlendorfer Einkaufsviertel gefahren und hatte sich eine neue Bluse für den Abend gekauft. Sie hatte sich schick machen wollen, als Zeichen für einen Neubeginn, schick aber auch für einen angenehmen Abend mit ihrer Freundin. Deshalb wollte sie nicht länger mit ihr diskutieren.

Sie beugte sich über den Tisch und nahm Charlottes Hand. »War nicht böse gemeint.«

»Weiß ich doch«, lächelte ihre Freundin. »Nur manchmal …«

»Manchmal?«

»Okay, immer.« Charlotte verzog die Mundwinkel. »Darling, ich kann eben nicht über meinen Schatten springen.«

»Das können die wenigsten«, sagte Laura und aus ihrer Stimme sprach mehr Wehmut als beabsichtigt. Sie bereute ihre Worte noch in dem Moment, als sie über ihre Lippen schlüpften.

Doch Charlotte hatte bereits die Brauen angehoben. »Ach ja? Erzähl!«

Laura prustete die Luft aus. »Du lässt nicht locker, oder?«

Beide brachen sie in Lachen aus. Als sie wieder ernst wurden, wies Laura auf ihr leeres Glas. Zwar spürte sie den Alkohol inzwischen deutlich, doch es war ein willkommener Anlass, das Thema zu wechseln. »Mein Mojito ist alle.«

»Ein Zustand, den wir nicht hinnehmen können«, pflichtete Charlotte bei.

»Sehe ich genauso.«

Charlotte winkte dem Kellner, der trotz der überfüllten Cocktailbar in Friedrichshain sofort herbeigeeilt kam. Zwei Frauen alleine am Tisch konnten manchmal Wunder wirken.

»Knackiger Arsch«, blickte Charlotte dem Kellner hinterher, nachdem er ihre Bestellungen aufgenommen hatte.

»Denk dran«, warnte Laura grinsend. »Jede Beziehung ist zum Scheitern verurteilt, früher oder später. Deine Worte.«

Charlotte steckte ihr die Zunge raus. Diesmal war es an ihr, sich über den Tisch zu lehnen und die Hand ihrer Freundin zu nehmen. »Aber mal ehrlich: Irgendetwas ist mit dir. Du hast etwas an dir, das ich nicht an dir kenne.«

»Du hast recht«, bestätigte Laura. »Meine Bluse ist neu. Erst einmal ... Autsch!«

Charlotte hatte ihr in die Hand gekniffen. »Das meine ich nicht. Ich finde, du strahlst etwas aus.«

»Eigentlich fühle ich mich ziemlich müde. Es war eine stressige Woche.«

»Das ist nur oberflächlich. Aber darunter liegt noch etwas anderes. Darling, ich sehe es dir an, als stände es dir auf die Stirn geschrieben.«

Sofort senkte Laura den Kopf. »Da steht bestimmt: Ich bin betrunken!«

»Ach, Laura!«, rief Charlotte.

Das Gespräch nahm eine Wendung, die Laura nicht gefiel. Doch entweder wollte Charlotte es nicht merken, oder sie hatte selbst schon zu viel Alkohol intus. Laura schaute ihre Freundin flehentlich an. Lass es dabei bewenden. Charlotte dachte nicht daran. Sie riss die Augen auf: »Mein Gott, jetzt weiß ich, was es ist.«

Laura ahnte, was kam. *Bitte nicht.* Sie presste die Lippen aufeinander.

»Das letzte Mal, dass ich diesen Blick an dir gesehen habe, das war …« Charlotte drückte ihre Augenlider angestrengt zu einem schmalen Schlitz zusammen. »Das ist 15 Jahre her. Damals hast du Klaus kennengelernt und du warst …« Die Luft glitt ihr geräuschvoll aus den Lungen. »Mein Gott, du hast einen anderen!«

»Charlotte!«, rief Laura so laut, dass sich die Köpfe fast aller Gäste in der Kneipe zu ihr umdrehten.

Ihre Freundin schüttelte fassungslos den Kopf. »Du hast einen anderen Mann kennengelernt.«

»Charlotte!«, wiederholte Laura, diesmal leiser. Sie hielt dem forschenden Blick ihrer Freundin stand.

»Erzähl!«, verlangte Charlotte.

»Da gibt es nichts zu erzählen.« *Nichts als ein paar Aufdringlichkeiten, die längst vergessen sind.* Weil die Fronten geklärt waren. Laura hatte heute, an ihrem freien Tag, einen kurzen Blick in ihren Mail-Ordner der Agentur geworfen. Carlos hatte nicht geantwortet. Also hatte er ihre Entscheidung akzeptiert. Das hatte er, ohne Zweifel. Und das war gut so.

»Laura, Darling, habe ich recht?«

»Nein«, entgegnete Laura. »Das hast du nicht.«

Charlotte war nicht überzeugt, doch sie verlor kein weiteres Wort darüber. Laura war ihr dankbar dafür. Der Kellner brachte die Drinks, sie stießen miteinander an. Auf Laura, auf Charlotte, auf Carol und, ja, auch auf die Männerwelt.

»Auf Klaus«, sagte Charlotte.

Laura entging der forschende Blick ihrer Freundin nicht, dieses raffinierte Biest, aber sie brachte ein Lächeln zustande. »Auf Klaus!«

45

Klaus weckte Laura am Sonntagmorgen. »Hast du dich amüsiert?«

Die Sonne, die zum Fenster hereinflutete, stach ihr in die Augen. Unmöglich zu sagen, wie viele Cocktails sie am Ende mit Charlotte getrunken hatte. Ganz eindeutig mindestens einen zu viel. Aber ja, es war schließlich doch noch ein amüsanter Abend gewesen, an dem sie in der Vergangenheit geschwelgt hatten. Nun allerdings fühlte sich ihre Kehle ziemlich trocken an. *Ja, danke, ich habe mich amüsiert.* Die Worte wollten ihr nicht über die Lippen kommen, nur ein Ächzen.

Klaus zeigte sich belustigt. »Mir scheint, es war ein schöner Abend.«

Er hauchte ihr einen Kuss auf die Wange. Laura holte mit den Armen aus, wollte ihn an sich ziehen. Ihn kurz drücken. Halten. Dabei wach werden. Später reden.

»Tut mir leid, aber ich muss.« Klaus entwand sich ihrem Griff.

Erst jetzt bemerkte sie, dass er bereits fertig angezogen war. »Du musst?«, krächzte sie.

»Laura, heute ist Sonntag.«

»Aber ich dachte, wir …«

»Sonntags spiele ich Golf, das weißt du doch.« Sie kämpfte gegen das Sonnenlicht an, stemmte sich mit den Armen hoch. Er stand bereits im Durchgang zum Flur. »Ich wünsch dir einen schönen Sonntag, mein Schatz. Du brauchst auch nicht auf mich zu warten.«

Sie sackte auf dem Bett zurück.

»Könnte sein, dass es später wird«, hörte sie Klaus sagen. »Wir wollten noch auf Bernhards Geburtstag anstoßen.«

Gehört zu dem wir auch ein lachendes Frauenzimmer? Sie schalt sich für diesen gehässigen Gedanken. Sie wusste ganz genau, wie viel Klaus arbeitete. Genauso viel wie sie, möglicherweise sogar noch mehr. Warum gönnte sie ihm nicht ein bisschen Vergnügen?

Sie presste ihr Gesicht ins Kissen, tiefer, noch tiefer, bis es auf der Haut schmerzte. Bald darauf schlief sie wieder ein.

Nach einem späten Frühstück im benachbarten Stadtcafé klappte sie auf dem Canapé im Wohnzimmer das Notebook auf und bemühte sich, das zweite Konzept zu beenden, das seit Beginn der Woche auf Ausarbeitung wartete. Es ging reibungsloser, als sie erwartet hatte. Sie vergaß die Zeit und ihre mürrischen Gedanken, tauchte in die Kampagne ein, die es dem Kunden zu präsentieren galt. Ihr fiel erst auf, wie lange sie gearbeitet hatte, als sie aus dem Fenster schaute und die Nacht längst angebrochen war. Sie speicherte die Datei und ging ins Bett. Sie schlief bereits, als Klaus heimkehrte. Am nächsten Morgen war seine Betthälfte benutzt. Aber da war er bereits wieder zur Arbeit gefahren.

46

Laura bemühte sich an den folgenden Abenden, nicht allzu spät heimzukommen. Was ihr nicht immer leichtfiel, denn nahezu täglich standen wichtige Meetings auf der Tagesordnung. Auch das Exposé, das sie am Sonntag fertiggestellt hatte, wurde in einer Präsentation dem Kunden vorgestellt. Doch es gelang ihr: Spätestens um 9 war sie jeweils zu Hause, ließ sich das Abendessen von

Theodora schmecken, trank dazu Wein, las anschließend Zeitung oder ein Buch, wenn es das Wetter zuließ auf der Schaukel im Garten.

Auch am Donnerstag war sie bereits früh daheim. Sie schaute auf die Uhr. Es war kurz vor zehn. Sie lauschte in das Rascheln der Bäume im Garten. Sie glaubte, ein Motorengeräusch gehört zu haben. Aber sie hatte sich geirrt. Mit Klaus war wohl noch nicht zu rechnen.

»Die Probleme in der Firma sind noch nicht aus der Welt geschafft«, hatte er am Dienstagabend erwähnt, in einem Moment zwischen Bad und Schlafzimmer.

»Die Sache mit den USA«, hatte Laura noch fragen können.

»Genau die.« Er hatte gelacht. Vielleicht war es aber auch ein Husten gewesen. »Immerhin hat der Chef seine fixe Idee mit den Chinesen vorerst auf Eis gelegt.«

»Das freut mich.«

Klaus hatte geknurrt. »Es würde mich mehr freuen, wenn er sie *für immer* auf Eis legt.«

»Vielleicht wird er das noch.«

»Du hast keine Ahnung, was bei uns los ist.«

Nein, das hatte sie nicht. Und da Klaus es nicht für nötig hielt, mit ihr darüber zu reden, hatte sich bis heute auch nichts daran geändert.

Laura lehnte sich auf der Couch zurück. Auf dem Flatscreen an der Wand flimmerte ein Spielfilm. Worum ging es bei dem Krimi noch einmal? Sie konnte sich nicht einmal mehr an den Titel erinnern. Wer war der Hauptdarsteller?

Die Uhr zeigte jetzt kurz nach zehn. Laura schaltete den Fernseher aus. Stille erfüllte das Zimmer. Sie verschränkte die Arme hinter dem Kopf, blickte an die Decke. Zeit verstrich. Sie wartete. Aber nein, sie wartete nicht. Sie entspannte sich nur. Das war ihr gutes Recht.

Das Rasseln eines Schlüssels im Schloss weckte sie. Klaus durchquerte mit eiligen Schritten das Foyer. Sein Kopf tauchte zwischen Tür und Angel auf. »Hallo Schatz, hast du geschlafen?«

Laura rieb sich die Augen. »Ja, ich glaube, ich bin eingenickt.«

»Oh, das tut mir leid.«

Sie erhob sich, ging ihm entgegen. »Magst du noch was essen? Theodora hat ...«

»Danke, ich muss noch einiges erledigen.«

Laura versuchte einen Blick auf ihren Mann zu erhaschen. Doch er hatte bereits wieder kehrtgemacht. Ihr Wortwechsel verflüchtigte sich so schnell, wie er gekommen war. Aus dem Nichts ins Nichts, bedeutungslos wie er gewesen war. Als wäre Klaus überhaupt nicht da gewesen. Er war an Laura vorbeigerauscht, als habe er ihre Anwesenheit kaum bemerkt. Wieder herrschte Stille. Sie lastete schwer auf Lauras Gemüt. Sie fühlte sich allein.

Sie unterdrückte die Enttäuschung. Dafür gab es keinen Grund. Klaus' Arbeit war nun mal stressig, genau wie ihre. Wer konnte das besser verstehen als sie selbst.

Sie zupfte die Falten aus dem T-Shirt und der Jogginghose. Es waren ihre Wohlfühlklamotten. Aber sie fühlte sich keineswegs wohl. Sie hatte den ganzen Abend gewartet. Den Abend davor. Und den davor. Seit Sonntag wartete sie auf Klaus und auf einen Beweis.

Laura stürmte die Stufen zur ersten Etage hinauf. Im begehbaren Kleiderschrank ließ sie ihre Kleidung zu Boden fallen, glitt in einen frischen Slip, legte einen BH an, streifte sich ein Kostüm über. Auf dem Weg zurück ins Erdgeschoss begegnete ihr Klaus. »Du musst noch mal weg?«

»Ja, ich habe etwas im Büro vergessen.«

»Du willst jetzt noch raus?«

Für einen Moment kamen ihr Skrupel. Sie rang sie nieder. Es fiel ihr nicht leicht. Ganz und gar nicht. Aber sie hatte den Beweis erhalten: den Beweis, *gesteh es dir endlich ein,* dass das Warten sich nicht lohnte. Sie eilte die Stufen hinunter und verließ das Haus. Im Garten blieb sie stehen. Das Blut pochte hinter ihren Schläfen. Sie schnaufte schwer. Der verführerische Duft der Blumen war heute ganz besonders stark.

47

Das *Mesquiz* war brechend voll. Ungezählte Stimmen plapperten wild durcheinander. Tan, der Barkeeper, hetzte von einer Seite der Theke zur anderen. Zwischen seinen Fingern klirrten die leeren Cocktailgläser, die gefüllt werden wollten. Ed hatte Mühe, vertraute Gesichter in der Menschenmenge auszumachen. Zum Glück vernahm er Mikes Stimme. »Ed, hier sind wir!«

Über den Köpfen der Gäste winkte eine Hand. Ed bahnte sich einen Pfad zur Theke, wo ihn Mike mit einem kräftigen Schulterschlag begrüßte. »Ich dachte schon, du hast uns vergessen.«

»Wie könnte ich meine Freunde vergessen«, meinte Ed und musterte seinen Freund von Kopf bis Fuß. Mike hatte die obligatorische Karottenjeans am Leib, zu deren blauer Farbe sein gelber Seidenblouson einen gewagten Kontrast bot. »Obwohl ich mir manchmal das Gegenteil wünschte.«

Mike sah an sich herab. »Stört dich was?«

»Dein Modeberater!«, lächelte Ed.

»Womit er verdammt noch mal recht hat«, ließ sich Tan im Vorbeihasten vernehmen.

»Also mir gefällt's«, erklärte Maren, die neben Mike erschien. Sie umarmte ihn, während sie Ed einen Kuss auf die Wange hauchte. »Bleibst du heute länger?«

Ed rief sich den Mittwoch letzter Woche in Erinnerung, jenen abwechslungsreichen Abend zu dritt, der am nächsten Morgen mit einem fürchterlichen Kater und einer Beule an der Stirn geendet hatte. Diese verdammte Waschmaschine. »Nein«, schüttelte Ed den Kopf. »Ich muss arbeiten.«

»Warst du deswegen nicht mehr hier?«, fragte Maren enttäuscht.

Ed bejahte. Die letzten Tage hatte er sich – abgesehen von einer Unterbrechung am Dienstag, mit Nadja – verbissen auf seinen Roman zu konzentrieren versucht. Er hatte sich wieder in den Bibliotheken der Stadt herumgetrieben, seine Recherchen aufgefrischt, erste Zeilen verfasst, die ihn noch nicht glücklich machten, aber zumindest einen Ansatz für den zukünftigen Roman bildeten – die ersten drei Kapitel, die er bereits geschrieben hatte, eingerechnet.

Mike prustete los. »Und ich dachte schon, man hätte dich wieder auf den Klos …«

»Nein, hat man nicht!«, fiel Ed ihm ins Wort.

»Welche Klos?«, fragte Maren und schnippte ihren rotlackierten Fingernagel gegen die Oberlippe.

»Ed hatte eine unliebsame …«

»Gar nichts hatte ich«, fauchte Ed und gab Tan ein Zeichen. Gleich darauf stand ein Martini vor ihm. Aus den Lautsprecherboxen der Kneipe wummerte ein Hiphop-Song. Das blecherne Rumsen machte Ed noch aggressiver.

»Bist ein bisschen gereizt«, stellte Maren fest. »Läuft's nicht so gut?«

Mike beugte sich zur Theke vor. Leise fragte er: »Oder hast du wieder Ärger mit Elisabeth?«

»Keines von beidem«, knurrte Ed.

»Und wie weit bist du mit deinem Roman?«

»Es geht voran«, erklärte Ed. Er war tatsächlich guter Hoffnung, dass er, wenn er sich weiterhin am Riemen riss, bis Hagens Rückkehr eine ordentliche Zahl Kapitel zusammenbekam.

»Und was meinst du?«, fragte Maren. »Wird dein Buch dann auch verfilmt?«

»Ich hoffe es«, erklärte Ed.

»Apropos Film«, begann Mike. »Was ich noch erzählen wollte.«

Ed ahnte, was kam. Er schob seinen Oberkörper vor und verpasste seinem Kumpel einen zornigen Schlag gegen das Brustbein. Der schnappte lachend nach Luft. »Ed hatte auch eine Begegnung mit der Filmwelt.«

»Wie?«

»Mit Büchmann.«

»Dem Schauspieler? Was war mit ihm?«

»Da war nichts, und es interessiert auch keine Sau«, grollte Ed.

»Wäre ich mir nicht so sicher«, brummte Tan über die Theke hinweg.

»Aber ich.«

»Büchmann ist nämlich seit Tagen verschwunden.«

»Er ist im Urlaub«, sagte Ed, der das leidige Thema endlich abschließen wollte.

»Nee, nicht im Urlaub«, widersprach Tan, während er einen Cocktail mixte. Er presste frische Orangen aus, gab Gin und Grenadine dazu. Der Drink nahm eine rote Färbung an, so verlockend rot wie Marens Fingernägel. »Liest du denn keine Zeitung?«

Nein, Ed hatte die letzten Tage keine Zeitung gelesen. »Worauf willst du hinaus?«

»Wie ich schon sagte: Büchmann ist verschwunden. Eigentlich hätte er Ende letzter Woche in Babelsberg erscheinen müssen – zum Drehbeginn seines neuen Kinofilms.«

»Und das ist er nicht?«

Tan schüttelte den Kopf. »Nein, ist er nicht.« Der Barkeeper durchquerte die Kneipe und servierte einem Gast den Cocktail. Als er zurückkehrte, sagte er: »Angeblich soll Büchmann mal wieder abgetaucht sein.«

»Mal wieder?«

»Offenbar macht er das öfters. Und selbst sein Manager weiß nicht, wo Büchmann abgeblieben ist. Stand zumindest in der Zeitung. Seit seinem Urlaub hat niemand mehr etwas von ihm gehört.«

Niemand hört davon. Ed kratzte sich den Kopf. *Nur der Wissende sieht.*

48

»Ist noch geöffnet?«, fragte Laura. Es war kurz vor Mitternacht. Sie fürchtete, dass die letzte Show für heute gelaufen war, der Zutritt späten Gästen deshalb verwehrt blieb.

Doch die Blondine, die bereits letzte Woche hinter der Kasse gesessen hatte, lächelte nachsichtig. »Wir fangen gerade erst an.«

Verwundert entrichtete Laura den Eintritt und betrat das *Café Speciale.* Wieder war es nur von Kerzenlicht erhellt, abermals versetzte das mittelalterliche Ambiente Laura in Staunen.

Der Vorhang zur Bühne war geöffnet, die Show von Andy und Christin somit schon gelaufen. Dennoch hatte die Kassiererin nicht gelogen. Der Saal war gut gefüllt mit Menschen, die sich im Takt rockiger Musik bewegten. Laura begriff: Das *Speciale* war eine Discothek. Mit der frivolen Show von Andy und Christin hatte sie letzte Woche nur den Auftakt erlebt. Aber gut, sie war ja auch früh geflüchtet. Sie hatte kaum Gelegenheit gehabt, sich näher mit dem Treiben zu befassen. *Ein Treiben, ja, das ist es.*

Denn anders als bei ihrem ersten Besuch hatten die wenigsten der Gäste noch Abendgarderobe am Leib. Die meisten Männer trugen Hosen aus Lack oder Leder, dazu durchsichtige Netzhemden oder überhaupt kein Oberteil. Die Mehrzahl der Frauen trug unglaublich hohe Absatzschuhe, enge Lederkostüme, dünne Kleider, knappe Korsetts oder nur Bustiers.

Laura fand den Dresscode reizvoll. Sie selbst kam sich in ihrem Kostüm völlig fehl am Platze vor. Aber sie konnte sich ebenso wenig vorstellen, sich selbst in einem solchen erotischen Outfit zu präsentieren. Nicht auszudenken, welche Folgen es haben konnte, wenn sich ein Kollege oder sogar Kunde der Agentur ins *Speciale* verirrte. *Mach mal halblang: Wenn ein Kollege oder Kunde hier auftaucht, dann ganz sicher nicht rein zufällig.* Trotzdem: Laura hier im gesellschaftsfähigen Businesskostüm anzutreffen war das eine. Ihr aber in einem Hauch von Nichts über den Weg zu laufen, ausgerechnet ihr, der designierten Geschäftsführerin einer großen Berliner Agentur, dem Aushängeschild von *FiliCon* – nein, das war undenkbar.

Was also hatte sie hier noch verloren? Ganz einfach: Es war die Neugier, die sie von der Heimkehr abhielt. Denn ihr war mittlerweile noch eine weitere Veränderung zu vergangener Woche aufgefallen. Die Sitznischen im Mauerwerk rings um die Tanzfläche waren heute mit Vorhängen verhüllt, offenbar zu kleinen Separees umgewandelt.

Laura steuerte die Theke an. Sie bestellte sich einen Champagner und hielt erst einmal Ausschau nach bekannten Gesichtern. Doch sowohl von Polonius, der sie bei ihrem ersten Besuch angesprochen hatte, als auch von Carlos fehlte jede Spur. Allerdings hatte sich Carlos auch letzte Woche unbemerkt an sie herangepirscht. *Eigentlich hat er sich bisher jedes Mal an dich herangeschlichen.* Gut möglich, dass er sich auch heute wieder vor ihren Blicken versteckt hielt, um den richtigen Moment abzupassen.

Mach dich nicht lächerlich!

Warum sollte er auf sie warten? Ganz abgesehen davon, dass sie erst weit nach Mitternacht im *Speciale* aufgetaucht war – viel zu spät, als dass Carlos noch mit ihr hätte rechnen können –, ihre Mail am Freitag hatte an Eindeutigkeit nicht zu wünschen übrig gelassen. Carlos hatte das Interesse an ihr verloren. So einfach war das. Kein Grund, sich noch etwas vorzumachen.

Sie war also auf sich alleingestellt. Zum Glück begann der Alkohol hinter ihren Schläfen zu wirken. Sie fasste sich ein Herz und schritt die von Kerzen beschienenen Separees ab. Die Musik im Café war laut, aber nicht so laut, dass sie nicht das Stöhnen hinter einigen der Vorhänge vernehmen konnte. Und das Zischen. Ein Klatschen. Wonach klang das? Ein vertrautes Geräusch. Sie hatte es schon einmal gehört. Aber wo?

Aus einem der Separees tauchte ein Mann auf. Der Vorhang glitt beiseite. Laura erhaschte einen Blick in die Nische dahinter, auf nackte Haut, Ketten, Klammern, Peitschen. Jetzt fiel ihr ein, woher sie das Geräusch kannte. Aus der Abstellkammer im *Austerlyn*. Das verliebte Pärchen. Die Peitsche.

Das ist doch pervers!

Laura machte auf dem Absatz kehrt. Es reichte. Sie schritt dem Ausgang entgegen. Eine Stimme hinter ihr fragte: »Willst du nicht wissen, was dort passiert?«

49

Noch ehe Laura antworten konnte, spürte sie einen Griff um ihre Handgelenke. Voller Panik wollte sie sich ihm entwinden, doch er war stark und zog sie entschlossen in eines der Separees. Flackernde Kerzen erhellten den Raum, der größer war, als Laura angenommen hatte.

»Ich habe dich etwas gefragt«, sagte die Stimme, ganz nahe an ihrem Ohr. Laura roch das herbe After Shave. Es war Carlos. Erneut hatte er sich an sie herangepirscht. Er hatte auf sie gewartet. Also doch! Die Panik fiel von ihr ab. Zurück blieb ein eigentümliches Gefühl, eine Mischung aus Furcht und, ja, auch aus Freude.

Ohne dass Laura es gemerkt hatte, hatte Carlos Lederfesseln um ihre Handgelenke geschlungen. Kurze, rasselnde Ketten führten zu massiven Ösen, die aus der steinigen Decke ragten. Wie hatte er das geschafft? Sie machte einen Schritt nach vorn, jedenfalls wollte sie das, doch ihre Füße folgten dem Befehl nicht. Sie verlor das Gleichgewicht, stürzte aber nicht. Auch um ihre Knöchel wanden sich Fesseln, die im Boden verankert waren.

Zu ihrem Gefühlschaos gesellte sich Unbehagen. »Mach mich los!«

Carlos reagierte nicht. Wortlos durchschritt er den Raum, entzündete noch einige Kerzen, umkreiste sie dabei, langsam, als spielte Zeit keine Rolle mehr. Laura zerrte an den Fesseln. Die Ketten rasselten, aber sie gaben nicht nach. »Ich will das nicht!«

Weil Carlos sich jetzt hinter ihr befand, musste sie den Kopf über die Schulter drehen. Er machte einen Docht nach dem anderen an. Jedes Mal zischelte die Flamme. Ein verschwörerisches Wispern. Ein spöttisches Kichern.

Das ist doch, was du wolltest!

Wieder zischte eine Flamme. Zu spät begriff sie, dass es eine Peitsche war, die durch die Luft fuhr und gleich darauf ihren Po traf. Weil sie einen Rock trug, war der Schmerz nicht heftig. Schlimmer war die Empörung.

»Carlos!«, rief sie. »Bitte.«

Er schwieg. Stattdessen ließ er ein weiteres Mal die Peitsche sprechen. Sie presste die Lippen aufeinander, und das Leder strich über ihren Po. Nein, unerträglich waren die Schläge nicht. *Aber was nicht ist, kann noch werden.* Sie hielt den Atem an, verängstigt, erwartungsvoll. Nichts passierte. Kein weiterer Hieb. Seine Hand legte sich auf ihren Po, streichelte ihn, fuhr den Stoff ihres Kostüms auf und ab. Er hielt in der Bewegung inne. Etwas raschelte. Sie spitzte die Ohren. Was machte er? Sie drehte den Kopf nach hinten. Da traf die Peitsche erneut ihren Po. Ihre Augen weiteten sich, als der Schmerz heiß durch ihren zuckenden Leib schoss, und sie dabei glasklar begriff, was in dem Moment des Raschelns zuvor geschehen war: Carlos hatte den Reißverschluss ihres Rocks geöffnet, ihn zu Boden gleiten lassen und den Slip beiseitegeschoben. Die Peitsche ging erneut auf ihre blanke Pobacke nieder. Noch einmal. Noch einmal. Mit jedem Schlag ächzte sie lauter. Als sie glaubte, es nicht mehr auszuhalten, hörte Carlos auf.

Er tauchte vor ihr auf. Zum ersten Mal stand sie ihm direkt gegenüber. Sein Gesicht war kantig, aber nicht hässlich. Er trug sein Haar in kurzen Stoppeln, die aber noch weit von einer Glatze entfernt waren. Seine Augen unter den geschwungenen Brauen glitzerten mehr als sein Mund unter einem Lächeln. Er hatte volle Lippen, bei deren Anblick sie ans Küssen denken musste. Ein seltsamer Gedanke, nach dem, was er gerade mit ihr angestellt hatte.

»Weißt du, wofür das war?«, fragte er leise und streichelte ihre Wange. Dann hielt er seine Finger vor ihre Augen und Laura entdeckte eine Träne. Kaum fähig zu einem klaren Gedanken schüttelte sie den Kopf.

»Das war die Strafe dafür, dass du vor einer Woche vor mir geflohen bist.«

»Ich weiß nicht … also, ich meine … es tut mir leid«, stammelte sie, bemüht, sich wieder zu fangen. »Aber ich bin mir nicht sicher, ob das … also, ich weiß nicht, ob das …«

Seine Finger berührten ihren Mund. »Ich weiß, was du brauchst.«

Ihre Blicke trafen sich. Er hatte dunkle Augen, aber nicht böse, auch nicht hart. Sein Blick war voller Vertrauen, Wärme, Nähe. Laura dachte an ihr Büro, an die kirschbaumfarbenen Möbel, an die Behaglichkeit, die Freude, die sie empfand, wenn sie dort Platz nahm und ihre Gedanken fließen ließ … was selten genug vorkam. Warum musste sie ausgerechnet jetzt daran denken?

Ein Finger lag auf ihrem Oberschenkel. Er glitt nach oben, zwischen ihre Beine, streifte ihre Scham. Laura versteifte sich. Sie wollte sich gegen die Berührung wehren, aber die Fesseln an Händen und Füßen vereitelten ihre Bemühungen. Ihr blieb nur, sich zu schütteln. Sie wackelte mit der Hüfte, schob sie vor und zurück. Hin und her. Vor und zurück. Bis sie bemerkte, dass sie der Bewegung des Fingers längst folgte. Da war es schon zu spät. Da wollte sie nicht mehr aufhören.

»Es gefällt dir«, stellte Carlos fest und tauchte in sie ein. Das plötzliche Gefühl der Härte entlockte ihr einen Schrei. Ja, es gefiel ihr. Das erschreckte und erfreute sie zugleich. Das Gefühl zerriss sie, diese Mischung aus Schmerz und Lust. War das überhaupt möglich? Ein Zittern ergriff Besitz von ihr, schlang sich ihre Füße hoch, über die Schenkel zu den Hüften, machte sie endgültig wehrlos. Ihr Widerstand erlosch. Jeglicher Schmerz war wie fortgeblasen, einem einzigen Wunsch gewichen. *Das ist unmöglich!* Doch sie erlebte es gerade. Ausgerechnet jetzt, da die Welt sich vor ihren Augen drehte, ließ Carlos von ihr ab. Sie drehte sich nach ihm um. Die Kammer war leer. Was geschah jetzt mit ihr? Sie zerrte an den Fesseln. Sie waren gelöst.

50

Laura konnte das Gefühl der Enttäuschung nicht unterdrücken, als sie den Wagen in der Garage parkte. Das Zittern ihrer Beine wollte nicht nachlassen. Das drängende Gefühl im Unterleib war kaum zu ertragen. Sie wünschte sich Befreiung. Jene Erleichterung, die Carlos ihr verwehrt hatte. Warum war er verschwunden?

Habe ich etwas falsch gemacht?

Auf Zehenspitzen schlich sie ins Bad. Sie streifte sich das Kostüm vom Körper, wollte sich auf die Toilette setzen, hielt auf halbem Weg inne. Im flackernden Kerzenschein des *Speciale* war es ihr nicht aufgefallen. Doch im hellen Neonlicht des Badezimmers leuchteten die Hiebe der Peitsche wie leuchtendrote Stigmata auf ihrer Haut. Sie fuhr mit den Fingern über Carlos Hinterlassenschaft, spürte die wunde Erhebung unter ihren Fingerkuppen.

»Laura, kann ich rein?«

Herrgott, nicht auch noch das!

»Moment«, rief sie. »Ich sitz auf dem Klo!«

Klaus klopfte ungeduldig an der Tür. »Mir ist schlecht.«

»Warte!«

»Mein Gott, ich hab dich doch schon nackt gesehen.«

Ja, aber nicht mit Peitschenstriemen auf dem Arsch. »Augenblick!«, rief sie noch lauter, während sie hastig ihr Nachthemd überstreifte. Sie zupfte es vor dem Spiegel zurecht. Erst als sie sicher war, dass rein gar nichts mehr zu sehen war, entriegelte sie die Tür. Klaus stürzte ohne einen Blick an ihr vorbei zur Kloschüssel. Er würgte und übergab sich.

Laura hastete unterdessen ins Schlafzimmer, kroch unter die Decke. Im Bad putzte sich ihr Mann die Zähne, gurgelte, bevor er sich zurück ins Bett legte.

»Das letzte Bier war wohl schlecht«, brummte er.

»Mhm«, machte Laura.

»Und? Hast du es gefunden?«

Sie hielt die Luft an. »Wie bitte?«

Er rülpste. »Das, was du im Büro vergessen hast.«

Sie atmete erleichtert aus. »Ja, natürlich.«

»Du warst ganz schön lange weg.«

»Du weißt ja, wie das ist mit der Arbeit.«

Er knurrte, was wohl Zustimmung bedeuten sollte. Raschelnd wanderte seine Hand über die Matratze auf ihre Seite, unter ihre Decke, ihren Schenkel hinauf, berührte ihren Po. »Gute Nacht.«

Laura versteifte sich. Nicht weil der Schmerz unerträglich gewesen wäre. Seltsamerweise spürte sie nichts von den Schlägen. Da war nur die Lust, die noch immer in ihr brodelte, nicht mehr so stark, aber dennoch ganz eindeutig vorhanden.

Wie seltsam, dachte Laura. Sie war gefesselt gewesen, ausgeliefert, sie war ausgepeitscht und gedemütigt worden. Wie konnte es sein, dass dies alles sie so sehr erregt hatte? Wie konnte Schmerz Lust erzeugen? *Solche Leute sind doch nicht normal.* Aber Carlos hatte die Peitsche geschwungen, als wäre es das normalste der Welt gewesen. Irgendwie war es das auch. Aber Klaus durfte trotzdem nichts davon erfahren. Auf keinen Fall. *Überleg dir eine Ausrede!*

Noch während sie vergeblich nach einer Ausrede suchte, mit der sie ihrem Mann die blutroten Zierden auf ihrem Po glaubhaft hätte erklären können, begann er zu schnarchen. Er war eingeschlafen. Kurz darauf schwappte die Müdigkeit auch über Laura hinweg.

51

»Ed?« Mikes Stimme waberte durch das Brodeln im *Mesquiz.* Ed schenkte ihm keinerlei Beachtung. Sein Blick war in weite Ferne gerichtet. Gedanken schossen durch seinen Kopf. Einzig einer war greifbar: *Niemand hört davon. Nur der Wissende sieht.*

»Ist alles in Ordnung?«, wollte Mike wissen.

»Was ist mit dir?«, fragte Maren besorgt und nahm Ed in den Arm.

Er löste sich aus ihrer Umarmung und trat näher an die Theke. »Er ist verschwunden?«, erkundigte er sich bei Tan.

Der Barkeeper war gerade mit einem neuen Cocktail beschäftigt. Konzentriert goss er kleinste Mengen Wodka in frischgepresste Fruchtsäfte. Als alles nach seiner Zufriedenheit gemixt war, rollte er genervt mit den Augen. »Hab ich doch gesagt.«

»Und er ist nicht mehr aufgetaucht?«

Tan furchte verwundert die Stirn. »Willst du mich veralbern?«

Ed rieb sich das Kinn. Aus der Hiphop-Musik war krachender Rock der Red Hot Chili Peppers geworden. »Das ist kein Zufall«, sagte Ed.

»Was?«, fragten Mike und Maren wie aus einem Mund.

Ed griff nach seinem Drink, stellte jedoch fest, dass das Glas inzwischen leer war. »Tan, machst du mir noch einen?«

Der Barkeeper sah ihn skeptisch an. »Bist du sicher, dass …«

»Mach schon!«, bellte Ed.

Tan blickte hilfesuchend zu Mike. Der nickte. »Ist schon in Ordnung.« Er wandte sich an Ed. »Willst du mir nicht sagen, was los ist?«

Ed schüttelte den Kopf. Bevor er ein Wort darüber verlor, musste er erst einmal selbst seine Gedanken sortieren. Er rief sich den Vorfall im *Austerlyn* in Erinnerung. *Wie ist das noch gewesen?* Der Schauspieler Ron Büchmann hatte ihn in das Restaurant an der Spree gebeten, zuvor hatte er Ed am Telefon aufregenden Insiderstoff für seinen Roman versprochen. Aber am Abend war Büchmann nicht aufgetaucht. Stattdessen hatte man Ed auf der Toilette eingesperrt. *Nur ein dummer Scherz.* Vielleicht. Vielleicht auch nicht.

War Büchmann dafür verantwortlich gewesen? Glaubte man der Aussage seines Managers, hatte sich der Schauspieler zu der Zeit, als Ed auf der Toilette eingeschlossen war, längst in den Urlaub verabschiedet. Ed fragte sich, ob Büchmann diesen Urlaub je angetreten hatte. Oder war er bereits vorher abgetaucht? Wenn ja, weshalb?

Doch das war nicht die einzige Frage, auf die Ed partout keine Antwort fand. Die andere lautete: Warum hatte man ihn eingesperrt? Weil Ed die Botschaft auf der Toilette hatte finden sollen? Stammte sie von Büchmann? Dafür sprach, dass die Worte auf dem Zettel identisch mit Büchmanns geheimnisvoller Andeutung waren. *Für Ed. Niemand hört davon. Nur der Wissende sieht.*

Doch der Schauspieler hatte nicht wissen können, dass Ed an jenem Abend auf die Toilette gehen würde. Wäre Ed nicht dorthin gegangen, hätte Büchmanns Botschaft ihn niemals erreicht. Blieb die Frage: Was wäre dann passiert?

Ed winkte Tan heran. »Habt ihr eine Zeitung hier?«

»Klar, genug«, meinte der Barkeeper.

»Auch die, in der über das Verschwinden von Büchmann berichtet wird.«

Tan zuckte mit den Achseln. »Musste dir heraussuchen.«

»Ed?«, rief Mike.

Ed hastete bereits zu den Auslagen. Er griff einen Stapel, schleppte ihn zur Theke und blätterte eine Zeitung nach der anderen durch. Bei der dritten wurde er fündig. Er las den Artikel, der jedoch nicht mehr Informationen über Büchmanns Verschwinden enthielt, als Tan schon zu berichten gewusst hatte. Allerdings ließ der Text einiges an Hintergrundwissen des Autors erkennen. Mit Erstaunen stellte Ed fest, dass der Text von seinem Freund Georg verfasst worden war. Georg arbeitete als freier Journalist.

Ed zückte sein Handy. Das Freizeichen erklang. *Zum Glück.* Eine schläfrige Stimme meldete sich: »Petersen hier.«

»Georg ...«

»Ed?«, blaffte der Reporter. »Hast du eine Ahnung, wie spät es ist?«

»Entschuldige, aber ...«

»Ich habe morgen sehr früh einen Termin.«

»Und ich habe eine Frage.«

»Ich bin ganz Ohr«, gähnte Georg.

»Es geht um deinen Bericht über das Verschwinden von Ron Büchmann.«

»Was ist damit?«

»Ist Büchmann in der Zwischenzeit ...«

»Hör mal, Ed, deswegen rufst du mich mitten in der Nacht an? Hat das nicht Zeit bis morgen?«

»Können wir uns morgen treffen?«

Georg stieß die Luft aus seinen Lungen. »Meinetwegen.«

Sie verabredeten sich für den nächsten Mittag in der *Kendel Bar* in Mitte, die Ed nichts sagte. Danach wünschte er seinem Kumpel noch eine gute Nacht und legte auf.

Mike sah ihn mit Befremden an. »Magst du mir bitte erklären, worum es geht?«

»Gerne.« Ed griff nach seinem Martini und nahm einen tiefen Schluck. »Nur dummerweise weiß ich selbst nicht, worum es geht.«

»Und was heißt das?«

Ed leerte das Glas mit einem weiteren Zug. »Dass ich es herausfinden werde.«

52

When I wake up in the morning, love. And the sunlight hurts my eyes. Die Worte schlichen sich in Lauras Traum. Sie ergaben keinen Sinn. Noch weniger als ihr Traum. *And something without warning, love. Bears heavy on my mind.* Nur zögerlich sickerte die Erkenntnis zu ihr durch.

Theodora trällerte munter vor sich hin. Die Haushälterin wuselte durch das Schlafzimmer und zog mit einem Ruck die Vorhänge auf. Die grellen Strahlen der Sommersonne trafen Laura mitten ins Gesicht. *When I wake up in the morning, love. And the sunlight hurts my eyes.* Sie stöhnte auf.

»Herrje«, rief Theodora erschrocken. »Ich wusste nicht, dass Sie noch …«

Der Rest ihrer Worte ging im Quietschen der Matratze unter, als Laura auffuhr. »Herrgott, wie … Aua!« Der Schmerz warf sie zurück in die Horizontale. Zwar schlug dort sofort wieder die Sonne zu, aber wenigstens auf ihren Pobacken stellte sich Linderung ein.

Theodora kam mit sorgenvoller Miene ans Bett. »Geht es Ihnen gut?«

»Hab mich nur verrenkt.« Laura schirmte die Augen mit den Händen ab, doch ihre Haushälterin blieb ein schwarzer Schemen vor gleißender Sonne. »Halb so wild.«

Das war zwar nicht die ganze Wahrheit. Aber die Pein ihres Pos war in der Tat ihre geringste Sorge. »Wie spät haben wir?«

Als wenn du die Antwort wissen willst. Allein dass Theodora bereits ihren täglichen Rundgang durchs Haus begonnen hatte, war ein untrügliches Zeichen: Laura hatte verschlafen und zwar gewaltig.

»Es ist kurz nach 10«, bestätigte die Haushälterin ihre Befürchtungen und schickte sich an, das Zimmer zu verlassen. »Um das Schlafzimmer kümmere ich mich dann später.«

Die Tür fiel hinter ihr ins Schloss. Vorsichtig richtete sich Laura wieder auf. Sie verlagerte ihr Gewicht auf die Hände. So ließ es sich halbwegs aushalten. Sie kämpfte sich zur Dusche. Während das warme Wasser auf sie hinabperlte, untersuchte sie ihr Hinterteil. Die Striemen hoben sich zwar nicht mehr so stark wie gestern von ihrer braunen Haut ab, dafür spürte sie aber jetzt zweifellos die Hiebe umso heftiger. Ob das Absicht von Carlos gewesen war? Der späte Schmerz am Morgen danach. *Wie raffiniert!* Gott sei Dank war Klaus längst zur Arbeit. Laura verzichtete auf das Frühstück, machte sich sofort auf den Weg ins Büro. Weil sie sich kaum auf dem U-Bahn-Sitz halten konnte, erhob sie sich auf halber Strecke und stellte sich in den Gang.

Etliche Sitzplätze waren leer, weil der eigentliche Berufsverkehr bereits zwei Stunden zurücklag.

Ihr Handy läutete. Sie schaute aufs Display. Es war die Rufnummer der Agentur. »Ja, hallo?«

»Laura«, krächzte Dr. Filius' Stimme aus dem Hörer. »Wo stecken Sie denn?«

»In der U-Bahn. Auf dem Weg zur Agentur. Bin gleich da.«

»Das ist schön.«

»Gibt es etwas Wichtiges?«

Für einen Moment sagte ihr Chef nichts. Laura glaubte, die Verbindung verloren zu haben, weil die Waggons durch einen Tunnel rauschten. Mit einem schnellen Blick auf ihr Mobiltelefon vergewisserte sie sich: Der Empfang hätte nicht besser sein können. »Dr. Filius?«

»Das fragen Sie mich?«

»Wie bitte?«

»Sie fragen mich, ob es etwas Wichtiges gibt?«

»Entschuldigen Sie, Dr. Filius.« Sie räusperte sich. »Aber ich verstehe nicht ganz.«

»Laura, es ist 11 Uhr. Unsere Sitzung.«

53

»Es tut mir leid«, sagte Laura, als sie in das Zimmer ihres Chefs stürmte. »Die letzten Tage waren einfach ...« Sie rang um Worte. »Zu stressig.«

Dr. Filius winkte ab. »Kann ja mal passieren.«

»Nein, nein, das darf es aber nicht.«

»Nun machen Sie sich mal keinen Kopf.« Er stand hinter seinem Schreibtisch auf, der nicht ganz so massiv war wie der von Laura, aber dennoch außerordentlichen Geschmack erkennen ließ. »Und dass Sie ausgerechnet heute die Sitzung verschlafen haben, nun, das wollen wir mal nicht als schlechtes Omen für Ihre Zukunft als Geschäftsführerin von *FiliCon* auffassen.« Er hakte sich bei ihr unter und lächelte. »Oder was meinen Sie?«

»Nein, natürlich nicht«, versicherte sie, war sich aber selbst nicht sicher. *Reiß dich am Riemen*, ermahnte sie sich, verzweifelt darüber, wie ihr das Missgeschick hatte passieren können. Sie hatte das Meeting mit der Belegschaft nicht nur verschlafen. Sie hatte es vergessen. Und warum? Sie mochte nicht daran denken.

Dr. Filius führte sie den Flur hinunter in den Konferenzsaal, wo die Mitarbeiter bereits eifrigst tuschelnd an den Tischen saßen. Niemand zeigte Erstaunen, weil Laura an der Hand des alten Mannes in den Raum kam. Natürlich hatte sich die Nachricht längst herumgesprochen, spätestens seit sie die Präsentation für *Girandex* allein übernommen hatte.

Sie wollte am Kopfende des Konferenztisches stehen bleiben, doch Dr. Filius bestand darauf, dass sie neben ihm Platz nahm. Langsam ließ sie sich auf den Stuhl sinken.

»Meine lieben Kollegen, Mitarbeiter, Freunde«, begann der Chef, ohne auf die Verspätung einzugehen. Verspätungen waren – wie das kleine Nickerchen während der Konferenz – ein Vorrecht der Geschäftsführer. »Irgendwann kommt im Leben eines Mannes der Tag, an dem er Abschied nehmen muss. Bekanntlich soll man gehen, wenn es am schönsten ist.«

Die Haut von Lauras Gesäß kribbelte, als machte sich eine ganze Armee von Ameisen darüber her. Nur mit Mühe gelang es ihr, sich die Unruhe nicht anmerken zu lassen.

»Und ich glaube, zurzeit ist es am schönsten. Die Agentur floriert, was ich nicht zuletzt Ihnen allen zu verdanken habe. Ohne Sie alle ständen wir im Vergleich zu anderen Agenturen nicht so gut da. Besser als je zuvor. Und damit verrate ich Ihnen sicherlich kein Geheimnis.«

Laura kratzte sich unauffällig das Gesäß.

»Doch so wichtig der Beitrag von Ihnen allen ist, so wichtig ist auch der Beitrag der Geschäftsführung, die sozusagen als Kopf fungiert und den Betrieb nicht nur nach außen hin repräsentiert, sondern ihn zusammenhält.«

Laura verlagerte das Gewicht auf nur eine Hälfte ihres Gesäßes. »Ich habe mir die Entscheidung nicht leicht gemacht. Aber nun, nachdem ich mich entschieden habe, bin ich überzeugt, eine gute Wahl getroffen zu haben.«

Laura wechselte auf die andere Seite.

Dr. Filius sah sie an. »Laura hat sich die letzten Jahre um *FiliCon* verdient gemacht. Sie ist ein Gewinn für die Firma und als meine Nachfolgerin die beste Wahl, die ich treffen konnte.«

Beifall erfüllte den Konferenzraum und Laura schickte einen lautlosen Stoßseufzer gen Himmel, als Dr. Filius sich erhob und ihr die Hand reichte, so dass sie ebenfalls aufstehen musste. Doch leider ließ das Jucken ihres Pos nicht nach. Sie trank das Glas Sekt, mit dem sie und ihre Kollegen anstießen, beinahe auf Ex. Nachdem sie schließlich die Glückwünsche aller entgegengenommen hatte, löste sich die Versammlung auf.

Schnellen Schrittes begab sich Laura zum Büro. Erik eilte neben ihr her. »Geht es dir gut?«

»Natürlich, alles in Ordnung.«

»Aber gerade im Meeting hatte es auf mich den Anschein, dass …«

»Das war nur die Aufregung.«

»Aha«, machte Erik.

Laura ließ ihn stehen, betrat ihr Zimmer und schloss die Tür hinter sich. Es kam ihr vor wie eine Flucht. *Flucht wovor?* Mit der Hand berührte sie ihr Gesäß. Es kribbelte noch immer. Herrgott, was für ein entsetzliches Jucken. *Aber kein Schmerz.* Vielmehr ein Zeichen von Unruhe. Rastlosigkeit. Es war die Ungeduld, mit der sie die E-Mails herbeisehnte. Sie öffnete das Programm und verfolgte, wie die Mails eine nach der anderen im elektronischen Postfach eintrudelten. Von Carlos war keine Nachricht dabei. Enttäuscht sank sie hinter ihrem Schreibtisch nieder. Die Pobacken beschwerten sich, aber damit ließ sich leben.

Es wurde Zeit, sich auf die Arbeit zu konzentrieren. Sie schichtete die Tagespost vor sich auf, begann sie zu lesen. Immer wieder spähte sie dabei zum Rechner. Keine neue Mail von Carlos. Auch nicht nach einer Stunde. Als auch kurz vor Feierabend kein Lebenszeichen von ihm eingetroffen war, wuchs in ihr die Wut. Zorn auf sich selbst.

Das hättest du dir doch denken können! Er war nicht umsonst gestern Nacht so schnell verschwunden. Irgendetwas hatte sie falsch gemacht. Er hatte das Interesse an ihr verloren. Jetzt endgültig.

Sie beugte sich vor, um den PC auszuschalten, als das Geräusch einer eintreffenden Mail sie hochfahren ließ. Ungläubig starrte sie auf den Monitor. Sie traute ihren Augen nicht, doch ihre Augen spielten ihr keinen Streich: eine Nachricht von Carlos.

Alle Anspannung fiel von ihr ab. Ihr Herz machte einen Satz. Doch gleich darauf packte sie erneut die Wut, als sie mit der Maus über das Symbol der Mail fuhr. Sie las: »Dies sind die Regeln: *Ich* befehle, *du* befolgst. *Du* verweigerst dich, *ich* bestrafe dich. Es gibt nur ein Vorwärts, kein Zurück. Entscheide dich: Bist du dafür? Oder bist du dagegen?«

54

Wenige Minuten, bevor Ed zum Treffen mit seinem Kumpel Georg aufbrechen wollte, baute sich Elisabeth vor ihm auf.

»Du bist noch hier?«, fragte er, als er mit einem Handtuch um die Hüften geschlungen das Badezimmer verließ. »Habe dich gar nicht gehört.«

»Ich fahre heute etwas später in die Boutique.« Seine Frau bewegte sich keinen Zentimeter von der Stelle. Mit ihrer grauen Kostümkombination ragte sie wie ein unerschütterlicher Fels vor ihm auf.

Ed bemerkte, dass sie ihr Haar kürzer trug. »Warst du beim Friseur?«

»Ja«, entgegnete sie und dehnte ihre Worte. »Vor einer Woche.«

Um der zu erwartenden Standpauke zu entgehen, sagte er rasch: »Es steht dir.«

»Danke.«

Weil sie sonst nichts weiter sagte, und weil es ihn in der Diele fröstelte, schlug er fix einen Bogen um seine Frau und spurtete ins Schlafzimmer. In der Spiegeltür des Schrankes sah er, wie Elisabeth ihm folgte. Er fischte eine Hose und ein frisches Hemd hervor, zögerte jedoch, sich anzuziehen.

»Ich muss am Wochenende zur Modemesse nach Paris«, verkündete Elisabeth.

»Nach Paris? Das ist schön!«, antwortete er, unschlüssig darüber, ob er vor ihren Augen das Handtuch lupfen sollte. Es war eine Weile her, dass sie einander vollkommen nackt gesehen hatten. Er wusste nicht, wie Elisabeth auf seine Blöße reagieren würde. Er beschloss, mit dem Ankleiden einen Moment zu warten. Stattdessen durchstöberte er die Schublade nach einem neuen Paar Socken.

»Unnötig dich zu fragen, ob du mich begleitest, oder?«

»Zur Modemesse?«

»Nach Paris«, korrigierte Elisabeth und sprach ganz langsam, als wollte sie sichergehen, dass er keines ihrer Worte verpasste. »Wir haben dort unsere Flitterwochen verbracht, erinnerst du dich?«

»Natürlich erinnere ich mich.«

»Ich dachte, vielleicht können wir noch ein, zwei Tage dranhängen und …«

»Ja, das wäre schön.« Ed warf einen Blick auf die Leuchtdiode des Weckers, die ihn darüber in Kenntnis setzte, dass sein Treffen mit Georg immer näher rückte. »Aber du weißt, dass dein Bruder …«

»Hagen ist in New York!«

»Ja, aber sobald er zurückkehrt, möchte er die ersten Kapitel meines Romans lesen.«

Elisabeth hob die Augenbrauen. »Du hast also tatsächlich endlich angefangen? Was hat dich dazu bewogen?«

Dein Bruder hat mir gedroht, mich zu verpfeifen. Aber das sagte er natürlich nicht. »Ich habe ein spannendes Thema gefunden. Und einen Informanten. Den ich übrigens gleich treffen werde.« Das war zwar auch nicht die komplette Wahrheit, aber nahe dran. Und weil Elisabeth sich immer noch nicht von der Stelle bewegte, ließ er sein Handtuch endlich fallen.

Elisabeths Augen verharrten unbeeindruckt auf seinem Gesicht. »Du triffst deinen Informanten also gleich. Aber nicht am Wochenende.«

»Aber ich werde recherchieren müssen.«

Sie nickte resigniert. »Na gut. Aber nächste Woche …«

Ed glitt in seine Hose und knöpfte sich das Hemd zu. Weil seine Frau nicht weitersprach, fragte er: »Ja, was ist nächste Woche?«

Sie zupfte ihren Blazer zurecht. »Nächste Woche müssen wir miteinander reden.«

»Okay«, sagte er und streifte sich Socken über die Füße. Als er aufschaute, war Elisabeth verschwunden. Die Haustür fiel ins Schloss, und kurz darauf vernahm er, wie der Motor des Wagens gestartet wurde.

Ed rief sich ein Taxi, das ihn zehn Minuten später nach Mitte brachte. Georg erwartete ihn bereits in der *Kendel Bar.* Die

Kellnerin erkundigte sich mit gelangweilter Stimme nach ihren Wünschen. Ebenso wie Bequemlichkeit war Freundlichkeit Mangelware in den Kneipen von Mitte. Allerdings gaben die willkürlich vermengten Stile, die mit ein paar Neonröhren auf modern getrimmt worden waren, ahnungslosen Touristen das Gefühl, einmal die Luft des hippen Großstadtlebens zu atmen. Ohne zu zögern, zahlten sie hier den doppelten Preis für Cappuccino, Latte Macchiato oder andere Dinge, die der urbane Hippster vermeintlich zu sich nahm.

Ed bestellte sich ein kleines französisches Frühstück mit Kaffee, Georg nahm gleich das Menü 3 von der Mittagskarte – Knödel mit Sauerbraten. Ed verzog den Mund.

»Also?«, grunzte Georg, als die Kellnerin mit ihrer Bestellung abtrabte. »Was hast du für ein Problem?«

Ed entschied, gleich auf den Punkt zu kommen. »Ich möchte Ron Büchmann sprechen.«

Georg lachte. »Da bist du im Augenblick nicht der einzige.«

»Aber es ist wichtig.«

Georg gackerte. »Wird sein Regisseur auch behaupten.«

»Habe ich dir erzählt, dass Büchmann sich vor zwei Wochen mit mir hatte treffen wollen?«

Georgs Erheiterung erlosch. »Nee, hast du nicht. Warum wollte er dich treffen?«

»Er wollte mir Informationen stecken. Für mein Buch.«

»Und?«

Ed wollte erzählen, was ihm widerfahren war, beließ es dann aber bei einer Kurzfassung, die aus einem Satz bestand. »Er ist nicht aufgetaucht.«

»Und?«, gab sich Georg skeptisch. »Was sagt dir das?«

»Dass er verschwunden ist, weil er mir die Informationen stecken wollte.«

Georg zuckte mit den Schultern. »Was macht dich so sicher?«

Ed zögerte. Als er antworten wollte, nahte die Kellnerin. Er schwieg. Das junge Mädchen stellte die Getränke vor ihnen ab, Kaffee für Ed, ein Bier für Georg. Dabei knallte sie das Glas so heftig auf den Tisch, dass nicht nur das Bier, sondern auch der Kaffee überschwappte. Ohne ein Wort der Entschuldigung dampfte sie wieder ab.

Georg schaute ihr kopfschüttelnd hinterher. »Also, diese ...«

»Er hat mir eine Botschaft hinterlassen«, unterbrach ihn Ed.

»Eine Botschaft?«, wiederholte Georg. »Und welche wäre das?«

Ed ließ erneut einige Sekunden verstreichen. »Niemand hört davon. Nur der Wissende sieht.«

»Hä?«

»Ich sagte: Niemand hört ...«

»Ja, ja«, machte Georg unwirsch. »Das habe ich verstanden. Und das hat Büchmann dir als Botschaft hinterlassen?«

»Zweifelsfrei!«

»Was soll das bedeuten?«

»Das weiß ich nicht. Das möchte ich herausfinden. Weil ich glaube, dass es wichtig ist.«

»Bist du sicher?«

»Felsenfest! Und deshalb muss ich ihn finden.«

Jetzt lachte Georg wieder. »Wie schon gesagt: Da befindest du dich in bester Gesellschaft.«

»Ich muss es wenigstens versuchen. Und wenn es mir nicht gelingt, Büchmann zu finden, dann muss ich wenigstens mehr über ihn herausfinden. Vielleicht finde ich einen Hinweis darauf, was er mit dieser Botschaft gemeint haben könnte.«

Georg hob sein Bier an den Mund und nahm einen Schluck. Er wischte sich den Schaum von den Lippen. »Und wie soll ich dir dabei helfen?«

»Du hast den Bericht über Büchmanns Verschwinden geschrieben.«

Georg setzte das Glas ab. »Und?«

»Dein Artikel klang, als würdest du ihn gut kennen.«

Georg zuckte mit den Schultern. »Nur über zwanzig Ecken. Das meiste, was ich über Büchmann weiß, stammt von Google.«

Ernüchtert fragte Ed: »Was meinst du, wer könnte mir helfen, mehr über ihn herauszufinden?«

Georg stieß prustend die Luft aus. »Was weiß ich.«

»Komm schon«, drängelte Ed. »Irgendjemand wird doch wohl …«

»Wohl kaum«, fiel ihm sein Kumpel ins Wort. »Büchmann ist ein Exzentriker, das weißt du doch. Es gibt kaum jemanden, den er wirklich an sich herangelassen hat.« Georg lächelte. »Von den Frauen mal abgesehen.«

»Mit Sicherheit gibt es jemanden. Du musst …«

»Ja, ja«, rief Georg ungehalten. »Ich überlege ja schon.« Nachdenklich rieb er sich das Kinn. »Es gibt eigentlich nur eine Person, die mir einfällt: sein Regisseur Bertolt Jaumann. Büchmann dreht seit Jahren ausschließlich mit ihm. Angeblich, weil Jaumann Regie bei Filmen mit Büchmanns Mutter führte. Du weißt schon, Leonore Büchmann, der Leinwandstar aus den 20ern …«

»Meine Herren, wie alt ist Jaumann denn?«

»Der muss Anfang 40 sein.«

»Und er hat Filme mit dem Leinwandstar der 20er gedreht?«

»Ja, kurz vor ihrem Tod, zwei oder drei Filme. Bei den Dreharbeiten lernte er ihren Sohn Ron kennen. Später drehte Jaumann mit ihm. Wenn überhaupt, gehört also Jaumann zu den wenigen Vertrauten des Schauspielers.«

»Hast du seine Nummer?«

Georg verneinte. »Der ist genauso ein komischer Vogel wie Büchmann. Es gibt Leute, die behaupten, er lebe zurückgezogen in einer Kommune mit zehn Frauen und Männern, die eine neue Lehre von Frieden und Liebe praktizieren. Andere dagegen behaupten, Jaumann sei ein reaktionärer Betonkopf, dessen Waffensammlung jede Bundeswehrkaserne in den Schatten stellt.« Georg zuckte mit den Schultern. »Wahrscheinlich ist er weder das eine noch das andere und will einfach nur seine Ruhe haben.«

»Kannst du trotzdem einen Kontakt herstellen?«

»Ich kann's versuchen«, nickte Georg.

»Und?«, fragte Ed ungeduldig, weil sein Kumpel sich nicht rührte.

»Dazu muss ich nach Hause, an meinen Computer. Eine E-Mail schreiben. Sobald ich die Antwort erhalten habe, rufe ich dich an.«

»Worauf wartest du noch?«

Georg wies mit dem Finger zur Kellnerin, die zwei Teller heranbalancierte. »Auf unser Essen.«

55

War sie dafür? Dagegen? Entrüstet begann Laura eine Antwort zu schreiben. *Was fällt ihm ein!* Was er von ihr verlangte, war vermessen. Sie beide kannten sich doch gar nicht. Sie hatten kaum ein Wort miteinander gewechselt. Wie konnte er davon ausgehen, dass sie ihm vertraute? Überhaupt: Hatte er vergessen, dass sie in einer Beziehung lebte?

Was schreibst du da?

Sie überflog die Sätze ihrer Mail. Ihre eigenen Worte lasen sich fremd. Als stammten sie nicht von ihr. Billige Ausflüchte. Sie konnte nicht einmal sagen, woran es lag, dass ihre Erklärungen so falsch klangen. *Weil du dich selbst belügst!*

Sie löschte das Geschriebene und begann noch einmal von vorne. Sie wählte ihre Worte mit Bedacht: »Lieber Carlos. So viele Fragen. So viel Unsicherheit. Ich möchte mich gern mit dir treffen, mit dir reden. Über das Chaos in meinem Kopf und all die Dinge, die mich beschäftigen. Laura.«

Ja, das klang gut. Laura sendete die Mail. Keine Minute später erhielt sie Antwort. Carlos schrieb: »Deine Reaktion gefällt mir. Sie zeugt von Reife und zeigt mir, dass du ernsthaft über mein Angebot nachdenkst. Hättest du dich sofort entschieden, wäre damit jeder Kontakt zwischen uns beendet gewesen. So aber: Lass uns reden. Morgen Abend am Alexanderplatz, Hotel *Park Inn*, Zimmer 606, 20 Uhr.«

Seine Worte stimmten sie versöhnlich. Seine Antwort bewies, dass Verantwortung doch kein Fremdwort für ihn war. Gleichzeitig blieb er dennoch seiner Rolle treu, entschlossen, bestimmend: *Morgen Abend,* Park Inn, *20 Uhr. Ich befehle, du befolgst.*

Genau das war es aber, was Laura Sorgen bereitete. Ihn in ein belebtes Café zu begleiten, wäre kein Problem gewesen. Ihm jedoch blindlings in ein Hotelzimmer zu folgen, dafür fehlte ihr das Vertrauen. Sie packte das Telefon und wählte eine Nummer. Das Freizeichen ertönte.

»Laura, Darling, was für eine Überraschung«, freute sich Charlotte. Hoffnungsfroh schob sie hinterher: »Treffen wir uns morgen Abend wieder?«

»Nein, das nicht«, bedauerte Laura. »Aber ich bräuchte dennoch morgen deine Hilfe.«

»Meine Hilfe?« Charlottes Stimme flog sofort alarmiert nach oben. »Was ist los bei dir? Wieder was mit Klaus?«

Typisch Charlotte. »Nein, nichts mit Klaus.« Das war nicht einmal gelogen.

»Sondern?«, bohrte Charlotte nach.

Wie konnte Laura ihrer Freundin erklären, was sie vorhatte? Würde Charlotte es überhaupt verstehen? *Natürlich wird sie.* Für Charlotte war bekanntlich jede Beziehung zum Scheitern verurteilt, weil die Männer rücksichtslose Typen waren. Es war nur recht und billig, wenn Frauen es ihnen heimzahlten. Aber um Rache ging es Laura nicht. »Charlotte, ich brauche deine Hilfe.«

»Das sagtest du schon.« Ihre Freundin kicherte. »Verrätst du mir auch wobei?«

»Also …« Laura überlegte verbissen.

»Jetzt red schon. Ich bin volljährig.«

Also gut. »Ich will mich morgen Abend mit jemandem treffen.«

»Ha!« Wieder schrie Charlotte auf. »Hab ich's doch gewusst!« Aus dem Hintergrund erklang ein Kinderschluchzen. »Warte bitte, Carol ist wach geworden.«

Das Telefon wurde scheppernd beiseitegelegt. Charlotte flüsterte mit ihrer Tochter, begann ein Lied zu singen. Allmählich wurde das Babyweinen leiser. »Du hast also doch einen anderen«, stellte Charlotte fest, als sie den Hörer wieder aufnahm.

»Nein, es ist nicht so wie du …«

»Laura!«, unterbrach sie Charlotte. »Ich sagte dir schon: Ich kenne dich gut genug. Und jetzt, in diesem Moment, versuchst du nur, dich herauszureden.«

»Aber wenn ich …«

»Du, Laura, du hast mich angerufen, weil du dir unsicher bist. Weil du mit dir haderst. Und weil du für alles immer noch eine Ausrede suchst. Dabei ist alles schon entschieden. Und genau das möchtest du jetzt von mir hören. Du willst klare Verhältnisse. Aber keine Ausflüchte mehr. Also, mein Darling, rede!«

Laura schwieg. *Keine Ausflüchte mehr.* Ihre Freundin hatte recht. Es gab keinen Grund mehr für Ausreden, Entschuldigungen, Floskeln, nicht nach allem, was geschehen war. Denn nichts passierte mehr zufällig. In der vergangenen Nacht war sie ganz bewusst ins *Speciale* gefahren, weil sie das Abenteuer gesucht hatte. Und sie hatte es gefunden, auch wenn sie sich zu Beginn dagegen gewehrt hatte … *weil es sich so gehört! Weil du we-*

nigstens noch einen Hauch von Anstand bewahren wolltest! Am Ende hatte sie sich nur zu gerne, *zu gierig*, auf Carlos' Spiel eingelassen.

Möglicherweise war die Pein, die jetzt ihren Po quälte, nur die Strafe dafür, dass es endlich passiert war, nicht ganz bewusst, viel mehr getrieben von Lust, aber dennoch: Sie war fremdgegangen.

Bist du das wirklich?

Zog sie ihre Definition von Partnerschaft heran, dann ja. Doch waren diese Regeln von Anstand, Treue und Verlässlichkeit überhaupt noch gültig? War es nicht stattdessen so, dass sie und Klaus sich fremd *geworden* waren? Vielleicht war diese Erkenntnis die erschreckendste von allen.

Auf einmal sprudelten die Worte nur so aus ihr heraus. »Ich habe einen Mann kennengelernt. Es ist noch nicht viel passiert. Aber ich möchte mich morgen erneut mit ihm treffen, in einem Hotel. Eigentlich wollen wir nur reden. Verstehst du: Nur reden! Aber ich bin mir nicht sicher, ob danach noch etwas geschehen wird. Herrgott, Charlotte, eigentlich möchte ich, dass noch sehr viel mehr passiert.« Laura machte eine Pause. »Wenn ich also morgen dorthin gehe, dann möchte ich, dass jemand weiß, wo ich bin.«

»Wo wirst du sein?«, fragte Charlotte.

Laura war ihrer Freundin dankbar, dass sie keine Vorwürfe erhob und ihr ein schlechtes Gewissen einredete. Charlotte fragte auch nicht, wer der Mann war oder was bereits zwischen ihnen passiert war. Laura wusste nicht, ob sie ihrer Freundin überhaupt von dem Club, den Separees, den Fesseln, Peitschen, Schlägen hätte erzählen können. Würde Charlotte auch *dies* verstehen?

Laura selbst konnte es doch noch immer nicht wirklich begreifen. Das war schließlich einer der Gründe, warum sie sich mit Carlos treffen wollte. Mit ihm reden. Und verstehen.

Sie erklärte, wo und wann sie sich mit Carlos zu treffen gedachte. Sie fügte hinzu: »Und bitte …«

»Ich weiß: kein Wort zu Klaus.«

»Versprochen?«

»Laura, Darling, ich bin deine Freundin!« Charlotte seufzte. »Wir Frauen müssen doch zusammenhalten.«

56

Am Samstagmittag hatte Georg sich noch immer nicht bei Ed gemeldet. Den quälte die Neugier, weshalb er gegen 13 Uhr seinen Freund auf dem Handy anklingelte. Eine mechanische Stimme erklärte, der Teilnehmer sei nicht erreichbar.

Im Verlauf des Tages versuchte Ed noch zwei Mal, Georg an den Apparat zu bekommen – vergeblich. *Verdammt,* dachte Ed. *Wo steckt er?* Und warum meldete er sich nicht? Es konnte doch nicht so schwer sein, einen Kontakt zu Bertolt Jaumann herzustellen, Regisseur hin, Exzentriker her. Ungeduldig schlüpfte er unter die Dusche. Während des Ankleidens rief er Nadja an. Er hoffte, den Abend mit ihr zu verbringen. Auch bei seiner Affäre bekam er nur den Anrufbeantworter zu hören. Frustriert hinterließ er eine Nachricht.

Um sich die Zeit zu vertreiben, fuhr Ed ins Mesquiz. Die Bar war um diese Zeit nur mäßig gefüllt. Außer Barkeeper Tan traf er keine vertrauten Gesichter an.

Während er an seinem Gin Tonic nippte, rief Ed in regelmäßigen Abständen bei Georg an. Doch dessen Handy war nach wie vor ausgeschaltet. Ed fluchte.

»Was ist los?«, wollte Tan wissen, während er einen Cocktailbecher schüttelte.

»Ich erreiche Georg nicht.«

Tan lächelte. »Es gibt Leute, die müssen ab und an auch mal arbeiten.«

Ed funkelte den Barkeeper an. »Was willst du damit andeuten?«

Noch breiter grinsend goss Tan den fertig gerührten Drink in ein Cocktailglas und servierte ihn Eds Thekennachbar.

»Ich arbeite an meinem Roman«, sagte Ed.

»Was du nicht zum ersten Mal beteuerst.« Tan lehnte sich lässig an den Tresen. »Bleibt nur zu hoffen, dass du ihn tatsächlich zu Ende bringst.«

Ed kippte seinen Gin Tonic hinunter. »Wenn mich Georg nicht hängen lässt.«

Tan hob die Augenbraue. »Wieso? Schreibt er dir etwa deinen Roman?«

»Er wollte mir bei der Recherche helfen.«

»Ach so«, sagte Tan und nahm die Bestellung eines neuen Gastes entgegen.

Ed griff zu seinem Handy und wählte Georgs Nummer. Wieder klang nur die Bandansage aus dem Telefon. Ed rief Mike an. »Hast du eine Ahnung, wo Georg steckt?«

»Versuch's mal im *Mesquiz.*«

Ed schnaubte. »Was glaubst du, von wo ich anrufe?«

Mike lachte. »Dann versuch's bei ihm daheim?«

»Warte!«, rief Ed, dessen Handy einen weiteren Anrufer vermeldete. »Da klopft jemand bei mir an. Vielleicht ist es Georg.« Er legte Mike in die Warteschleife und nahm das zweite Gespräch entgegen. Es war Nadja.

»Das fällt dir ein bisschen früh ein, dass deine Frau übers Wochenende nicht da ist«, beschwerte sie sich ohne Begrüßung.

»Ich habe nicht dran gedacht«, entschuldigte er sich.

»Du hast seit Tagen nicht an mich gedacht. Warum hast du dich nicht mal gemeldet?«

»Ich habe gearbeitet.«

Tan gab einen spöttischen Ton von sich.

»Wo steckst du?«, fragte Nadja.

»Im *Mesquiz.*«

»Na super«, schimpfte sie. »Dafür hast du also Zeit!«

Ed stöhnte.

»Schön«, blaffte Nadja. »Heute Abend habe ich keine Zeit.«

»Schade«, meinte Ed.

Offenbar war das nicht die Antwort, die sich seine Freundin erhofft hatte. Etwas versöhnlicher fragte sie: »Sehen wir uns Dienstag?«

»Natürlich.«

Sie verabschiedeten sich, und Ed hatte wieder Mike am Apparat. »Und?«, wollte dieser wissen. »War es Georg?«

»Nein, es war Nadja.«

»Und jetzt?«

»Versuche ich es bei Georg daheim.«

»Viel Glück«, wünschte Mike.

Keine 30 Sekunden später erklärte Elvira, Georgs Gattin: »Nein, Georg ist nicht daheim.«

»Wo ist er?«

»Arbeiten.«

Das kam Ed merkwürdig vor. Sein Kumpel war freischaffender Journalist. »Ich dachte, er arbeitet daheim?«

»Ja, das tut er auch – für gewöhnlich. Aber wenn er Termine hat, dann nicht.«

»Und welchen Termin hat er heute?«

»Weiß nicht. Er sagte, es dauert etwas länger.«

»Wie lang genau?«

»Einige Tage.«

Ed wunderte sich noch mehr. »Seit wann ist er weg?«

»Lass mich kurz überlegen. Ja, er ist gestern Mittag heimgekommen, hat die Tasche gepackt und gesagt, er hätte überraschend ein wichtiges Interview bekommen.«

»Wann hat er das gesagt?«, wollte Ed wissen.

»Das habe ich dir doch gerade erzählt: Nachdem er heimgekommen war.«

»Wann war das genau?«

»Gegen halb 2.«

Das war eine halbe Stunde, nachdem Ed sich von Georg in der *Kendel Bar* verabschiedet hatte. Eine halbe Stunde, nachdem Georg ihm versprochen hatte, sich um einen Kontakt zum Regisseur Jaumann zu kümmern. »Hat er gesagt, mit wem er das Interview führen wird?«

»Irgendein Regisseur. Ich habe den Namen vergessen.«

»Bertolt Jaumann?«

»Kann sein. Weiß ich nicht mehr. Ich bin nicht so der Filmfreak, das weißt du doch.«

»Ja«, sagte Ed, obwohl er sich fragte, wie Elvira auf die Idee kam, er wisse über ihren Filmgeschmack Bescheid. Aber dass Georg eine halbe Stunde nach ihrem Gespräch zu einem Termin aufgebrochen war, konnte unmöglich ein Zufall sein. »Weißt du, wohin dein Mann gefahren ist?«

»Nach Potsdam.«

»Die Filmstudios in Babelsberg?«

»Ja, das hat er gesagt.«

Was Ed eigenartig vorkam. »Entschuldige, Elvira, aber Potsdam ist nicht einmal 30 Kilometer von Berlin entfernt. Warum braucht er mehrere Tage für ein schlichtes Interview?«

»Das musst du ihn schon selbst fragen.«

»Das würde ich gerne, aber sein Handy ist abgeschaltet.«

»Wahrscheinlich hat er zur Stunde das Interview.«

»Ja, wahrscheinlich«, sagte Ed, obwohl er nicht überzeugt war.

57

Am Samstagabend stand Laura lange vor dem Kleiderschrank, verunsichert darüber, was sie zu ihrem neuerlichen Treffen mit Carlos anziehen sollte. Sie wollte nichts Biederes auswählen, aber auch nichts allzu Offenherziges, um nicht Klaus' Argwohn zu erwecken. Dabei war sie sich nicht einmal sicher, ob ihr Mann überhaupt etwas merken würde.

Also entschied sie sich für ein Designerkleid, das sie auf einer Geschäftsreise in Madrid erstanden hatte. Es reichte bis knapp über die Knie und bot einen dezenten Ausschnitt, den sie selbst bei einer wichtigen Präsentation noch hätte vertreten können.

Klaus schaute kurz vom Fernseher auf, als sie sich von ihm verabschiedete. »Wieder ein Frauenabend?«

Erstaunlich, wie leicht ihr die Lüge über die Lippen kam. »Ja.«

Er grunzte. »Lass dir bloß keine Flausen von Charlotte in den Kopf setzen.«

»Ganz bestimmt nicht.«

»Ich weiß doch, was deine Freundin von uns Männern hält.«

»Ach«, machte Laura, strich ihm durchs Haar und verließ die Villa. Auf halbem Weg zur Garage blieb sie abrupt stehen. So leicht es ihr gefallen war, sich für den Abend vorzubereiten, Abschied von Klaus zu nehmen, das Haus zu verlassen – jetzt, hier im Garten, fiel ihr der letzte Schritt, ins Auto einsteigen, starten, losfahren, plötzlich ungemein schwer. Sie schnupperte an den Bougainvilleen, doch auch das löste nicht ihre Anspannung. Es gab nichts, was sie sich in dieser Sekunde sehnlicher wünschte, als zurückzukehren in die vertraute Sicherheit ihres Heimes. Sie war drauf und dran, genau das aufs Spiel zu setzen: ihr Haus, ihre Ehe, ihre Sicherheit. Aber diese Sicherheit ist nur noch Illusion, gemahnte eine Stimme in ihr. Und das ist nicht allein deine Schuld.

Sie fuhr mit dem BMW in die Stadt, hörte dabei laute Rockmusik, parkte den Wagen in der Garage am *Cinestar* und überquerte den Alexanderplatz. Vor der Weltzeituhr blieb sie stehen, beobachtete die Touristen, die über den Berliner Mittelpunkt flanierten. Sie alle wirkten so entspannt, ausgelassen, ganz anders als Laura, deren Unbehagen wuchs. War sie sich wirklich sicher? Ihre Zweifel waren immer noch nicht bereinigt. Aber genau deswegen musste sie Carlos treffen. Endlich Klarheit – so oder so. Sie atmete durch und betrat das Hotel.

An der Rezeption nahm sie den Schlüssel zum Zimmer 606 entgegen. Langsam schritt sie den Flur entlang. Je näher sie dem Zimmer kam, umso mehr wuchs die Aufregung. Ihr Herz begann zu pochen. Sie steckte den Schlüssel ins Schloss. Sie zögerte. Sollte sie wirklich? Oder sollte sie umkehren? Eine Stimme in ihrem Kopf flüsterte: *Worauf wartest du?* Sie stieß die Tür auf.

Carlos saß auf einem der Sessel am Fenster, die Hände wie zum Gebet gefaltet. Er trug einen eleganten Anzug. Zum ersten Mal sah sie ihn bei Tageslicht. Ihr fiel auf, wie attraktiv er war. Sein Haar war seit ihrer ersten Begegnung länger geworden, auch auf den Wangen und am Kinn hatte er Bartstoppeln. Am bemerkenswertesten aber waren nach wie vor seine geschwungenen, dunklen Augenbrauen, die seinen Blick durchdringend machten. Das gedämpfte Licht wiederum verlieh seinen Augen einen geheimnisvollen Glanz, in dem man sich gerne verlor, nur um seinem Mund ganz nahe zu sein. Seine vollen Lippen bewegten sich. »Laura, du wolltest mit mir reden?«

Ihre Antwort kam zögerlich. »Ja.«

Sie nahm ihm gegenüber Platz. Ihr fehlten die Worte. Ihr war, als habe sie in dem Moment, da sie über die Schwelle in diesen Raum getreten war, all ihre Scheu und Skepsis draußen auf dem Gang zurückgelassen. Wie seltsam, aber mit einem Mal fühlte sie sich befreit. Da waren nur noch Hoffnungen und Sehnsüchte, die unter ihrer Haut brannten, in ihren Eingeweiden wühlten. *Eigentlich ist doch alles klar!*

Carlos erhob sich, nahm sie an die Hand. »Komm!«, sagte er und führte sie aus dem Zimmer. Laura folgte ihm. Es gab nichts, was dagegen sprach. Sie wunderte sich über sich selbst. Die Situation war irrwitzig, *gefährlich*, und doch geschah alles wie selbstverständlich. Sie nahmen den Aufzug ins Erdgeschoss, durchschritten die Dämmerung, die sich über Berlin senkte. Lila Neonlicht beleuchtete den Fernsehturm, ein gigantischer Wegweiser in der Farbe der Hoffnung. Der *Kaufhof* schimmerte in grün – die Farbe der Harmonie. Menschen flanierten um sie herum, entspannt, zufrieden, und diesmal empfand Laura genauso.

Carlos hielt ein Taxi an und nannte dem Fahrer eine Adresse, die Laura nicht kannte. Deshalb sagte sie: »Ich muss mich bei meiner Freundin …«

Carlos nickte. »Ich weiß.«

Dass er keine Einwände erhob, flößte Laura noch mehr Vertrauen ein. Mit einer SMS teilte sie Charlotte die neue Adresse mit. Das Taxi steuerte unterdessen durch die erwachende Nacht. Überall funkelten Lichter, Geschäfte, Galerien, in unterschiedlichsten Farben, wie in einem Traum. Sie mit Carlos, den sie nicht kannte, auf dem Weg durch Berlin, einer Stadt voller Geheimnisse, die es zu entdecken galt.

Sie fuhren Richtung Köpenick. Sie erreichten die Stadtgrenze. Der Flughafen Schönefeld war nicht mehr weit, Laura erkannte es an den blinkenden Lichtern, die über die Straße hinwegschwebten. Kurz darauf kam eine Industriehalle in Sicht, die vor langer Zeit einmal zum Flughafen gehört haben musste. Die Scheinwerfer, die die Fassade beleuchteten, fielen auf verblasste Flugzeugsymbole. Was sich heute in dem Gebäude befand, war nicht zu erkennen, wohl aber die Menschen, die sich in einer langen Schlange vor dem Eingang aufreihten.

Das Taxi rollte an der Menge vorbei bis direkt vor die Tür. Carlos entstieg dem Fahrzeug, reichte Laura die Hand. Sie blickte zu ihm auf. Erwartete er, dass sie den Fahrer bezahlte? Er schüttelte den Kopf. Sie trat zu ihm hinaus in die warme Dunkelheit. Er nickte den Türstehern zu, sie schoben das Metallband beiseite – und Laura war im Innern der Halle.

Das Gebäude erstreckte sich über mehrere Etagen. Im Erdgeschoss fand eine Disco statt. Die Menschen hatten Kleider am Leib, deren Alltagstauglichkeit arg zu bezweifeln war: hauteng geschnürte Korsetts, Plastikjacken, Lederhosen, High Heels, die über derart hohe Absätze verfügten, dass es an ein Wunder grenzte, mit welcher Eleganz sich die Frauen darin zur Musik bewegten.

Einige der hier Versammelten waren sogar splitternackt, trugen nichts weiter als ein Halsband, von dem eine Kette in die Hand eines Begleiters führte, der sie durch die Menge führte. Immer wieder blieben diese stehen, gewährten den Leuten einen Blick und eine Berührung des Sklaven, manchmal sogar mehr. Niemand störte sich daran, dass sich direkt neben ihm Dinge vollzogen, die für Laura bis vor wenigen Tagen selbst hinter verschlossenen Türen unvorstellbar gewesen wären. Hier geschah alles ganz offen, ganz selbstverständlich. Jeder wirkte glücklich in der Rolle, die er ausfüllte. Über allem schwebte ausgelassene Freude, eine Hemmungslosigkeit, so dicht, dass sie beinahe greifbar war. Mehr noch: Sie war ansteckend. Laura konnte sich nicht satt daran sehen, doch Carlos zog sie weg von dem Geschehen, breite Treppen hinauf in die oberen Stockwerke. Das Mauerwerk war so dick, dass es die Musik verschluckte, je höher sie kamen. Umso lauter wurde das Atmen, Seufzen, Stöhnen, das durch das Halbdunkel der Gänge geisterte.

Von den Fluren zweigten Kammern ab. Jeder dieser Räume verfügte über Türen, doch die wenigsten waren verschlossen. In einem Raum war ein schweres Holzkreuz an der Wand befestigt, Hand- und Fußschellen an den vier Enden. Es war unschwer zu erkennen, wozu die Vorrichtung benutzt werden konnte. In der nächsten Kammer lag eine Frau auf einem Gynäkologenstuhl. Ihre Augen waren verbunden, die Beine weit gespreizt. Ein Mann unterzog sie einer absonderlichen Untersuchung. Auf einem Regal daneben stand ein ganzes Bataillon von Dildos und Vibratoren. Manche hatten Formen und Ausmaße, die Lauras Vorstellungsvermögen sprengten.

Carlos streichelte ihre Hand. »Fühlst du dich davon abgestoßen?«

»Irgendwie schon«, sagte Laura.

»Und irgendwie nicht, oder?«

In der folgenden Kammer hingen von der Decke schwere Ketten. Eine Frau wand sich nackt in den Stahlfesseln, während ein Mann ihren Po mit einer Peitsche bearbeitete. Im Halbkreis standen Männer und Frauen drumherum, begafften das schmerzhafte Schauspiel. »Ja, irgendwie ... fasziniert es mich.«

»Dann komm mit.«

58

Es war kein Befehl. Trotzdem war sich Laura sicher, dass Carlos keinen Widerspruch duldete. Im Grunde gab es aber auch nichts, was sie hätte entgegnen wollen. Bereitwillig folgte sie ihm in eine der Kammern. Er verriegelte die Tür hinter ihnen, wofür sie ihm dankbar war. Laura glaubte nicht, dass sie dazu in der Lage war, sich wie die anderen vor den Augen aller zu entblößen.

Carlos umrundete sie mit langsamen Schritten. Er drängelte nicht, hatte es nicht eilig. Auch dafür war sie ihm dankbar. Als er hinter ihr stand, zog er ihr die Hände auf den Rücken und fesselte sie. Allein bei der Berührung jagte ein Stromstoß durch ihren Körper. Weil Carlos aber sonst nichts mit ihr anstellte, erlosch die Empfindung ziemlich schnell. Zurück blieb ein schales Gefühl, aus dem sich der Zweifel erhob. Laura wollte reden. »Carlos, es ist …«

Fingernägel, die durch das Kleid in ihre Brustwarzen kniffen, ließen sie verstummen. Überrascht schrie sie auf. Dann kam der Schmerz. Sie keuchte. Carlos riss ihr das Kleid über den Busen herab. Seine Finger gruben sich in ihre Brüste, reißende Krallen, die zogen und zerrten. Carlos flüsterte, fast unhörbar, doch Laura verstand glasklar: »Du redest, wenn ich es dir erlaube!«

Jetzt strich seine Hand sanft über die glühenden Striemen. Erst der rüde Schmerz, jetzt die Zärtlichkeit, irritierende Empfindungen, die Laura schaudern ließen. Seine andere Hand griff unter ihr Kleid, fand die Innenseite ihrer Schenkel, kroch hoch, noch höher, bahnte sich einen Weg in ihre … *nein, das ist nicht möglich!*

»Deine Möse ist feucht, spürst du das?«

Sie nickte. »Ja, ich spüre es.«

Er ließ von ihrer Scheide ab, schob seinen Finger ein Stück weiter nach hinten. Sie versteifte sich. *Alles, nur nicht das!* Doch der Finger hatte seinen Weg bereits gefunden, drang in ihren Anus ein. Sie sperrte sich dagegen. Da schlug Carlos wieder zu. Die Hitze auf ihrem Po ließ sie den Druck in ihrem Anus vergessen.

»Ich befehle, du befolgst.«

Er schlug fester zu, setzte ein Zeichen, ließ sie wissen, was die Regel bedeutete. Dass sie ihm ausgeliefert war, dass er ihr Freude schenken konnte, aber ebenso Schmerz. Noch mehr Schläge. Noch fester. Sie wimmerte. Der Schmerz drohte ihr die Lust zu rauben, da hielt er wissend inne.

Seine Hände begannen sie zu streicheln. Schmerz konnte so süß sein. Eine Hand lag auf ihrer Brust. Die andere zwischen ihren Beinen. Dann fuhren sie durch ihr Gesicht. Über ihre Arme.

Berührten wieder die Beine. Strichen über ihre Brüste. Streichelten ihre Möse. Carlos' Hände schienen gleichzeitig überall zu sein. Laura ergab sich dem zarten Trost, verlor die Kontrolle, zurück blieb nur der Wunsch, dass das Spiel endlich ein Ende fand. Sie keuchte, ihre Beine zitterten unkontrolliert, sie drängte sie den streichelnden Händen entgegen. *Wie pervers!* Was so schön war, konnte nicht pervers sein! Laura wollte mehr. *Mehr!* Sie hielt erschrocken inne. Hatte sie das gerade nur gedacht? Oder gesagt?

Carlos zog die Finger zurück. »Du redest, wenn ich es dir erlaube.«

Laura nickte, zumindest glaubte sie, dass sie es tat. In ihrem Kopf toste ein Sturm – und er hörte einfach auf. Es war so grausam. Laura wurde fast wahnsinnig.

»So ist die Regel.«

Laura nickte noch heftiger. Hauptsache er begann von vorne, hörte nicht mehr auf. Doch er zog nur ihr Kleid hoch und löste ihre Fesseln, nahm sie wie ein Vater die Tochter bei der Hand, führte sie aus der Kammer, vorbei an den Menschen, den Nackten, den Angezogenen, die Stufen hinab zum Ausgang, zu einem Taxi, dem gleichen Taxi wie vorhin, zurück in die Stadt.

Ernüchtert starrte Laura in die Nacht, die an ihr vorbeiglitt. Noch immer rumorte es in ihr, drängte es nach mehr, so viel mehr. Als das Taxi am Alexanderplatz hielt, lächelte Carlos: »Deine Erfüllung ist es, bedingungslos zu dienen.«

Sie sah ihn fragend an, unschlüssig darüber, ob sie reden sollte, reden durfte. Sie war nach wie vor enttäuscht. Aber aus einem unbestimmten Gefühl heraus war sie sich ohnehin sicher, dass das Spiel für heute beendet war. »Wie bitte?«, fragte sie und senkte unwillkürlich den Blick. Carlos antwortete ihr, nicht überheblich, nur erhaben. »Du hast mich sehr wohl verstanden.«

Laura hob den Blick, doch Carlos war aus dem Taxi verschwunden.

59

Klaus schlief bereits. Leise tapste Laura ins Zimmer, schlich sich unter die Decke und schloss die Lider. Doch der Schlaf wollte sich nicht einstellen, nicht nur weil das Zittern ihres Körpers wie ein endloses Echo in ihr nachhallte. Auch tausend Gedanken gingen ihr durch den Kopf.

Bedingungslos zu dienen.

Ja, sie hatte Carlos sehr wohl verstanden. Aber hatte sie auch begriffen? Was hatte er ihr damit sagen wollen? Sie überlegte, doch alles das, was sie sich zusammenreimte, überstieg ihre Vorstellung.

Sie öffnete die Augen, starrte an die Decke, an der die Schatten wie die Antworten vor ihr zu flüchten schienen. Eine Sommerbrise ließ das Geäst der Bäume rascheln. Vögel zwitscherten, als machten sie sich lustig.

Laura konnte es sich nicht vorstellen. Was bedeutete das? Bedingungslos? Wie weit wollte Carlos noch gehen? War Laura nicht längst viel zu weit gegangen?

Irgendwann verschwanden die Schatten, zeigte sich der erste, goldene Glanz der Sonne. Irgendwo in Zehlendorf krähte sogar ein Hahn. Laura hatte die ganze Nacht kein Auge zugetan.

Klaus kämpfte sich neben ihr aus dem Bett. Er rasierte sich im Bad, zog sich an, packte seine Tasche und fuhr zum Golf. Mit ihm verschwanden auch all ihre Gedanken. Als hätte sie nur darauf gewartet, endlich alleine zu sein, schlief Laura ein.

60

Am Montag weckte sie der frische Duft von Kaffee. Als sie in die Küche kam, saß wider Erwarten Klaus am Tisch, den er – noch überraschender – gedeckt hatte. Er schaute von der Tageszeitung auf. Er blickte sie an. *Seine Augen.* Etwas gefiel ihr daran nicht. Klaus sagte: »Ich dachte, du möchtest vielleicht noch etwas frühstücken.«

Es hatte ihr die Sprache verschlagen.

»Was guckst du so?«, fragte er.

Was guckst du so?, hätte sie ihn am liebsten angeschrien. Doch sie setzte sich nur an den Tisch, schenkte sich Kaffee ein, kippte Milch und Zucker hinein und schmierte ein Brot mit Erdbeermarmelade. Woher kam die plötzliche Aufmerksamkeit? Hatte Klaus etwas gemerkt? War es das, was sie in seinem Blick erkannt hatte? Nein, das war unmöglich. Klaus hatte bereits geschlafen, als sie heimgekehrt war.

Trotzdem machte sein Verhalten sie vorsichtig. Sie verzehrte das Brot, sagte noch immer keinen Ton. Aber auch Klaus ließ keinerlei Bereitschaft zu einem Gespräch erkennen. Er studierte die Tageszeitung, stieß dabei auf, krümelte die Brotreste ohne es zu bemerken auf den Boden – alles war wie immer. Es gab keinen Grund zur Besorgnis. Laura bildete sich nur etwas ein. *Weil du es dir einbilden möchtest.*

»Laura?«

»Bitte?«

»Ich fragte, ob wir uns heute Abend sehen?«

Oder war da doch etwas?

»Wolltest du nicht noch was mit mir bereden?«

Sie zögerte. »Nein, eigentlich nicht.«

»Ach so.« Er leckte sich Butter von den Lippen. »Vielleicht sehen wir uns ja trotzdem heute Abend. Würde mich freuen.«

Plötzlich wollte Laura nur noch weg. Sie sprang auf, viel zu hastig. Mit dem Knie stieß sie gegen die Tischkante. Ihre Kaffeetasse kippte um, der heiße Inhalt ergoss sich über Butter, Marmelade und Aufschnitt. »Scheiße!«

»Egal!« Klaus zuckte mit den Schultern. »Das macht Theodora nachher sauber. Dafür haben wir sie schließlich.«

Ja, dafür ist sie da. Aber es gab Dinge, die ihre Haushälterin nicht in Ordnung bringen konnte. »Ich muss arbeiten«, sagte Laura.

»Hä?«

»Heute Abend.«

»Ach so, natürlich.« Er hustete. »Wir arbeiten im Augenblick ziemlich viel, oder?«

Laura schrumpfte unter seinem neuerlichen Blick. Jetzt war sie fest davon überzeugt, dass er Bescheid wusste. Dass er *alles* wusste. Was sie dachte. Was sie trieb. *Ja, genau, was du treibst, du Schlampe!* Sie versank in dem jähen Strudel aus Schuld und Reue.

Doch während sie versuchte, sich davon nicht überwältigen, es sich vor allem nicht anmerken zu lassen, senkte Klaus seinen Kopf und vertiefte sich wieder in die Zeitung. Als erwartete er keine Antwort. Als wäre nichts gewesen. Als wäre alles wie immer. Völlig in Ordnung.

Laura stürmte die Stufen hinauf in die Kleiderkammer, zog das erstbeste Kostüm vom Bügel, konnte es sich nicht schnell genug überstreifen. Erst als die Haustür hinter ihr ins Schloss knallte, fiel ihr ein, was in seinen Augen gelegen hatte, als Klaus sie vorhin, am Küchentisch, so merkwürdig angesehen hatte. Es war dieser Blick, in den sie sich einst verliebt hatte. Doch anders als vor 15 Jahren, vor einer halben Ewigkeit, hatte der Blick sie nicht berührt. Im Gegenteil. Er hatte sie angewidert.

61

»Ed, wo bist du?« Nadjas strenge Stimme riss Ed aus den Gedanken. »Na, wo wohl?« Es war Dienstag. Er klopfte auf die Matratze ihres Himmelbetts. »Bei dir.«

»Nein, das meine ich nicht«, sagte sie und richtete sich vom Kissen auf. Ihr Tonfall wurde noch kühler. »Ich meine, wo du deinen Kopf hast?«

»Auf den Schultern.«

Sie gab einen ungehaltenen Ton von sich. »Ich erzähle dir seit zehn Minuten von meinen Plänen und du sagst nichts als *Ja* und *Aha*. Mehr fällt dir dazu nicht ein?«

»Doch, Nadja, aber ...«

»Aber was? Sag ruhig, wenn es dich nicht interessiert.«

»Nein, nein, mein Schatz«, besänftigte er sie. »Das interessiert mich sehr wohl.«

»Das sollte es auch.« Sie stemmte die Hände in die Hüften. Die Decke rutschte auf ihre angewinkelten Beine und entblößte ihre kleinen Brüste. »Denn sollte ich tatsächlich in eine neue Wohnung ziehen, wüsste ich gerne, was mit dir ist.«

Er war einigermaßen überrascht, von ihren Umzugsplänen zu erfahren. Hatte sie ihm vor wenigen Minuten davon erzählt? Dann hatte er ihr tatsächlich nicht zugehört. Er fragte: »Was ist mit mir?«

Nadja rollte mit den Augen. »Genau das war meine Frage. Du hast mir nicht darauf geantwortet. Weil du mit deinen Gedanken ganz woanders bist.«

Ed verschränkte die Arme hinter dem Kopf. »Liegt wohl an meiner Arbeit ...«

»Arbeit?«, wiederholte Nadja. »Du meinst deinen Roman?«

»Ja«, sagte Ed, obwohl das nicht die ganze Wahrheit war. Vielmehr beschäftigte ihn seit Samstag Georgs seltsamer Termin in Potsdam, sofern es überhaupt ein Termin war. *Aber was sonst?* Gerne hätte Ed das seinen Kumpel gefragt, doch seit vier Tagen war dessen Handy ausgeschaltet. Ed hatte begonnen, sich Sorgen zu machen. Gestern hatte er noch einmal Georgs Ehefrau Elvira kontaktiert, doch sie hatte ihn beruhigt. Georg hätte sich zwischenzeitlich bei ihr gemeldet, alles wäre in Ordnung, er müsste noch ein paar Tage dranhängen. Ob das normal sei, hatte Ed gefragt, weil er sich nicht daran erinnern konnte, dass Georg jemals für so lange Zeit einen Termin gehabt hätte. Elvira aber hatte bejaht, ihm einen schönen Tag gewünscht und aufgelegt.

»Oder ist es deine Frau?«, hörte Ed seine Freundin sagen.

Ed war einen Augenblick verwirrt. »Meine Frau?«

»Ja, Elisabeth, deine Frau.«

»Was soll mit ihr sein?«

Nadja zog die Decke zurück an ihr Kinn, als müsse sie sich gegen unangenehme Antworten wappnen. »Das frage ich dich?«

Ed verstand nur Bahnhof. »Worauf willst du hinaus?«

»Habt ihr euch wieder gestritten?«

»Nein, wie denn? Sie war ja das Wochenende über in Paris.«

»Und gestern? Heute Morgen?«

Er zuckte mit den Achseln. »Ich habe dir doch erzählt, dass wir uns kaum noch sehen. Meist fährt sie nach dem Aufstehen direkt in ihre Boutique.«

»Tolle Ehe.«

»Welche Ehe?«, lächelte er.

»Deine!«

»Ha«, lachte er. »Diese ganze Ehe war von Anfang an ein … ein …« Ihm fehlte das richtige Wort.

»Und warum lebst du dann noch mit ihr zusammen? Warum schenkst du ihr nicht endlich reinen Wein ein?«

Das war ein anderes Thema. »Weil das nicht geht.«

»Das verstehe ich nicht.«

Er atmete durch. »Weil ich meine Gründe dafür habe.«

»Und die wären?«

»Zuerst muss ich mein Buch schreiben.« Das war zwar nicht die ganze Wahrheit, aber fürs Erste besser als keine.

Nadja neigte den Kopf. »Und wie lange soll das dauern?«

Eds Blick fiel auf sein Handy, das neben dem Bett lag. Georg hatte sich nach wie vor nicht gemeldet. Ed konnte ihn nicht erreichen. Georgs Ehefrau mochte zwar keinerlei Anlass zur Sorge sehen, aber Ed kam es so vor, als sei Georg wie vom Erdboden verschluckt – wie Büchmann. Das konnte wirklich kein Zufall sein. *Was geht hier vor?* Ed zuckte mit den Achseln. »Ich weiß es nicht.«

62

In der Agentur stand ein neuerliches Meeting auf der Tagesordnung. Dr. Schneider, der Geschäftsleiter von *Girandex*, erwartete Laura bereits im Konferenzsaal. Er reichte ihr die Hand. »Laura, es freut mich, Sie zu sehen.«

»Die Freude liegt ganz bei mir.« Laura meinte es aufrichtiger, als es der Unternehmer ahnen konnte. Sie war froh, sich endlich auf die Arbeit konzentrieren zu können. Die ganze Fahrt über ins Büro hatte sie sich den Kopf über das Verhalten ihres Mannes zerbrochen, über seinen Blick, diese Intensität, die kurzzeitig in ihm aufgeflammt und dann ebenso plötzlich wieder erloschen war. Vor allem aber war sie erstaunt über ihre eigene Reaktion, das Gefühl von Abscheu. Jetzt sagte sie: »Denn wir können Ihnen heute die ersten der drei möglichen TV-Spots für Ihre Firma präsentieren.«

Sie drehte sich zum Beamer um, den Erik an den DVD-Player anzuschließen versuchte. »Wie lange brauchst du noch?«

»Bin gleich fertig!«

»Das Wochenende gut verlebt?«, fragte Dr. Schneider.

»Ja, natürlich.«

Der Beamer flammte auf und warf ein großes Bild auf die Leinwand. Sie nahmen rings um den Tisch Platz und Laura wies Erik an, den ersten Spot zu zeigen.

»Sie wollen mit *Girandex* ein junges Publikum erreichen«, führte Laura unterdessen aus. »Bei diesem ersten Spot haben wir uns deshalb ganz bewusst an die moderne Aufnahmetechnik gehalten, die auch von führenden Musikproduzenten für Videoclips verwendet wird.«

Laura machte eine Atempause, in der sie Eriks Blick auffing. Wiederholt schaute er zu ihr hinüber. Er lächelte zufrieden, als klappte alles nach seinem Geschmack. Dennoch irritierte sie etwas an ihm. »Natürlich ist die Version, die Sie heute zu sehen bekommen, nur eine Rohfassung. Und trotzdem lässt sich schon erahnen, in welche Richtung der Clip sich bewegen wird.«

Erik musterte sie. Erneut ließ sie sich nicht aus der Fassung bringen. »Für die endgültige Fassung, also die, die schließlich auch im Fernsehen gezeigt werden soll, werden wir einen professionellen Regisseur verpflichten. Herr Dr. Schneider …« Er hüstelte. »Natürlich, Bruno, wir sind uns ja unlängst über das Werbebudget einig geworden. Deshalb steht einer qualifizierten Produktion der Werbespots nichts im Wege. Ich bin davon überzeugt, schon nach dem nächsten Wochenende werden wir Ihnen die finale Fassung präsentieren können.«

Das Wochenende gut verlebt? Ihr ging Dr. Schneiders Bemerkung durch den Kopf. Diesmal ließ sie sich ablenken. Es dauerte einige Sekunden, bis sie den Faden wieder aufnehmen konnte. »Wir werden Ihnen eine Liste mit den TV-Sendern und von uns bevorzugten Werbezeiten zukommen lassen. Ich möchte Sie bitten, einen Blick darauf zu werfen und uns eine Bestätigung zu geben. Sobald wir diese haben, brauchen Sie sich keine Sorgen mehr zu machen.«

Warum waren heute alle so aufmerksam? Es kam ihr vor, als bemühte sich jeder, etwas an ihr zu entdecken. Etwas, was sie zu verbergen versuchte. »Kommen wir jetzt also zum Videoclip Nummer 2. Erik, kannst du ihn bitte starten?«

Erik saß auf seinem Stuhl und blickte sie an. Seine Miene vermischte sich mit der von Klaus am Frühstückstisch. *Ertappt!* Erik stand auf, ging zum DVD-Player und betätigte die Play-Taste. Nein, er wusste nichts. Er *konnte* nichts wissen. Wer? Erik? Nein, Klaus natürlich. Aber was, wenn man ihr trotzdem ansah, was sie am Wochenende erlebt hatte? Was, wenn jemand, den sie kannte, sie auf der Party gesehen hatte? Wenn dieser Jemand es anderen erzählt hatte? Wenn es alle wussten? Ihre eigene Stimme klang ihr fremd in den Ohren, als sie sagte: »Der zweite Clip reiht sich nahtlos an den ersten an.«

Irritiert wischte sie sich über die Stirn. Als würde dort in großen Buchstaben geschrieben stehen: *Ehebrecherin.* »Obschon er in der Machart ein bisschen zurückhaltender ist. Damit wollen wir auch die etwas ältere Zielgruppe erreichen.«

Jetzt waren da wieder die Gewissensbisse. Sie ließen sich nicht mehr unterdrücken. Selbst als sie Dr. Schneider verabschiedet hatte und in ihrem Büro saß, wurde sie der Schuldgefühle nicht mehr Herr. Was hatte sie damals geschworen, vor dem Traualtar? *In guten wie in schlechten Zeiten!* Jetzt herrschten halt mal schlechte Zeiten. War das ein Grund, alles fortzuschleudern? Sollte sie nicht stattdessen anfangen zu kämpfen? Natürlich konnte sie diesen Kampf nicht allein gewinnen, sondern nur gemeinsam mit Klaus. Aber einer von ihnen musste den ersten Schritt machen. Aus einem Impuls heraus nahm sie das Telefon und wählte.

»Praxis Dr. Gaal, hier spricht Schwester Stephanie.«

Laura nannte der Arzthelferin ihren Namen.

»Was kann ich für Sie tun?«

»Es geht um mich … also um meine Ehe.« Sie holte Luft. »Wir waren schon mal bei Ihnen.«

»Einen Augenblick bitte, ich schaue im Computer nach.« Die Arzthelferin hieb klappernd auf die Tastatur ein. »Ja, Sie waren schon mal hier.«

»Ich glaube, ich hätte gerne noch einmal einen Termin.«

»Sie glauben?«

Es kann nicht mehr so weitergehen. Sie musste etwas unternehmen. Bloß was? Sie gab sich einen Ruck. »Nein. Ich bin mir sicher.«

Laura stürzte sich in die Arbeit. Im Vorfeld der *Girandex*-Kampagne gab es noch vieles zu erledigen, so dass sie kaum noch einen Gedanken an etwas anderes verschwenden konnte. Nicht an Klaus, nicht an ihr geheimes Leben, und auch nicht an Carlos.

Kaum aber gönnte sie sich eine kleine Pause, überkamen sie erneut Gewissensbisse. Sie beruhigte sich damit, die richtige Entscheidung getroffen zu haben. Endlich einmal.

In diesem Moment gab ihr PC mit einem Signal zu erkennen, dass eine Mail eingetroffen war. Natürlich war es das gleiche Signal wie immer. Ein heller Ton wie das Klirren von Glas. Trotzdem wusste Laura, von wem die Nachricht stammte, noch bevor sie einen Blick auf den Monitor geworfen hatte.

»Laura«, schrieb Carlos. »Ich erwarte dich. Im *Park Inn*. Zimmer 606. 20 Uhr. Nächste Woche. Es wird ein Fest. Berauschend für uns beide. Ein Höhepunkt für dich.«

Laura starrte auf den Monitor. Sie spürte die Welle, die sie erfasste. *Vergiss es!* Die Welle des Glücks. *Schäm dich!* Laura griff zur Tastatur, formulierte eine Antwort. Sie wollte nicht. Sie wollte ihre Ruhe. Sie wollte retten, was zu retten war. Doch ihre guten Vorsätze lösten sich in Wohlgefallen auf. Das konnte nicht richtig sein. Ihre Vernunft bäumte sich auf. Die Vernunft? Was war richtig? Was war falsch? *Vergiss deinen Anstand!* Was ihr so guttat, konnte nicht falsch sein.

63

Die Woche verging für Laura mit Meetings, einer Präsentation, Telefonaten. Auch die Fernsehspots für *Girandex* waren zum Abschluss gebracht worden und konnten Dr. Schneider präsentiert werden. Hochzufrieden lud er Laura und Kollegen zu einem Umtrunk – am Samstag. Doch Laura musste ihm absagen. Am Samstag hatte sie bereits eine Verabredung, und sie konnte es kaum erwarten, diese wahrzunehmen. Diesmal würde sie sich bewähren, das hatte sie sich geschworen.

Sie traf Carlos im Hotel *Park Inn,* 20 Uhr. Laura rechnete damit, dass er wieder mit ihr nach Schönefeld rausfahren würde. Doch stattdessen kurvte das Taxi durch Mitte zur Friedrichstraße und von dort ans Spreeufer. Überrascht fand sich Laura vor dem Gründerzeitensemble des *Austerlyn* wieder.

Auch in dem Edelrestaurant war Carlos kein Unbekannter. Der Portier hinter dem Samtvorhang führte sie ohne ein Wort an einen Tisch, den besten im ganzen Haus.

Er gewährte einen Überblick über die vielen prominenten Gesichter, die sich im *Austerlyn* zum Essen trafen. Die meisten kannten Carlos, denn immer wieder wurde er mit einem dezenten, fast schon ehrfurchtsvollen Kopfnicken begrüßt. Keiner sprach ihn allerdings an.

Nicht zum ersten Mal fragte Laura sich, wer Carlos eigentlich war. Er war ihr einerseits so vertraut, was sie bemerkenswert fand, da sie bis heute kaum ein Wort miteinander gewechselt hatten. Andererseits steckte er voller Geheimnisse. Er kannte Gott und die Welt, schien Einfluss zu haben, bestimmt auch Macht. Denn das strahlte er aus, Kraft und Entschlossenheit.

Aus dem Augenwinkel musterte sie ihren Begleiter. Er bemerkte ihren Blick, lächelte ihr zu und reichte ihr die Speisekarte. »Laura, was möchtest du essen?«

Sie verstand die Frage als Erlaubnis zu reden. Sie wählte rosa gebratene Challans-Entenbrust auf Polenta-Schnitte mit Mango-Papaya-Gemüse. Sie studierte noch das Angebot der Desserts, als Carlos sich über den Tisch beugte und ihr zuflüsterte. »Nach dem Dessert wirst du zu den Toiletten gehen. Die Tür zu jenem Raum … du weißt, welchen ich meine … wird offen sein. Du wirst den Raum betreten, die Tür hinter dir zuziehen und dich entkleiden.«

Selbstverständlich war ihr auf Anhieb klar, welchen Raum er meinte. Jenen Verschlag, in dem sie das verliebte Kellnerpärchen ertappt hatte. Aber er konnte doch nicht ernsthaft verlangen, dass Laura sich dort unten tatsächlich nackt auszog? Nicht im *Austerlyn*. Nicht hier, wo Klaus um ihre Hand angehalten hatte. Jäh kam ihr ein anderer Gedanke: Möglicherweise war es Absicht gewesen, dass Carlos ihr vor Wochen hier in dem Edelrestaurant aufgelauert hatte. Nicht zum ersten Mal erschienen ihr die Ereignisse der letzten Wochen nicht wie ein Zufall. Alles schien einem bestimmten Plan zu folgen.

Sollte sie das erschrecken? Das tat es nicht. Aber die Vorstellung, sich dort unten im Keller zu entkleiden, während vor der Tür die Gäste vorbeiliefen, Sportler, Musiker, Politiker, Geschäftsleute, womöglich Kunden ihrer Agentur, das war … *O doch, das wirst du.* Denn auch wenn Carlos ihr die Strafe für eine Weigerung nicht im Restaurant zukommen lassen würde, er würde dafür sorgen, dass sie sie bekam, früher oder später.

Ihr Essen wurde serviert. Die Entenbrust zerging auf der Zunge, und doch fiel es Laura schwer zu schlucken. Sie aß langsam, viel zu langsam, weil sie versuchte, den Moment hinauszuzögern. Aber als das Dessert verzehrt war, geeister Mojito mit Milchschaum, gab es dazu keine Möglichkeit mehr. Sie hoffte, der Alkohol des Desserts würde ihr zumindest ein wenig die Scheu nehmen, doch das Brodeln in ihrem Magen wurde dadurch nur noch schlimmer.

Sie warf Carlos einen scheuen Blick zu. Er hatte sich während des Essens mit ihr über Kunst und Musik unterhalten. Er war gebildet, wusste sehr viel über Vergangenheit und Gegenwart. Es war kaum zu glauben, dass ein Mann wie er mit solcher Härte eine Peitsche schwingen konnte. Die Erinnerung daran, *ich befehle, du befolgst,* ließ sie aufstehen. Mit wackeligen Beinen schritt sie die Stufen zum Keller hinab, folgte dem Gang zu den Toiletten. Wie Carlos gesagt hatte: Die Tür zum Lagerraum stand offen. Aber was, wenn dort gerade ein Mitarbeiter zugange war?

Sie hatte keine Gelegenheit, sich davon zu überzeugen. Sie hörte Schritte hinter sich auf der Treppe. Mit einem Blick zurück erkannte sie einen bekannten TV-Schauspieler aus Berlin, dessen Name ihr gerade nicht einfallen wollte, deshalb eilte sie schnurstracks auf die Damentoilette. Sie setzte sich in einer der Kabinen auf die Brille. Die Aufregung wollte nicht weichen. Sie betätigte die Spülung, obwohl sie nicht einmal ihr Geschäft verrichtet hatte. Vor Aufregung war nicht ein Tropfen gekommen.

Langsam schritt sie zurück in den Flur. Sie war wieder allein. Auch die Kammer war leer. *Soll ich tatsächlich?* War sie bereit dazu? Erneut näherten sich Schritte. Sie atmete tief ein und betrat den Raum. Sie zog die Tür ins Schloss. Ein schwaches Deckenlicht erfüllte den Verschlag, der nicht viel größer war als die Separees im *Café Speciale.* Doch anders als die Luststuben in dem Club, die gemütliche – *und praktische* – Sitznischen enthielten, war dieser Kellerraum mit Kisten, Fässern und Regalen gefüllt.

Die Schritte waren jetzt jenseits der Tür. *Worauf wartest du?* Die Türklinke wurde hinabgedrückt. Laura zögerte keine Sekunde. Sie schob die Träger ihres Kleides über die Schultern, der Stoff glitt zu Boden. Keine Sekunde zu spät.

64

Die Tür schnarrte auf. Carlos. Er lehnte sich gegen eines der Fässer und beobachtete sie wortlos. Laura fühlte sich entblößt, schutzlos, ausgeliefert, mehr noch, als wenn er sie gefesselt hätte. Sie wollte im Erdboden versinken. Demütig senkte sie den Blick.

Zeit verstrich. Schritte erklangen auf dem Flur, passierten die Kammer, die Toilettenspülung rauschte. Ob die Leute draußen wussten, was hinter der Tür geschah? *Aber es passiert doch gar nichts.* Carlos blickte Laura nur an. Wann berührte er sie? Wie würde er sie berühren?

Doch nur seine Augen streiften ihren hüllenlosen Körper. Die Beine, die sie für ihre Problemzone hielt. Ihre Schamlippen, die sich leicht aus ihrer Scheide wölbten. Ihre Brustwarzen, die sich in dem kühlen Zimmer versteiften. Ihr Gesicht. Die Lippen, die sie erwartungsvoll schürzte. Ihr Blick, den sie noch immer gesenkt hielt. *Warum berührt er mich nicht?*

Eine Viertelstunde oder länger passierte nichts. Laura stand nur da, nackt und angestarrt, und irgendwann fragte sie sich, ob er vielleicht auf ein Zeichen von ihr wartete. Sie konnte es sich zwar nicht vorstellen, gerade eben noch hatte sie über Carlos als den kräftigen, entschlossenen Mann nachgedacht. Aber was wusste sie schon über ihn? *Eben nicht sehr viel.* Auch das hatte sie vorhin erst festgestellt.

Zögerlich fragte sie: »Carlos, wenn du magst, dann …«

Er schnellte nach vorne und packte sie am Haar. Sie unterdrückte den überraschten Schrei.

»Wer hat dir erlaubt zu sprechen?« Er zog sie zu dem Fass, warf sie bäuchlings darüber, so dass sich ihr Hinterteil nach oben reckte. Laura schwante Böses. Tatsächlich zischte es. Wie aus dem Nichts hielt Carlos eine Gerte in der Hand. Sie knallte auf ihren entblößten Po. Der Schmerz, den die Gerte erzeugte, war ungleich heftiger als der einer Peitsche. Laura wollte schreien, aber sie biss sich auf die Lippen. Sie gab keinen Ton von sich. Sie wollte, dass Carlos zufrieden mit ihr war.

Irgendwann hielt er tatsächlich inne. Sie stieß ein dankbares, fast lautloses Seufzen aus. Das Feuer auf ihrer Haut erlosch langsam, wurde schwächer, bevor es ganz verschwunden war. Erst jetzt bemerkte sie die Hand, die zwischen ihren Beinen steckte, die Finger, die in ihr waren.

»Das gefällt dir, oder?«

Erstaunlicherweise dauerte es tatsächlich nicht lange, bis sie feucht wurde. Sie drängte sich seiner Hand entgegen. »Ja.«

»›Ja, mein Meister‹, heißt das.«

Sie hob den Blick.

»Hast du mich verstanden?«

»Ja, mein Meister«, antwortete Laura und hörte die Unsicherheit in ihren Worten.

Doch Carlos war zufrieden. Er streichelte ihren Po, half ihr auf, küsste ihre Brüste, verwöhnte ihren gepeinigten Körper, mit einer Hingabe und Ausdauer, die sie zu einem willenlosen Objekt zu machen drohten, mehr als jeder Peitschenhieb es hätte erreichen können. Es fühlte sich so gut an, wunderbar, einfach nur schön, und sie wünschte sich, dass er nicht damit aufhörte, niemals mehr, *bitte,* nur nicht aufhören. Aber dann bewegte er sich abrupt von ihr weg. »Mehr hast du heute nicht verdient.«

Sie fluchte in sich hinein.

»Das weißt du, oder?«

Natürlich, sie wusste es. Auch heute hatte sie sich seiner Gunst nicht würdig erwiesen. »Ja, mein Meister.«

Er reichte Laura das Kleid und kehrte zurück nach oben ins Lokal. Während sie sich den Stoff über den Körper zog, gelobte sie sich selbst Besserung. Beim nächsten Mal würde Carlos, *dein Meister,* stolz auf sie sein. Ja, beim nächsten Mal würde er sie nicht bestrafen, er würde sie belohnen. Allein bei dem Gedanken daran wurde ihr ganz warm.

Laura erklomm die Stufen hinauf ins Restaurant. Während sie an den Tischen vorbeischritt, mied sie die Blicke der Gäste. Allerdings bemerkte sie recht bald, dass niemand Notiz von ihr nahm. Und falls sich doch jemand fragte, was sie solange, *und mit Begleitung,* dort unten bei den Toiletten getrieben hatte, ließ er es sich nicht anmerken.

65

»Hast du was mit anderen Frauen?«

Die Frage traf Ed unvermittelt wie ein hinterhältiger Hieb, ausgeführt von seiner Gattin Elisabeth, die im Eingangsfoyer der Villa stand. Entweder hatte sie sich bei Eds Ankunft zufällig im benachbarten Wohnzimmer oder in der Küche befunden. Oder sie hatte auf der Lauer gelegen. Ed ging vom Schlimmsten aus. Dennoch konnte er den Groll in seiner Stimme nicht verbergen. »Was soll die Frage?«

»Eduard!«, rief Elisabeth.

Eds Verärgerung wuchs bei der Nennung seines vollen Namens, aber er verbiss sich jeden weiteren Kommentar.

Was wiederum noch mehr Wut bei seiner Ehefrau entfachte. »Kannst du mir nicht einmal eine Frage klar und direkt beantworten?«

»Meinst du nicht, du übertreibst?«

»Du tust es schon wieder!«

Ed zog es vor zu schweigen. Stattdessen fragte er sich, ob Hagen geplaudert hatte. *Nein, wohl kaum.* Es gab keinen Grund, warum der Lektor seine Drohung bereits hätte wahr machen müssen.

Ed streifte sich den Blazer von den Schultern und hängte ihn an die Garderobe.

»Also«, begann Elisabeth. »Warum antwortest du nicht?«

»Weil ich die Frage absurd finde.«

»Findest du?«, lachte Elisabeth, aber es hörte sich wie ein bitteres Husten an.

»Ja, und außerdem bin ich müde.« Ed gähnte.

Ein galliges Krächzen löste sich aus der Lunge seiner Gattin. »Und weil du müde bist, kannst du nicht antworten?«

»Nein, weil ich müde bin, will ich nicht wieder streiten.«

»Ich streite nicht mit dir«, schrie Elisabeth.

Warum schreist du dann herum? Aber das fragte er sie nicht. Er streifte sich die Schuhe von den Füßen und schob sie mit den Zehen unters Regal. Ed hatte den Freitag in der Zentralbibliothek verbracht, wo er sich in die Bücher zu vertiefen versucht hatte. Nach wenigen Stunden war ihm dieses Bemühen überflüssig vorgekommen. Er hatte sich nicht auf die Texte konzentrieren können und stattdessen gegrübelt, warum sein Kumpel Georg sich auch nach einer Woche nicht bei ihm gemeldet hatte.

Als ihm aufgegangen war, dass er für den Rest des Tages nichts Gescheites mehr zustande bringen würde, hatte er einen Abstecher ins *Mesquiz* unternommen, wo sowohl Barkeeper Tan als auch Mike nichts über Georgs Verbleib gewusst hatten. Wie Elvira, Georgs Gattin, hatten sie jedoch keinen Anlass zu großer Sorge gesehen. Es sei nicht weiter ungewöhnlich, hatte Mike durchblicken lassen, dass sich Georg einige Tage nicht in der Stammkneipe blicken ließe.

»Ich dachte, wir suchen nur ein bisschen Distanz«, sagte Elisabeth.

»Deswegen schlafe ich ja auf der Couch«, stimmte Ed ihr zu, während er das Wohnzimmer aufsuchte. An der Bar goss er sich einen Martini ein.

»Wenn du denn mal daheim bist«, klagte seine Frau.

»Ja«, meinte er, weil er nicht wusste, was er sonst darauf hätte antworten sollen. Mit Sicherheit nicht die Wahrheit. Er kippte sich den Drink in den Mund.

»Kriege ich auch einen?«, bat Elisabeth.

»Du?«, fragte er erstaunt. »Ich wusste gar nicht, dass du …«

Sie verzog ihre Lippen zu einem gequälten Lächeln. »Du weißt sehr vieles nicht über mich.«

Und du nicht über mich, dachte Ed. *Und das ist besser so.* Er mixte seiner Frau einen Drink und reichte ihn ihr, bevor er sein Glas neu füllte.

Sie fragte: »Worauf trinken wir?«

Aus einem Impuls heraus antwortete er: »Auf uns.«

»Auf uns«, wiederholte sie. Ihr Lächeln geriet ihr noch schiefer. Sie schauderte unter dem Alkohol, ließ ihn wenige Sekunden wirken. Dann meinte sie mit belegter Stimme: »Und?«

»Was, und?«, fragte Ed, obwohl er wusste, worauf sie anspielte.

Noch eine Gegenfrage, verkündete Elisabeths Blick, aber sie ging nicht darauf ein. Stattdessen wollte sie wissen: »Hast du was mit anderen Frauen?«

Unschuldig hob er die Hände. »Wieso sollte ich etwas mit anderen Frauen haben?«

Und schon wieder!, bedeutete ihr verkrampftes Gesicht. »Hast du oder nicht?«

»Nein, natürlich nicht. Was für eine Frage!«

»Manchmal bin ich mir nicht sicher.«

Er trank von seinem Martini.

»Und manchmal bin ich nicht davon überzeugt, dass es sich noch lohnt, um unsere Ehe zu kämpfen.«

Welche Ehe?, lag ihm auf der Zunge. Aber auch diese Bemerkung ließ er sein. Er nahm sie an die Hand und führte sie zur

Couch. Er setzte sich neben sie, legte den Arm um sie, drückte sie an sich. »Das wird schon wieder«, sagte er.

Sie richtete ihre Augen auf ihn. »Meinst du wirklich?«

»Lass mich erst einmal meinen Roman beenden«, verkündete er. »Danach wird alles anders.« Wenigstens das war nicht gelogen. Er prostete ihr zu.

66

»Laura, Darling, was treibst du bloß?« Vorwurfsvoll plärrte Charlottes Stimme aus dem Hörer.

Arbeiten, hätte Laura ihrer Freundin am liebsten geantwortet. Es wäre nicht einmal gelogen gewesen. Seit Anfang der Woche wühlte sie sich durch einen Berg Akten, mehrere Aufträge, die Beträge in nicht unbedeutender Euro-Höhe versprachen. Doch sie ahnte, dass sich Charlotte mit dieser Auskunft nicht zufriedengeben würde. Und zugegeben, es gab noch einige Dinge mehr, die Laura beschäftigten, jeden Tag auf dem Weg zur Arbeit, auf der Heimfahrt, nachts im Bett.

»Man sieht und hört nichts mehr von dir«, klagte Charlotte.

»Ich habe viel zu tun.«

»Ich kenne dich, Darling, du hast *immer* viel zu tun. Aber so viel, dass du dich nicht mehr bei mir melden kannst?« Charlotte lachte auf. »Mein Gott, dich muss es aber erwischt haben.«

»Erwischt?«

»Na, verknallt. Verliebt. Du weißt schon, Schmetterlinge im Bauch.«

»Ich glaube nicht, dass es …«

»Ich glaube es für dich mit.«

Geht es darum? Um Schmetterlinge im Bauch? Laura war sich nicht sicher. Sie dachte an Carlos. Natürlich hegte sie Gefühle für ihn. Ansonsten könnte sie die Dinge niemals zulassen, die er mit ihr machte, diese schmerzhaften, abartigen, erregenden, schönen Dinge. Fast zu schön, um wahr zu sein. Und doch war es Realität. Es war, als hätte er in ihr Innerstes geschaut und all das entdeckt, was sie all die Jahre unter Verschluss gehalten hatte. *Ich weiß, was du brauchst.* Ja, Carlos hatte es erkannt. Carlos, ihr Meister. Er beherrschte sie meisterhaft. Sie und ihre Lust. *Aber ist das Verliebtsein?*

»Und?«, drängelte Charlotte. »Ich höre!«

»Nein, ich bin nicht verliebt.«

»Nicht?« Charlotte klang enttäuscht. »Was ist es denn dann?«

Laura blätterte in den Unterlagen vor sich auf dem Schreibtisch, als wäre in dem Chaos die Antwort versteckt. Aber sie fand nur die Verträge jener Werbekampagne, die für *Girandex* seit heute auf den Plakatwänden und Litfaßsäulen in der Berliner Innenstadt klebte.

»Sex?«, kam es leise aus dem Hörer.

Vielleicht traf es Sex am ehesten. Aber konnte sie Charlotte davon erzählen?

»Weiß Klaus inzwischen davon?«

Und damit wären wir beim eigentlichen Problem. »Nein«, gab Laura beklommen zu.

»Warum nicht?«

»Weil es eine Ewigkeit her ist, dass wir uns über den Weg gelaufen sind.«

Charlotte lachte bitter auf. »Ihr wohnt zusammen unter einem Dach, und du willst mir weismachen, ihr lauft euch nicht über den Weg?«

»Klaus arbeitet viel. Oder er spielt Golf. Oder er schläft schon, wenn ich ins Bett gehe.«

»Und was machst du bis dahin?«

Laura schwieg. Bis dahin verkroch sie sich hinter ihren Büchern, Akten, Unterlagen, ging ihm – um es auf den Punkt zu bringen – aus dem Weg.

»Laura, Darling!« Charlotte klang verstimmt. »Wie lange willst du damit noch warten?«

»Hast du plötzlich ein Herz für Männer entdeckt?«, blaffte Laura genervt. Aber das war unfair.

»Darum geht es nicht.«

»Worum dann?«

Charlotte blieb die Antwort schuldig. Aber auch so wusste Laura, um was es ging. »Morgen«, sagte sie.

»Warum nicht schon heute?«

»Weil Klaus erst spät heimkommt.«

»Also morgen.«

Morgen war Samstag. »Morgen.«

»Versprochen?«

»Versprochen!«

67

Zwei Wochen waren seit Eds Treffen mit Georg vergangen. Noch immer hatte sein Kumpel nichts von sich hören lassen. Er war wie vom Erdboden verschluckt, genauso wie Büchmann, der seit seinem Urlaub nicht mehr aufgetaucht war. Die Gazetten ergingen sich in Spekulationen über das Verschwinden des Schauspielers. Selbst die Polizei war inzwischen eingeschaltet worden. *Die Polizei!*, dachte Ed und schauderte.

Vielleicht hätte er sich bei der Polizei melden und erzählen sollen, dass Büchmann sich vor seinem Verschwinden noch bei ihm gemeldet hatte. Und dass er ihm eine Botschaft hinterlassen hatte. *Auf dem Klo!* Auf dem man Ed eingesperrt hatte.

Nein, beschloss Ed, *davon erzählst du nicht*. Das war zu peinlich. Außerdem hatte er genug andere Probleme, als dass er sich noch mit der Polizei hätte auseinandersetzen wollen.

Dennoch wurde Ed das Gefühl nicht mehr los, dass etwas im Gange war. *Bloß was?* Was ging hier vor sich? Und was hatte das alles mit ihm zu tun?

Auf halbem Weg zur Stadtbibliothek wies Ed den Taxifahrer an, nicht nach Mitte zu fahren, sondern zu den Filmstudios Babelsberg in Potsdam.

»Das wird Sie aber einiges kosten«, verkündete der Fahrer.

Ed winkte unwirsch ab. Der Freitagabendverkehr, der sich zäh aus der Stadt quälte, trug nicht zur Verbesserung seiner Laune bei. Die Fahrt dauerte fast eine Stunde. Dann hielt der Wagen vor dem Studiotor, das mit seinem verchromten Bogen eher einem Fallbeil glich als einem repräsentativen Eingang.

Der Pförtner in seinem kleinen Kabuff musterte Ed, der unschlüssig auf der gepflasterten Straße stand.

»Was ist?«, murrte der Taxifahrer, der den Kopf zum Fahrerfenster hinausstreckte. »Soll ich warten oder nicht?«

So logisch Ed die Entscheidung vorhin erschienen war, jetzt kam ihm der Abstecher nach Babelsberg ziemlich lächerlich vor. Was hoffte er, hier zu finden?

»Ja, warten Sie«, erklärte er.

»Das wird Sie aber einiges kosten.«

Ed sammelte all seinen Mut und schritt auf den Pförtner zu, einen rüstigen Rentner in dunkelblauer Dienstuniform mit goldenen Knöpfen, die einem Historienschinken entliehen schien. Aus den 20er Jahren, dachte Ed. Dazu trug er eine Baskenmütze, an die er lässig tippte, als Ed vor ihn trat.

»Gibt es einen Pressesprecher oder so was?«, fragte Ed.

Der Pförtner, der gemäß einem kleinen Schild am Kabuff P. Pacholski hieß, nickte. »So was haben wir hier.«

»Kann ich ihn sprechen?«

»Muss ich ihn fragen.« Pacholski griff zu einem Telefon, wählte und wartete. Er berichtete seinem Gesprächspartner von dem Besucher am Eingang. Dann schaute er Ed an. »Wer, sagten Sie, sind Sie?«

»Ed Baker. Schriftsteller.«

»Es ist Ed Baker. Ein Schriftsteller.« Der Pförtner lauschte in den Hörer. »Ja, sag ich ihm.« Er legte auf und erklärte: »Es kommt gleich jemand.«

Ed zog die Schultern ein und wollte unter dem Fallbeil hindurch das Gelände betreten.

»Moment!« Pacholski hielt Ed am Jackenärmel zurück. »Bevor sie da reingehen, müssen Sie sich in die Besucherliste eintragen.« Er händigte ein Klemmbrett mit angeheftetem Formular aus. Ed notierte seine Daten und wartete. Kurz darauf kam ein schmaler Bursche, der mindestens zehn Jahre jünger als Ed war, auf den Eingang zugeschritten. »Herr Baker?«

»Der bin ich.«

»Ich bin Viktor Schecks, Leiter der Öffentlichkeitsabteilung.« Er reichte Ed die Hand. »Was kann ich für Sie tun?«

Er hatte einen festen Griff, der Ed in den Gelenken schmerzte. Er rieb sich die Finger, während er erklärte: »Regisseur Jaumann dreht einen Film hier, oder?«

Schecks winkte ihn auf das Gelände. »Ja, das ist richtig.«

In einiger Entfernung konnte Ed einen Ballon erkennen, der vor der Pappmaché-Kulisse des historischen Berlin aufgeblasen wurde. »Ist er heute anwesend?«

»Nein, ist er nicht. Die Dreharbeiten sind gestoppt.«

»Weil der Hauptdarsteller fehlt, Ron Büchmann.«

»Ja, das stimmt«, bestätigte Schecks, blieb stehen und musterte Ed. »Aber was haben Sie damit zu tun? Der Pförtner meinte, Sie sind Schriftsteller.«

»Nun, damit nicht viel«, erklärte Ed, der keinen Grund sah, den Pressesprecher über sein Erlebnis mit Büchmann aufzuklären.

»Eigentlich interessiere ich mich mehr für einen Reporter. Einen gewissen Georg Petersen. Er hat letzte Woche die Filmstudios besucht.«

»Das kann sein.« Schecks hob bedauernd die Schultern. »Hier sind ständig Journalisten. Wenn wir …«

Eds klingelndes Handy unterbrach ihn. Ed entschuldigte sich kurz und nahm das Gespräch entgegen. Es war Hagen, der wissen wollte: »Ed, ich bin wieder im Lande. Wie schaut es aus? Können wir uns treffen?«

»Heute?«, argwöhnte Ed.

»Nein, nein«, beruhigte Hagen. »Heute nicht mehr. Morgen?«

»Ja«, willigte Ed ein.

»Und?«, fragte sein Schwager. »Wie weit bist du?«

»Darüber reden wir morgen«, wich Ed aus und legte auf. Er wandte sich Schecks zu, wusste allerdings nicht, was er noch sagen sollte.

»Tja«, meinte der Pressesprecher. »Wenn es sonst nichts gibt.«

»Nein«, erwiderte Ed und fand, dass es eine dumme Idee gewesen war, nach Babelsberg rauszufahren. Er verabschiedete sich von dem jungen Mann und marschierte zu seinem Taxi. Auf halbem Weg blieb er stehen, kehrte um und suchte noch einmal Pacholski, den Pförtner, in seinem Kabuff auf.

»Könnten Sie was für mich überprüfen?«, fragte Ed.

Der alte Mann runzelte die Stirn. »Nämlich?«

»Am Freitag vor zwei Wochen – war da ein Reporter namens Georg Petersen hier?«

»Warum wollen Sie das wissen?«

Gute Frage. Ed zückte einen 20-Euro-Schein aus seiner Geldbörse. Der Pförtner betrachtete die Geldnote, dann überblickte er verstohlen das Studiogelände. Schließlich sah er Ed an. »Und Sie wollen dafür nur wissen, ob dieser Petersen hier war?«

»Das genügt mir.«

Blitzschnell griff der Pförtner nach dem Geldschein. Während er ihn zu einem kleinen Quadrat zusammenfaltete und in der Hosentasche verschwinden ließ, durchstöberte er die Formulare. Nach wenigen Minuten schüttelte er den Kopf. »Nee, der war nicht hier.«

68

Ihr Treffpunkt war wie immer das *Park Inn*. Von dort fuhren sie in die Stadt. Inzwischen fand Laura Gefallen daran, sich überraschen zu lassen, an welche verwegenen Orte, Clubs, Partys, Keller, Carlos sie entführte. Heute brachte das Taxi sie vor das Premierenkino am Kudamm. Sie überquerten den Hardenbergplatz zum Eingang der U-Bahn-Station. Auf dem Weg in den Untergrund passierten sie zwei Werbeplakate. Eines der beiden gehörte zur *Girandex*-Kampagne, deren Verträge Laura erst gestern in den Händen gehalten hatte. Als sie mit Charlotte telefoniert hatte. *Denk an dein Versprechen.* Carlos klopfte gegen das schwere Eisen einer Tür, die zwischen den beiden Werbeanzeigen in die Betonmauer eingelassen war. Mit einem rostigen Knarzen schwang die Pforte auf. Der bullige Mann, der im Rahmen erschien, machte Platz, als er Carlos erblickte. Carlos trat in den spärlich beleuchteten Gang. Laura verharrte auf der Stelle.

»Entschuldige, Carlos«, sagte sie. »Aber heute darf es nicht so lange dauern.«

Carlos sah sie streng an.

»Ich muss heute noch etwas erledigen.«

Er neigte fragend den Kopf.

»Es ist wichtig. Es ist …« *Mein Mann. Klaus.* Irgendwie kam es Laura falsch vor, in Carlos' Gegenwart von ihrem Gatten zu sprechen. Carlos nickte verstehend. Erleichtert folgte Laura ihm in den Gang. Einige der vorbeieilenden Passanten warfen neugierige Blicke hinein. Doch da zog der stiernackige Türsteher das schwere Eisen bereits zurück in den Rahmen. Ein Donnern und das hektische Berlin war verschwunden.

In dem Gang hingen in unregelmäßigen Abständen Glühbirnen, die für notdürftige Beleuchtung sorgten. Um ein Haar hätte Laura die Stufen übersehen, die vor ihr durch zunehmende Schatten in eine völlige Schwärze hinabführten. Carlos reichte ihr die Hand, führte sie in die Finsternis hinab. Je tiefer sie kamen, umso deutlicher wurde ein monotones Brummen.

Die Stufen mündeten in einen Torbogen. Ohne Tür und schmucklos. Dahinter offenbarten weitere Glühbirnen einen schmalen Tunnel. Sie folgten ihm und nach einiger Zeit schälte sich aus dem Brummen Musik. Laura hatte davon gehört, dass es noch eine Menge Tunnel und Bunker unter Berlin gab, Zeugnisse aus längst vergangenen Zeiten. Offenbar hatte Carlos sie heute in diese Unterwelt gebracht. Doch wie sicher war sie? So sicher, dass sie für Partys genutzt werden konnte?

Ein großer Bunker, den sie nun erreichten, gab ihr die Antwort. In dem von sprödem grauen Mauerwerk begrenzten Raum tanzten Menschen zu monotonem Techno, zuckend, in wilden Verrenkungen, in bizarren Kleidern oder nackt, sofern es der Nebel, der aus Maschinen in den Bunker geblasen wurde, erkennen ließ. Es war ein neuerliches Fest der Sinne, ein unterirdischer Rausch, eine enthemmte Hölle, geschwängert von Schweiß und anderen Ausdünstungen, die Laura sehr wohl erkannte.

Unwillkürlich legte sich ein Kribbeln auf ihre Haut. Vorfreude auf das, was ihr bevorstand. Carlos befahl, sie befolgte, heute ganz gewiss. Sie mischte sich unter das enthemmte Partyvolk, ließ sich treiben, verschmolz mit der Masse. Niemals, wirklich niemals hätte sie für möglich gehalten, dass sie Teil dieser anderen Welt in Berlin werden würde, von der viele in der Stadt sprachen, die aber nur die wenigsten kannten.

Sie schloss die Augen, versank in dem Nebel, dem Rausch, der Trance, gab sich der Musik hin. Als sie die Lider wieder hob, stand Carlos vor ihr, nahm sie in den Arm, führte sie in einen Tunnel, der von der Tanzfläche abging. Sie passierten Türen, einige waren aus Stahl, andere aus Holz, fast alle verschlossen. Laura brauchte nur noch wenig Vorstellungskraft, um zu wissen, was dahinter geschah. Ob sich die Schöpfer der Bunker je hatten vorstellen können, was einmal in ihnen getrieben werden würde?

»Hier hinein«, sagte Carlos.

69

Die Tür fiel hinter ihnen ins Schloss und Carlos baute sich vor Laura auf: »Wie lautet die Regel?«

»Du befiehlst, ich befolge.«

Ein Schlag ging auf ihren Po nieder. Sie schrie auf. »Was habe ich dir beim letzten Mal gesagt?«

»Meister«, presste sie hervor. »Ich soll dich Meister nennen.«

»Wie also lautet die Regel?«

»Du befiehlst, ich befolge, mein Meister.«

»Und was habe ich dir befohlen?«

Nichts hatte er ihr heute bisher befohlen. Sie zupfte ratlos am Saum ihres Kleides, ein leichtes Sommerkleid aus ihrem Urlaub in Spanien.

Ein Zischen, als die Gerte auf ihre andere Pobacke knallte. Doch auch das brachte ihr nicht die Antwort. »Ich weiß nicht, was du meinst.« Wieder ein Hieb. »Mein Meister.«

Er schüttelte den Kopf. Laura presste die Lippen aufeinander. Sie hatte keine Ahnung, worauf er hinauswollte. Warum sagte er es ihr nicht? Sah er nicht, dass sie verzweifelt war? Sie wollte ihn darauf hinweisen, aber dann verbiss sie sich ihre Worte.

»Ich habe dir gesagt, du sollst nicht ungefragt sprechen.«

»Ja, mein Meister.«

»Warum also redest du, wenn ich dich nicht dazu auffordere?« Er ließ ihr keine Zeit zu antworten. »Muss ich also dafür sorgen, dass du nicht mehr reden kannst?« Er nahm sie bei der Schulter, drückte sie zu Boden. Sie sank vor ihm auf die Knie. Er nahm ihre Arme, bog sie zurück, band sie an einen Balken. Er beugte sich vor, bis sein Gesicht ganz nahe dem ihren war. Sie roch sein After Shave, herb, vertraut und doch noch etwas anderes. Surrend zog er den Reißverschluss seiner Hose auf. Er würde doch nicht etwa? »Nimm ihn in den Mund!«

Er befiehlt, du befolgst. Vorsichtig nahm sie die Eichel zwischen die Lippen, ließ langsam den Rest seines harten Glieds folgen.

»Tiefer!«

Aber es passte nicht ganz hinein. Sie verspürte einen Brechreiz, ächzte und würgte. *Stopp!*, brüllte eine Stimme in ihr, *oder ich muss mich übergeben!*

Die Gerte klatschte auf ihren Po. »Ist das alles?«

Natürlich war das nicht alles. Doch so sehr sie sich bemühte, mehr ging einfach nicht.

»Rede mit mir«, verlangte Carlos.

Doch was hätte sie sagen können? Nur ein feuchtes Gurgeln brach aus ihrer Kehle hervor. Es klang lächerlich. Speichel troff ihr das Kinn herab. Es war beschämend.

Carlos hatte ihr den Mund gestopft, mit seinem ... *sag es ...* seinem Schwanz. *Das ist es doch, wovon du geträumt hast!* Sie wiederholte das Wort. *Schwanz.* Es klang unanständig, schrecklich verdorben. Aber es klang auch gut. Und es war noch besser, Carlos zu spüren, seine Kraft, seine Männlichkeit, endlich. Carlos schien nicht zu entgehen, dass die Strafe ihre Wirkung verfehlte. Sofort entriss er sich ihrem Mund. Jetzt sauste die Gerte durch die Luft. Lauras Körper spannte sich an. Schon ging der Stock auf sie nieder, aber nicht auf ihren Po, sondern auf ihre Brüste. Der Schmerz war beträchtlich. Sie zuckte weg, drängte sich entgegen, vor und zurück, schwankend zwischen Demütigung, Schmerz und Begehren. *So schlimm ist es nicht.* Nein, es fühlte sich gut an. Ihr Verstand schrie: *Falsch!* Aber ihr Körper verlangte: *Mehr!*

»Sieh mich an!«, sagte Carlos.

Sie folgte seinem Befehl. Er rieb sich sein Glied, *seinen Schwanz*, stöhnte auf und spritzte ihr auf die Zunge, das Kinn, die Wange.

70

»Und?«, wollte Hagen Bolten wissen, als Ed ihm gegenüber im *Brenner* Platz nahm. Die Kneipe war zu später Stunde gut gefüllt mit Menschen, denen bereits auf die Stirn geschrieben stand: *Ich bin kreativ.* Auch wenn das auf Ed nur in begrenztem Maße zutraf, fühlte er sich wohler als noch beim letzten Mal, als er sich mit seinem Schwager in der Bar getroffen hatte. Wie lange war das her? Es kam Ed wie eine Ewigkeit vor.

Er drückte sich in den Sessel und bemühte sich um ein Lächeln. »Alles gut.«

»Was macht meine Schwester?«

»Mir die Hölle heiß.« Die Worte waren draußen, noch ehe Ed drüber nachdenken konnte.

»Wie bitte?«, fragte Hagen. Es war ungewiss, ob sein Schwager erstaunt war über seine Worte, oder ob er sie bei dem Stimmengewirr im *Brenner* nicht richtig verstanden hatte.

»Ich glaube, das wird wieder«, sagte Ed übereilt.

Hagen warf die Stirn in Falten. »Mir war, als hättest du gerade was anderes behauptet.«

»Nein, nein, alles auf dem Weg zum Besten.«

Hagen überkreuzte die Arme und lehnte sich auf den Ellbogen vor. »Und was ist mit …« Er räusperte sich. »… Nadja?«

»Was soll mit ihr sein?«

»Bist du noch …« Wieder ein Hüsteln. »… mit ihr zusammen?«

»Denke schon.«

Hagen bog seinen Rücken durch. »Was ist denn das für eine Antwort?«

Ed seufzte. Er war nicht hergekommen, um mit seinem Schwager über seine Frauengeschichten zu reden. Aber er ahnte, Hagen würde nicht eher lockerlassen, bevor Ed ihn befriedigend informiert hatte. *Das ist wohl der Preis dafür, dass du den Bruder deiner Frau eingeweiht hast,* schalt sich Ed. Aber für Reue war es jetzt zu spät.

»Nadja ist etwas angesäuert, weil ich nicht mehr so viel Zeit für sie habe.«

Hagen nickte zufrieden. »Zeit, die du mit Elisabeth verbringst.«

»Ja, ja«, erklärte Ed rasch. »Und weil ich natürlich auch an meinem Roman arbeite.«

»Ach so«, machte Hagen, lehnte sich zurück und entwirrte seine Arme. »Und wie schaut es aus mit deinem Roman?«

Ed griff in seine Tasche und schob die Ausdrucke über den Tisch, die er vor seiner Fahrt in die Stadt angefertigt hatte. Hagen schnappte danach und blätterte schnell durch. Mit finsterer Miene schaute er auf. »Nur drei Kapitel?«

»Lies!«, verlangte Ed.

Hagen verzog unwillig den Mund. Ed rechnete damit, dass sein Schwager ihm die Papiere entgegenschleuderte und rief: *Okay, das war's. Du hast es nicht anders gewollt.* Aber dann vertiefte er sich in den Text. Je weiter er kam, umso deutlicher wurde das Schmunzeln um Hagens Mundwinkel herum.

»Sehr gut!«, beendete er seine Lektüre mit einem Lachen. »Wusste ich es doch – du hast es drauf.«

Ed packte weitere Ausdrucke aus. Sie umfassten einen Großteil der Notizen, die er in den Bibliotheken gemacht hatte.

Über Hagens Lippen zog sich ein anerkennendes Lächeln. »Also hast du tatsächlich begonnen?«

»Ja«, sagte Ed. »Und ich wäre weiter, wenn nicht …« Er stockte. Wie sagte er es am besten? »… Büchmann mich versetzt hätte.«

Hagen wollte sein Selters an den Mund führen, hielt aber auf halbem Wege inne.

»Ron Büchmann, der Schauspieler?«

»Niemand anderes.«

»Moment mal!« Hagen setzte das Wasserglas ab. »Du hast kürzlich nach ihm gefragt. Was …?!«

»Er wollte mir Informationen geben. Für meinen Roman. Wenn einer über das Berlin der 20er Bescheid weiß, dann Büchmann. Seine Mutter war eine der ganz großen Schauspielerinnen jener Zeit …«

Ed ließ den Kopf hängen. »Aber dann ist er zu unserem verabredeten Treffen nicht erschienen. Ich dachte mir, okay, es war nur ein Scherz …«

»Hinter dem ich stecke«, unterbrach Hagen. »Jetzt verstehe ich deinen Anruf von vor zwei Wochen.«

»Ja, aber dann hörte ich, dass Büchmann verschwunden ist.«

Hagen nickte. »Davon habe ich gelesen. Seltsame Sache.«

»Noch seltsamer, wenn man bedenkt, dass er kurz vor dem Treffen mit mir abgetaucht ist.«

»Stimmt«, pflichtete Hagen bei. »Das ist merkwürdig.«

»Ich würde gerne mehr über Büchmann in Erfahrung bringen, aber …«

»Dann solltest du es mal mit Büchmanns Regisseur versuchen. Wenn mich nicht alles täuscht, sind die beiden schon seit Jahren dicke Freunde.«

»Die Idee hatte ich auch schon. Ich habe nur leider keinen blassen Schimmer, wo der sich aufhält.«

»Im Grunewald«, sagte Hagen ohne zu zögern. »Am Schlachtensee.«

Ed war überrascht. »Lebt er dort?«

Sein Schwager schmunzelte. »Nee, er spielt dort.«

Eds Überraschung mischte sich mit Irritation. »Er spielt dort?«

»Ja, Gotcha«, sagte Hagen. »Jeden Sonntag.«

71

Sein Saft troff von Lauras Kinn und Wange, fraß sich in ihr Kleid, das teure Sommerkleid aus Madrid. Sie dachte an die Spuren, die sein Sperma hinterließ, der Geruch, der Anblick, zu offensichtlich, nicht so leicht zu verbergen wie ein paar Striemen, vor wem auch immer. *Sprich es ruhig aus.* Vor Klaus.

Sie sah sich nach Carlos um. Doch Carlos … *dein Meister* … hatte die Kammer verlassen. Das Spiel war beendet. Sie zog an ihren Fesseln, doch zu ihrem Erstaunen hatte er sie nicht davon befreit. Er hatte sie alleine zurückgelassen, gedemütigt, besudelt. Aber er würde wiederkommen. Er wollte nur, dass sie sich ihres Vergehens bewusst wurde. Berechtigterweise. Wie hatte sie sich nur seinem Befehl widersetzen können?

Draußen tobte die Party weiter. Stimmen erschollen im Flur, mal lachend, mal lustvoll. Laura blieb alleine. Das Sperma in ihrem Gesicht begann zu trocknen. Es juckte. Sie konnte sich nicht kratzen. Ein grausames Kribbeln. Wie viel Zeit war vergangen?

Er würde sie hier doch nicht sitzen lassen? *Nein, das macht er nicht.* Aber warum dauerte es so lange. Wie spät war es? Ganz sicher kurz vor Mitternacht. Wieder dachte sie an Klaus. Morgen, am Sonntag, würde er Golf spielen. Heute hatte sie mit ihm reden wollen. Sie hatte es Charlotte versprochen. Am Ende hatte sie es auch sich selbst versprochen. Sie brauchte klare Verhältnisse. Ein reines Gewissen für die Zukunft, was immer diese brachte.

Doch ihr Meister ließ sich nicht blicken. Laura rutschte unruhig auf dem Boden umher. Das Sperma in ihrem Gesicht juckte nach wie vor. Sie lenkte sich ab, indem sie die unterirdische Kammer einer genaueren Untersuchung unterzog. Doch es gab nichts zu entdecken. Es war nur ein Bunker ... Vor Jahrzehnten hatte er den Menschen Schutz vor Bomben geboten. Jetzt war er eine finstere Hölle, ein Tempel, eine Lustgrotte, und bot den Menschen Schutz für ihr perverses, geiles, schönes Treiben.

Carlos kam nicht. Laura verwünschte ihn. Ihr Bein schlief ein, sie streckte es. Gerne hätte sie sich massiert, aber das war unmöglich. Sie verfluchte Carlos. *Dein Meister?* Pah! Der Zorn überlagerte jetzt alle anderen Empfindungen. Sie würde es ihm zeigen. Sie würde ... sie wollte ... Gar nichts konnte sie, weil sie noch immer an den Balken gefesselt war.

Die Tür sprang auf und Carlos ging vor ihr in die Hocke. Sie sah ihm direkt in die Augen, diese dunklen, funkelnden Augen unter den geschwungenen, mächtigen Brauen. Er sagte keinen Ton. Er band sie auch nicht los. Er machte auch keinerlei Anstalten, daran in nächster Zeit etwas zu ändern.

»Ich muss heim«, flüsterte sie.

Schon schlug er zu. »Wer hat dir erlaubt zu reden?«

»Aber ...«

Wieder sauste der Stock auf sie nieder. Ihre Brüste brannten.

»... mein Mann ...«

Noch ein Hieb.

»… wird denken …«

»Gar nichts wird er denken!«

»Nein!«, begehrte sie auf. »Es wird …«

»Es spielt keine Rolle, wann du nach Hause kommst«, rief Carlos. »Weil dein Mann sich keinerlei Gedanken machen wird. Und das weißt du.«

72

Noch nie war Laura eine ganze Nacht alleine von zu Hause fortgeblieben, während ihrer ganzen Ehe mit Klaus nicht. Doch als sie jetzt den Bunker verließ, war bereits der Tag angebrochen. Die Uhr über dem BVG-Gebäude zeigte kurz vor 7. *Zu spät, viel zu spät.* Ihr schlotterten die Knie, nicht nur wegen der Behandlung, die der Meister ihr hatte zukommen lassen. Es war auch die Angst davor, ihrem Mann unter die Augen zu treten, nach dieser Nacht, der besonderen, in der sie zum ersten Mal … *Ja, was?* Carlos hatte sie nicht gefickt. Nicht einmal berührt hatte er sie in den zurückliegenden Stunden. Wieder war ihr der Höhepunkt versagt geblieben. *Weil du seinen Befehl nicht befolgt hast, nur deshalb!* Dennoch hatte sie seinen Schwanz gespürt, zwischen ihren Lippen, in ihrem Mund, tief und fest.

Seinen Schwanz.

Laura schmeckte ihn noch immer auf der Zunge, und sie wünschte sich, diesen Geschmack der Männlichkeit noch eine ganze Weile länger bewahren zu können. Doch das war kaum möglich: sie rubbelte sich das getrocknete Sperma von ihrem Gesicht. Es rieselte zu Boden. Die Tauben auf dem Hardenbergplatz machten sich darüber her. Das Sperma auf dem Kleid ließ sich nicht so leicht entfernen.

Klaus saß am Frühstückstisch, die Sporttasche neben sich. »Hallo, mein Schatz«, sagte er, während er in seinem Kaffee rührte.

»Hallo«, sagte sie und beeilte sich, ins obere Stockwerk zu gelangen. Sie zog sich das verklebte Kleid vom Leib, stopfte es ganz unten in den Wäschekorb. Später, wenn ihr Mann beim Golf war, würde sie eine Waschmaschine ansetzen. Sie warf sich einen Bademantel über. Sie zog in Erwägung, unter die Dusche zu gehen. Aber das wäre zu offensichtlich gewesen. Aber auffälliger als die Haare, die ihr wirr vom Kopf standen? Nun gut, vielleicht war nun der Moment der Wahrheit gekommen. Laura ging zurück in die Küche.

»War es schön?«, fragte Klaus. Er hatte nur für eine Person gedeckt, also nicht mit ihr gerechnet.

»Mhm«, sagte sie und setzte sich ihm gegenüber.

Klaus schaute auf. Laura hielt den Atem an. Klaus lächelte und schmierte sich ein Brötchen. »Schön.«

Schön? Sonst sagte er nichts. Wollte er nicht wissen, was sie erlebt hatte? Sah er nicht selbst, *was* sie getrieben hatte? Fast hätte sie laut aufgelacht: *Vielleicht kann er es nicht sehen, weil er es nicht kennt!* Weil er noch nie richtigen Sex mit ihr gehabt hatte. Weil er ihr noch nie in einem Anfall von Leidenschaft das Haar zerzaust hatte.

»Ich muss mit dir reden«, sagte sie.

»Später«, entgegnete er. »Ich muss los.«

»Klaus, es ist wichtig.«

Spätestens jetzt hätte er alarmiert aufhorchen müssen. Stattdessen kippte er den Kaffeesatz in die Spüle, stellte das Geschirr in die Spülmaschine und drehte sich erst dann zu ihr um. »Heute Abend. Ja?«

Mit einer kurzen Geste fuhr er ihr durchs Haar, *das zerzauste Haar*, keine liebevolle Berührung, beiläufig, achtlos. Dann verließ er die Villa. Er hatte nicht einmal gefragt, wo sie die letzte Nacht gewesen war. *Weil dein Mann sich keinerlei Gedanken machen wird. Und das weißt du.* Laura wusste nicht, worüber sie mehr erschrocken war: Das Carlos recht behalten hatte, was Klaus anging. Oder dass es ihr völlig gleichgültig war, dass er sich nicht mehr für sie interessierte.

73

Es ist absurd, dachte Ed, als er sich am Sonntag dem Grunewald näherte. Was um alles in der Welt hatte er hier verloren?

Er war die letzten Tage durchs Internet gesurft. Dabei hatte er erfahren, dass bei Gotcha erwachsene Männer durch Wald und Flur stürmten, bewaffnet mit Pistolen, die mit Farbkugeln gefüllt waren. *Ein befremdliches Freizeitvergnügen,* fand Ed. Aber es passte zu dem, was sein Kumpel Georg über Bertolt Jaumann erzählt hatte. *Jaumann ist ein reaktionärer Betonkopf, dessen Waffensammlung jede Bundeswehrkaserne in den Schatten stellt.* Warum wiederum Eds Schwager über Jaumanns zweifelhaftes Hobby Bescheid wusste, hatte Hagen nicht verraten wollen.

Der Taxifahrer setzte Ed in der Nähe vom Schlachtensee ab. Mit einem mulmigen Gefühl schaute Ed dem Auto hinterher, wie es zurück in die Stadt brauste, viel zu schnell, als wollte der Fahrer bloß nichts mit dem Spinner zu tun haben, der irgendwelchen Hirngespinsten nachhing.

Ja, Hirngespinste, das sind es, maulte eine Stimme in Ed. Er verscheuchte sie und spazierte über einen Waldweg in den Forst. Abwechselnd schaute er in alle Himmelsrichtungen, konnte aber nichts erkennen. Nicht nur, weil Sommer war und die Bäume prächtig ausschlugen. Es war außerdem kaum anzunehmen, dass Jaumann und seine Spießgesellen mit ihren Waffen – Spielzeugpistolen hin, Farbbeutel her – in der Nähe von Wanderwegen herumfuchtelten. Ed musste also tiefer in den Wald vordringen. Aber in welche Richtung? Auch darüber hatte sein Schwager Hagen nichts gesagt. *Im Grunewald*, waren seine Worte gewesen. *Am Schlachtensee.* Mehr hatte Ed ihm nicht entlocken können, so sehr er auch nachgebohrt hatte. Irgendwann war ihm der Verdacht gekommen, sein Schwager steckte doch hinter allem. Ed hatte ihn mit diesem Vorwurf konfrontiert, doch der Lektor hatte Stein und Bein geschworen, nicht zu wissen, wovon Ed gesprochen hatte. Schließlich hatte Ed ihm geglaubt.

Jetzt befand Ed sich unweit des Schlachtensees. Im Grunewald. Und verdammt, der Grunewald war der größte Stadtforst Berlins, fast 3.000 Hektar groß. Wo sollte Ed zu suchen beginnen? Zwischen den Baumstämmen blinzelte die glatte Oberfläche des Schlachtensees. Ein Reiher zog seine gemächlichen Bahnen. Eine Ente quakte. Ansonsten war nichts zu hören.

Die Sonne stahl sich durch die dichten Baumkronen und kitzelte seine Nase. Ed unterdrückte ein Niesen. Danach verließ er den Schotterweg und kämpfte sich durch das dichte Unterholz. Blätter streiften sein Gesicht. Äste zerkratzten ihm die Arme. Er gelangte an einen hüfthohen Stacheldrahtzaun. Ed kletterte darüber hinweg und suchte weiter.

Nach einer halben Stunde kamen ihm erneut Zweifel. *Was machst du hier?*, fragte er sich und wischte sich den Schweiß von der Stirn. Seine Arme zierten nicht mehr nur blutige Schrammen vom Unterholz, sondern etliche Beulen von Mückenstichen. *Und vor allem: Warum bist du hier?* Aber darauf gab es nur eine Antwort: Ed glaubte, Stoff für sein Buch zu finden. *Dinge, über die noch nie jemand gesprochen hat. Über die Kehrseite von Berlin. Geheimnisse. Mysterien. Sensationen.*

Ed stolperte über eine Wurzel, die unter abgefallenen Tannenzweigen verborgen lag. Zum Glück, denn ansonsten hätte er die

Spur fast übersehen. Inzwischen hatte er sich ein ganzes Stück vom Schlachtensee entfernt, ebenso von dem Wanderweg, auf dem er in den Grunewald gekommen war. Es war unwahrscheinlich, dass sich Spaziergänger hierher verirrten.

Neugierig betrachtete er den moosigen Waldboden. Das Unterholz war auf einer Fläche von einem Meter im Quadrat mit roter Farbe bespritzt. Er ging in die Knie und tupfte mit dem Zeigefinger in die Flüssigkeit. Sie war frisch, noch nicht getrocknet. Eds Anspannung wuchs. Er war auf der richtigen Fährte.

Er stand auf und setzte seinen Weg fort. Sein Blick wanderte von rechts nach links, ohne dass er eine Person erkennen konnte. Auf den Bildern im Internet hatten die Gotcha-Spieler wie Söldner ausgesehen, die man allenthalben in den Fernsehnachrichten präsentiert bekam: Soldaten in Tarnuniformen, die an irgendwelchen Krisenherden auf der Erde gegen Aufständische kämpften. Oder wie ... Ein Geräusch hinter Ed ließ ihn herumfahren. Etwas zwischen den Büschen bewegte sich.

»Herr Jaumann?«, fragte Ed.

Ein leises *Plopp* erklang zur Antwort. Schon verspürte Ed einen heftigen Schlag gegen die Schläfe. Im selben Moment wurde ihm schwarz vor Augen.

74

»Ich muss mir doch keine Sorgen machen«, sagte Dr. Filius unvermittelt.

»Sorgen?« Laura horchte auf. Der scheidende Geschäftsführer von *FiliCon* saß ihr am Schreibtisch gegenüber. Es war Donnerstag. Vor einer halben Stunde war Dr. Filius in ihr Büro gekommen und hatte erklärt, mit ihr die letzten Dinge vor seinem Ruhestand regeln zu wollen. Unerledigte Aufgaben, Informationen über besonders stressige Kunden und lustigerweise die Einrichtung einer neuen Küche, die er der Firma sozusagen als Abschiedsgeschenk hinterlassen wollte.

»Sorgen weshalb?«

»Sie erscheinen mir in den letzten Tagen ein bisschen …« Dr. Filius rutschte unruhig auf dem Plastiksessel umher. Wenn Laura es nicht besser gewusst hätte, sie hätte angenommen, er sei wegen ihr nervös. »… abwesend.«

»Wie kommen Sie darauf?«

»Nur so ein Gefühl.« Dr. Filius hob die Schultern. »Privat alles in Ordnung?«

Laura nickte. Das war natürlich eine Lüge. Aber was bei ihr daheim passierte, ging in der Firma niemanden etwas an. Und eigentlich passierte zu Hause ja überhaupt nichts.

»Brauchen Sie Urlaub?«

»Nein, danke.«

»Wenn Sie ein paar Tage Urlaub brauchen, nehmen Sie sie ruhig.« Der Chef lächelte milde. »Wenn Sie nächsten Monat erst einmal meinen Job übernommen haben, werden Sie fürs Erste kaum die Gelegenheit dazu haben.«

»Danke, ich weiß Ihre Fürsorge zu schätzen. Aber Urlaub …« *Ist das, was du jetzt am allerwenigsten brauchst.* Was sie am allerwenigsten wollte. »… ist nicht nötig.«

»Sind Sie sich sicher?«

»Herr Dr. Filius!«, wandt sie energisch ein.

Er hob die Hand, ebenso resolut. »Nein, nein, das meine ich ernst. Wenn Sie noch ein bisschen Auszeit brauchen, nehmen Sie sie sich. Wenn Sie noch irgendwelche Dinge regeln müssen, machen Sie es jetzt.«

Er schenkte ihr einen argwöhnischen Blick. Woher kam seine plötzliche Skepsis? Hatte Laura ihre Arbeit in den letzten Wochen tatsächlich vernachlässigt?

»Ich möchte nicht, dass Sie mit halber Kraft meinen Posten übernehmen«, fuhr er fort. »Gerade in der Anfangszeit wird Ihre ganze Person gefordert sein. Sie sind das Aushängeschild der Firma.« Er hob die Augenbrauen. »Alle Blicke sind auf Sie gerichtet.«

Etwas in seinen Worten ließ sie aufhorchen. Was wollte er ihr damit schon wieder sagen? *Alle Blicke sind auf Sie gerichtet. Sie sind das Aushängeschild der Firma.* Unbehagen machte sich in ihr breit. Wusste er etwas von ihren privaten Unternehmungen? Hatte also doch jemand sie gesehen und es ihm zugetragen?

Ihr Telefon klingelte. Es war Charlotte. Mit einem entschuldigenden Blick zu Dr. Filius sagte Laura ihrer Freundin: »Ich habe nicht viel Zeit.«

Doch Charlotte roch den Braten. »Wovor fliehst du?«

»Charlotte, bitte!«

»Nein, nein, du brauchst mir gar nichts zu erzählen. Du bist …«

»Gerade im Gespräch mit meinem Chef.« Dr. Filius erhob sich. »Warte, Charlotte …«

»Laura«, sagte Dr. Filius. »Wir haben ja alles besprochen.«

»Natürlich.«

»Einen schönen Tag noch.« Auf halbem Weg zur Tür blieb er stehen, drehte sich noch einmal zu ihr um. »Überdenken Sie meinen Vorschlag – nur ein Vorschlag, kein Angebot, schließlich sind *Sie* ja jetzt die Chefin.«

Er verließ das Büro. Als Laura sich wieder ans Telefon hängte, sagte Charlotte sofort: »Vorschlag? Angebot? Was meint er damit?«

»Nichts, Charlotte, es ging um …«

»Laura, Darling, ich höre es in deiner Stimme. Um was ging es?«

Laura seufzte. »Er schlug vor, ein paar Tage Urlaub zu machen.«

»So schlimm?«

»Was soll so schlimm sein?«

Ihre Freundin brummte vergrätzt. »Verkauf mich nicht für dumm.«

»Charlotte, meinst du nicht, du übertreibst es …«

»Hast du es Klaus inzwischen gesagt?«

»Da gibt es nichts zu sagen.«

»Hast du Angst?«

Angst? Nein, Angst hatte sie zu ihrer eigenen Überraschung nicht mehr. Nicht nach diesem Morgen. »Nein, wir reden nur nicht mehr miteinander.«

»Ihr lebt also nebeneinander her.«

Laura war genervt. »Ich weiß nicht, ob Klaus noch lebt. Es genügt mir aber auch zu wissen: *Ich* lebe.«

Charlotte ließ einige Sekunden verstreichen, bevor sie antwortete. »Bist du dir sicher?«

75

Bist du dir sicher? Beinahe die gleiche Frage stellte ihr Carlos, als Laura ihn am Samstag im Hotel traf. Er saß auf seinem Stuhl, den Blick eindringlich auf sie gerichtet. Es war das erste Mal, dass er sie nicht gleich aus dem Zimmer brachte und mit ihr in die Stadt fuhr. Stattdessen fragte er: »Siehst du jetzt einiges klarer?«

Laura blieb schweigend vor ihm stehen.

»Du siehst es klarer, oder?«

»Ja, mein Meister.«

Als hätte er nur auf diese Antwort gewartet, griff er zu einer Tasche, die neben ihm stand. Sie war Laura bisher nicht aufgefallen, und das, obwohl er noch nie eine Tasche bei sich gehabt hatte. »Ich finde, es ist an der Zeit für ein ganz besonderes Spiel.« Er brachte High Heels zum Vorschein, danach ein Halsband. »Entkleide dich. Danach ziehst du die High Heels an deine Füße und das Halsband um deinen Hals. Hock dich vor mir hin. Spreize deine Beine. Präsentiere dich mir. Bewege dich nicht.«

Sie tat wie ihr aufgetragen und hockte sich vor ihn hin. Er stand auf und legte ihr ein Band um die Augen. Plötzlich war sie blind. Sie hörte ein Geräusch. Hinter sich. Oder war es neben ihr? Vor ihr? Laura rührte sich nicht. Sie wartete. Es war ein eigenartiges Gefühl. Sie war nackt. Ihre Brustwarzen wurde hart. Irgendwie fühlte sie sich hilflos. Erniedrigt. Aber ebenso geil. Letztlich war es genau das, was sie an dem Spiel mit ihrem Meister reizte, *seine Befehle*, die Überraschung, ihre Hörigkeit. Sie sehnte sich nach seiner Berührung. Aber auch nach seiner starken Hand. Deshalb bewegte sie sich nicht. Sie wartete.

Zeit verging. Ein Rascheln. Geräusche. Eine Stimme. Aber nicht die von Carlos. Was ging hier vor sich? Sie konnte nichts erkennen. Ihre Augen waren noch immer verbunden. Nur Dunkelheit.

Da spürte sie eine Hand auf ihrem Busen. Die Hand war kleiner, weicher als die ihres Meisters. Die Hand einer Frau. Was ging hier vor? Noch ehe Laura weiter darüber nachdenken konnte, hoben die Finger eine ihrer Brüste an. Es zwickte in der Haut. Kein heftiger Schmerz, ein leichtes Zwirbeln, das gleich darauf auch ihre andere Brust ereilte. Es fühlte sich wie der Stromstoß einer kleinen Batterie an, ein Sirren unter der Haut.

Dann war die Hand zwischen ihren Beinen. Vor Schreck hätte Laura beinahe die Schenkel zusammengepresst, doch ihr ging die Warnung ihres Meisters durch den Kopf. *Bewege dich nicht.*

Also rührte sie sich nicht, als die Finger, *die Finger einer Frau,* ihre Schamlippen berührten und daran zogen. Ein verhaltenes Klackern. Es zwickte erneut. Diesmal war der Schmerz ungleich schlimmer. Laura presste die Lippen aufeinander.

Jemand atmete neben ihrem Ohr. »Ich möchte keinen Ton von dir hören«, flüsterte Carlos

»Ja, mein Meister«, sagte Laura und konnte das ängstliche Zittern in ihrer Stimme nicht verbergen.

Finger strichen über ihr Hinterteil, immer noch die zarten Finger einer Frau, glitten in die Falte zwischen den Pobacken, näherten sich dem Anus. Laura ahnte, was kam. Sie spannte ihren Körper.

Ein Finger streichelte ihr Poloch, entspannte den Muskel, glitt hinein, erstaunlich schnell, dehnte den Anus, langsam, fast schon vorsichtig, übte Druck aus, zog sich zurück. Und wieder von vorne. Aber diesmal war es kein Finger. Es war die Spitze eines ... Nein, kein Schwanz. Dazu war es zu kühl, zu fest. Ein Dildo. Ein eigentümliches Gefühl. Seltsam ausgefüllt, durch die unmittelbare Nähe zu ihrer Möse aber unzweifelhaft erregt. Der Druck wurde verstärkt und für den Bruchteil einer Sekunde glaubte Laura, sie würde zerreißen. Der Schmerz war enorm. Sie japste auf.

Im selben Moment ging ein Schlag auf ihren Arsch nieder. »Was habe ich dir gesagt?« Der Hieb kam so plötzlich, dass Laura erneut aufschrie. Der Dildo glitt aus ihr heraus und im selben Moment wurde ihr das Band von den Augen genommen. Laura brauchte eine Weile, bis sich ihre Pupillen an das Licht gewöhnt hatten. Dann sah sie die Frau, die vor ihr stand. Sie trug High Heels und ein enges Lackkorsett, das knapp unter ihrem schweren Brüsten endete.

Die Frau setzte sich auf einen der Stühle mitten im Raum, bewegte sich keinen Zentimeter, hielt den Blick neugierig auf Laura gerichtet, die auf dem Boden kniete, mit Klemmen an den Schamlippen, Klammern an der Brust. Welch eine Erniedrigung und Schmach. Und irgendwie auch nicht. Denn es hatte auch seinen Reiz. Carlos trat neben die Frau, packte sie und legte sie auf das Bett. »Spreize die Beine!«

Sie öffnete ihr Korsett und entblößte die rasierte Scham. Sie spreizte nicht nur die Beine, sondern zog mit den Fingern zugleich ihr Geschlecht auseinander, als könnte sie es kaum erwarten, dass etwas, *was auch immer,* in sie eindrang.

»Laura, geh vor ihr auf die Knie.«

Laura tat, wie ihr geheißen.

»Leck sie.«

Vorsichtig beugte Laura sich hinab, doch sie scheute vor der Möse zurück. Sie hatte zwar schon einige Male das Geschlecht anderer Frauen gesehen, zum Beispiel als Jugendliche das ihrer Mitschülerinnen beim Duschen nach dem Sport. Oder das von Charlotte beim Urlaub am Strand. Aber noch nie war sie einer Möse so nahe gewesen.

Es gab Leute, die das weibliche Geschlecht als eine Rose beschrieben, deren zarte Blätter sich vorsichtig öffneten. Wie eine Blume schaute die Möse vor Lauras Gesicht tatsächlich aus, aber von der zärtlichen Behutsamkeit fehlte jede Spur. Die Frau hielt ihre Schamlippen weit gespreizt. Fast schon riss sie sie auseinander.

Aber das war es nicht, was Laura zögern ließ. Es war vielmehr die Tatsache, dass sie noch nie das Geschlecht einer anderen Frau gespürt hatte, berührt, geküsst, geleckt. Einen kurzen Moment nur hielt sie inne, denn Laura wollte ja nicht zögern. Sie wollte diesmal alles zu Carlos' Zufriedenheit machen, ihrem Meister. Und doch schob sie es den Bruchteil einer Sekunde zu lange hinaus, denn ein Peitschenhieb ging auf ihren nackten Po nieder. »Leck sie!« Und noch ein Schlag.

Sie stöhnte auf, gleichsam vor Schmerz und vor Freude. Sie tauchte ihre Zunge in die Spalte. Sie war weich wie Rosenblätter, und die Feuchtigkeit, die zwischen den Schamlippen hervorquoll, hatte einen süßen Geschmack. *Es schmeckt mir.* Laura leckte. Die Frau seufzte. Laura holte Luft. *Es gefällt mir, sie geil zu machen.* Laura leckte weiter. So ging es, bis der Körper sich Lauras Zunge entgegenbäumte. Zufrieden lächelte ihr Meister unter seinen geschwungenen Brauen. Das machte Laura glücklich. Sie fühlte sich wohl, erfüllt. *Deine Erfüllung ist es, bedingungslos zu dienen.*

Ja, Laura wollte ihm dienen. Einfach weil er ihr guttat. Etwas kribbelte in ihr. *Schmetterlinge im Bauch.*

War es tatsächlich Liebe?

76

Was ist das für ein Schmerz? Ein Pochen breitete sich hinter Eds Schläfen aus. Er rang nach Luft. Langsam öffnete er die Augen. Endlich konnte er atmen. Es war nur ein Traum gewesen, der nicht viel mehr als einen schalen Geschmack auf der Zunge hinterließ.

Er befand sich in einem von drei großen, weißen Betten in einem großen, weißen Zimmer. Aus einem Beutel, der von einem klapprigen Galgen baumelte, tropfte klare Flüssigkeit in einen Schlauch, der von dem Behältnis weg und unter Eds Decke führte. Er schob den Stoff ein kleines Stück beiseite. Ed hatte einen seiner Pyjamas am Leib. Eine Kanüle grub sich in seinen Arm, der noch immer von Kratzern und Mückenstichen übersät war. *Also ist es doch kein Albtraum gewesen.*

Allmählich fielen ihm die vergangenen Tage wieder ein. Sein Erwachen im Krankenhaus am Sonntagabend. Die Diagnose des Arztes: eine Gehirnerschütterung. Elisabeths wütendes Gezeter am Montag. Nadjas aufopfernde Pflege am Dienstag. Hagens mitleidiger Besuch am Mittwoch. Jetzt war Donnerstag und Ed überlegte, ob er die Krankenschwester schon einmal gesehen hatte. Er konnte sich nicht an sie erinnern. Er sehnte sich nach einem Drink. Ein kühler Gin Tonic würde seinen Verstand wieder auf Trab bringen.

Die Pflegerin kümmerte sich um den Patienten in einem der beiden Nachbarbetten. Sie brachte ein paar Pfunde mehr auf die Waage als ihr standen, ging aber beherzt zur Sache. Sie trug ein kleines Häubchen, eine weiße Schürze, unter der Beine mit schwarzen Strümpfen hervorwuchsen, und vollführte ihre medizinischen Handgriffe so rasch und sicher wie einstudiert. Ihre Birkenstockschuhe quietschten auf dem glatten Linoleumboden.

Ed hustete.

»Herr Baker, Sie sind wach?« Die Schwester sah sich um. Ihre Sandalen gaben ein hässliches Fiepen von sich. Sie hieß Doris, wie ein kleines Namenschild am Revers ihres Kittels verriet. »Das ist schön.«

Ed konnte sich nicht vorstellen, was schön war an seiner Situation. *Außer Gefecht gesetzt von einer Farbkugel.* Wenn überhaupt, dann war es peinlich, lächerlich, komisch. Aber lachen konnte Ed auch nicht darüber. Er rieb sich den Verband, mit dem seine Stirn umwickelt war. Sofort zermarterte der Schmerz wieder seinen Kopf. Er lenkte sich ab, indem er seine Gedanken auf das Drücken im Unterleib lenkte, das immer stärker wurde. Es fühlte sich an wie nach einem prächtigen Gelage mit Mike und Georg im *Mesquiz.*

Die Pflegerin schaute auf ihn herab. »Sie haben Besuch.«

»Wer?«, wollte er wissen. *Doch nicht etwa meine Frau?* Er richtete sich auf.

»Was haben Sie vor?«, fragte die Schwester besorgt.

Ed zog die Kanüle unter der Haut hervor. Der Schlauch wirbelte zu Boden. Die Flüssigkeit sprenkelte in kleinen Tropfen den Linoleumboden. Ed schob die Beine über die Matratze. »Ich muss mal!«

»Warten Sie, ich hole die Bettpfanne«, erbot sich die Pflegerin.

»Nein«, wehrte Ed ab. »Ich will nicht auf der Pfanne hocken, wenn ...«

Es klopfte an der Tür, die kurz darauf aufschwang. Ein blond gelockter Kopf erschien im Rahmen. »Bin ich hier richtig bei Ed Baker?«

Ed schob hastig seine nackten Beine zurück unter die Decke. »Ja, sind Sie.«

Der Mann trat in das Zimmer und schloß die Tür hinter sich. »Ich bin Bertolt Jaumann und …«

Ed vergaß sein dringendes Bedürfnis. »Sie sind Jaumann?«

Der Regisseur bejahte. »Ich wollte sehen, wie es Ihnen geht.«

»Er ist auf dem Weg der Besserung«, verkündete die Krankenschwester, die sich wieder dem benachbarten Patienten zugewandt hatte.

»Tatsächlich?«

Ed betastete den Verband. Hinter seiner Stirn pochte es unablässig. »Ja, ich denke schon.«

Jaumann setzte sich auf den freien Stuhl neben Eds Bett. »Ich möchte mich entschuldigen für das, was am Sonntag passiert ist.«

»Sie waren das?«, fragte Ed erstaunt.

Jaumann nickte betreten. Er fegte sich in einer schnellen Geste eine blonde Strähne aus dem Gesicht. »Es war allerdings auch nicht sehr vernünftig von Ihnen, in unser Spiel zu platzen.«

Wogegen Ed nicht einmal etwas einwenden konnte. Er kratzte sich die juckenden Mückenstiche. »Ja, Sie haben recht.«

»Haben Sie denn nicht den Zaun gesehen?«

Doch, den habe ich gesehen. Ed nickte vorsichtig.

»Sie sind einfach drüber geklettert, oder?«

»Ich wollte mit Ihnen reden«, sagte Ed, als erklärte das alles.

Der Regisseur musterte ihn. Mit seinen blonden Locken und den weichen Zügen, die nur von wenigen Falten durchsetzt waren, wirkte er keineswegs wie ein waffenvernarrter Reaktionär. Eher wie ein Kommunarde, der mit zehn Frauen und Männern zusammenlebte. »Wer hat Ihnen gesagt, dass ich dort bin?«

Ed hatte keine Ahnung, woher sein Schwager von dem Gotcha-Spiel wusste. Er wollte Hagen auch nicht ans Messer liefern. Deshalb sagte er: »Ich habe davon gehört.«

Jaumann guckte grimmig. »Sie wollen mir nicht sagen, von wem Sie es gehört haben?«

»Nein«, gestand Ed und dachte: *Niemand hört davon. Nur der Wissende sieht.*

»Und was wollten Sie von mir?«

Die Krankenschwester verließ mit quietschenden Sohlen den Raum, und Ed entschied, nicht lange um den heißen Brei zu reden. »Ich suche Herrn Büchmann.«

Jaumann lachte plötzlich. »Da sind Sie nicht alleine.«

»Sie wissen also nicht, wo er steckt?«

»Wenn ich es wüsste, hätte ich ihm längst die Leviten gelesen.«

Enttäuscht ließ Ed den Kopf hängen. Jaumann verabschiedete sich von ihm und versprach, Ed als Trostpflaster Karten für die Premiere seines nächsten Films zu schicken. Wann das sein würde, konnte er allerdings nicht sagen, schließlich war sein Hauptdarsteller mal wieder verschwunden.

Nachdem der Regisseur den Raum verlassen hatte, kämpfte Ed sich auf die Toilette. Die Erleichterung war grenzenlos. Dass er auf seiner Suche nach Büchmann aber immer noch keinen Schritt weitergekommen war, lastete schwer auf ihm.

Während er zurück zu seinem Bett schlurfte, nahm er den Gestank von Krankheit und Alter wahr, der in dem Krankenzimmer hing. Ihm wurde schlecht, es drängte ihn nach frischer Luft. Und nach einem starken Drink, jetzt mehr denn je. Wie lange war es her, dass er einen Martini zu sich genommen hatte? Er schlich hinaus auf den Flur. Vielleicht fand er dort irgendwo was zu trinken.

Doch natürlich gab es im Krankenhaus keine Bar und keinen Martini. Und ganz sicher hätte sein Arzt ihm auch jeden Alkohol verboten. *Verdammt!*, fluchte Ed in sich hinein.

Dann dachte er: *Und über deine Sauferei müssen wir auch noch reden.* Er erschrak, so laut polterte die Stimme in seinem Kopf. War es tatsächlich so weit mit ihm gekommen?

Ein Stück weiter, hinter einer gemütlichen Sitzecke, führte eine Tür auf einen Balkon hinaus. Schnellen Schrittes strebte er der frischen Luft entgegen. Dabei bemerkte er Bertolt Jaumann, der mit dem Rücken zu Ed am Fenster stand.

Der Regisseur hielt sich ein Handy ans Ohr. »Ich glaube, er weiß was«, sagte er.

Ed blieb vor der Balkontür stehen. Er suchte Schutz hinter einer raumhohen Zimmerpflanze.

»Ob er bis Samstag fit ist?«, fragte Jaumann und lauschte den Ausführungen seines Gesprächspartners.

»Wohl kaum.« Er lachte. »Sein Arzt sagt, er hat eine Gehirnerschütterung. Er wird noch eine Weile im Krankenhaus bleiben.«

Jaumann schwieg einige Sekunden. Dann meinte er: »Okay, dann sehen wir uns am Samstag. Natürlich, ja, auf der Vernissage von Devon Devonius, wie geplant. Bis bald.«

Noch ehe Jaumann aufgelegt hatte, schlüpfte Ed durch die Tür nach draußen. Ein lauer Sommerwind umfegte sein Gesicht. Aus dem Augenwinkel beobachtete er, wie Jaumann den Krankenhausflur entlangschritt und das Hospital verließ.

Und ob ich fit bin, dachte Ed und verdrängte den Durst auf einen Drink. *Garantiert werde ich am Samstag fit sein!*

77

Erik überbrachte Laura die Neuigkeit. Es war keine schlechte, aber auch keine gute Nachricht. Es war allerdings eine Nachricht, die es wert war, dass sie sich den Kopf darüber zerbrach. Dummerweise verstand Laura sie erst, als ihr Kollege sie noch einmal wiederholte. Beim ersten Mal war sie mit ihren Gedanken bei der Mail, die sie wenige Minuten zuvor erhalten hatte: die

Ankündigung für ihr Treffen am kommenden Samstag. *Eine besondere Aufgabe.* Was ihr Meister wohl jetzt wieder plante?

Erik hatte die Tür hinter sich geschlossen. Er nahm auf dem Designersessel Platz, schob seinen Oberkörper über den Schreibtisch und flüsterte: »Angeblich hat der Chef Zweifel an seiner Entscheidung durchblicken lassen.«

Laura rieb sich die Augen. Einerseits war da die Vorfreude, die sich seit dem Erhalt der Mail wohlig in ihr ausbreitete, andererseits Eriks seltsame Worte, deren Verständnis nur langsam zu ihr durchsickerte. »Welche Entscheidung?«

»Die Entscheidung, dich zu seiner Nachfolgerin zu bestimmen.«

»Wer sagt das?«

»Ich hab das aufgeschnappt.«

»Aufgeschnappt?«

»Ach, Laura, du weißt doch, wie das ist mit den Gerüchten. Der eine erzählt das, was der andere gesagt hat, weil der es wiederum von noch jemand anderem gehört hat.«

Laura wollte antworten, doch dann überlegte sie es sich anders. Sie lehnte sich in ihrem Sessel zurück, überkreuzte die Beine und erwiderte Eriks forschenden Blick.

Etwas lag in seinen Augen. Zweifel? Nein, es sah mehr nach Betroffenheit aus. Oder Mitleid. »Es tut mir leid, Laura«, sagte er.

»Das muss es nicht. Du kannst nichts dafür.«

»Wenn ich etwas für dich tun kann, dann …«

»Danke, Erik, nein.«

»Du brauchst es nur zu sagen, kein Problem. Ich meine nur, weil du …«

Das Telefon rasselte und Laura war dankbar für die Unterbrechung. »Hier spricht Schwester Stephanie.«

Laura überlegte. »Wer ist da?«

»Praxis Dr. Gaal. Sie und Ihr Mann hatten heute Morgen einen Termin bei uns.«

Herrgott, der Termin beim Paartherapeuten. Laura schwieg. Erik saß immer noch auf dem Stuhl ihr gegenüber. Anders als der Chef rutschte er nicht unruhig über das Plastik. Stattdessen hatte er die Stirn in Falten gelegt. Er wartete, ebenso wie Laura.

Die Arzthelferin kam ihr zur Hilfe. »Haben Sie den Termin vergessen?«

»Ja.«

»Wollen Sie einen neuen Termin?«

»Nein, das hat sich erledigt.«

Die Stimme von Schwester Stephanie bekam einen warmen Klang. »Es freut mich, dass sich auch ohne die Hilfe des Doktors alles zum Besten gewendet hat.«

Zum Besten gewendet? Eigentlich schon. Nur ganz anders als die Arzthelferin es meinte. Aber was machte das schon aus? Laura war glücklich, das war die Hauptsache. »Ja, so ist es.«

»Dann noch viel Vergnügen.«

»Wie bitte?«

Doch die Arzthelferin hatte bereits aufgelegt. *Dann noch viel Vergnügen!* Was sollte das denn heißen? Laura schüttelte ihre Zweifel ab. Es war nur freundlich gemeint. Genauso wie Eriks Äußerung sein Bedauern ausdrückte. Sie musste aufhören, hinter jeder Äußerung ihrer Mitmenschen intime Kenntnisse über ihr Sexleben zu vermuten. Nichts davon stand ihr auf die Stirn geschrieben. Niemand konnte wissen, was los war. Woher auch? Es war eine Sache zwischen ihr und ihrem Meister. Und wenn nicht: Was sprach eigentlich dagegen?

78

Der Stuhl war leer, ihr Meister nicht da. Laura verspürte Enttäuschung. Dann kamen die Zweifel. Hatte sie sich im Termin geirrt? Hatte sie eine seiner Mails nicht gelesen? Nein, dann hätte der Portier ihr unten an der Rezeption nicht den Schlüssel für das Zimmer ausgehändigt.

Sie schaute sich um und erspähte den Zettel auf dem kleinen Tischchen neben dem Stuhl. *Laura,* stand in geraden Buchstaben geschrieben. Also war Carlos bereits im Raum gewesen und hatte ihn wieder verlassen.

Im Schrank findest du ein Kleid und Schuhe. Ziehe sie an und begib dich zum Fahrstuhl. Fahre hinab, durchquere das Foyer und komme nach draußen. Ich warte im Taxi auf dich.

Laura atmete auf. Und bedauerte im gleichen Augenblick, dass sie den Zettel zur Kenntnis genommen hatte. Wie wohl seine Strafe bei ihrem nächsten Treffen ausgesehen hätte, wenn sie ohne den Zettel zu bemerken wieder gegangen wäre? *Obwohl …* Es war nicht zu spät, dies herauszufinden. Sie konnte immer noch so tun, als hätte sie seine Notiz übersehen. Es wäre so einfach gewesen. Aber andererseits hatte sie längst die Neugier gepackt auf das Szenario, das er sich für den heutigen Abend hatte einfallen lassen. Hatte er ihr nicht in seiner Mail geschrieben: *Eine besondere Aufgabe?* Würde sie seinen Auftrag also erfüllen können? Würde sie bereit sein, die Grenze auch heute wieder ein Stück mehr zu verschieben?

Sie ging zum Schrank und holte das Kleid hervor: Ein enges Lackkleid in ihrer Größe. Sie zog es gemäß seiner Anweisung an. Ihr stockte der Atem. Es verdeckte kaum ihre Brüste und endete knapp unter ihrem Gesäß. Die Vorstellung, damit das Hotelzimmer zu verlassen, war im Grunde absurd. Doch sie wusste, sie würde es tun. Genauso wie sie die Schuhe anziehen würde, die er ihr hingestellt hatte: High Heels, die mehr als hoch waren. Gigantisch. Darauf sollte sie laufen können?

Sie schnürte sich die Riemchen um die Knöchel, wagte die ersten Gehversuche. Ein bisschen wackelig war es schon, aber es ging. Ein paar Mal wanderte sie das Hotelzimmer auf und ab und gewann an Sicherheit. Als sie glaubte, bereit zu sein, schritt sie zur Tür. Es kostete sie Überwindung, in diesem Outfit auf den Flur zu treten. Worauf wartete sie?

Sie gab sich einen Ruck und verließ das Zimmer. *O mein Gott, wenn Klaus dich jetzt sehen könnte! Oder gar deine Kollegen!* Der Gedanke war erschreckend und amüsant zugleich. In ihrer Brust pochte es aufgeregt. Aber Klaus würde es nicht ins Hotel verschlagen. Und ihre Kollegen auch nicht. Laura beruhigte sich ein bisschen.

Behutsam stöckelte sie zum Fahrstuhl. Auf dem Weg dorthin begegnete ihr ein älteres Ehepaar. Die Frau rümpfte argwöhnisch die Nase. Dem Gatten quollen die Augen aus den Höhlen. Das Blut schoss ihr siedendheiß in den Kopf. Sie flüsterten, als sie an Laura vorüber waren. Sie verstand nur ein Wort: Hure! *Wenn ihr wüsstet,* dachte sie, und das machte die Situation noch ein wenig einfacher.

Die Türen zum Fahrstuhl öffneten sich. Zwei Manager waren in ein Gespräch vertieft, doch ihre Unterhaltung stockte, als Laura hinzutrat. Aus den Augenwinkeln verfolgte sie, wie ihre Blicke sie von Kopf bis Fuß musterten. Wieder errötete sie.

Der Fahrstuhl senkte sich weiter ins Erdgeschoss. Die beiden Männer verließen die Kabine, ein letzter Blick. Laura folgte ihnen. Andere Hotelgäste drehten sich nach ihr um. Diesmal war sie gewappnet und ertrug die Blicke mit mehr Fassung. Zum Glück war niemand unter den Gästen, den sie kannte.

Inzwischen lief sie sicherer auf den Schuhen und legte einen Zahn zu. Endlich stand sie auf der Straße. Die Anspannung fiel von ihr ab. Glücklich, die erste Bewährungsprobe bestanden zu haben. Jetzt war da nur noch die Vorfreude auf den Abend, das Spiel, wo auch immer. Auf einer Party. In einem Bunker. Egal. Hauptsache mit ihm, ihrem Meister. Sie entdeckte ihn in dem

Taxi vor dem Hotel. Er entstieg dem Fond, hielt ihr galant die Tür auf. Sie nahm Platz, was angesichts des engen Kleidungsstücks, das sie einschnürte, gar nicht so einfach war.

»Fahren wir«, wies ihr Meister den Taxifahrer an, der keinen Blick übrig hatte für Laura. Wahrscheinlich hatte der Fahrer öfter Kundschaft für Carlos.

»Devon, der Künstler«, sagte Carlos. »Kennst du ihn?«

Ja, natürlich, Laura kannte ihn. Devons Bild hing noch immer im Foyer der Villa, ein letztes Überbleibsel ihrer Ehe. »Ja, mein Meister.«

Sie sah in den Rückspiegel, doch falls der Fahrer ihre Worte verstanden hatte, ließ er es sich nicht anmerken. Und dann war ihr das, was er möglicherweise über sie dachte, egal. Denn die Worte ihres Meisters ließen sie erstarren. »Devon feiert heute Vernissage. Wir fahren ihn besuchen.«

79

Auch Ed fuhr zur Vernissage. Es kostete ihn nicht einmal große Mühe, unbemerkt das Krankenhaus zu verlassen. Er löste den Verband von seinem Kopf, wusch und parfümierte sich, kleidete sich danach in Jeans und Hemd, die ihm Elisabeth die Tage mitgebracht und in den Schrank gehängt hatte. Mit unschuldiger Miene spazierte er am Pförtner vorbei, der ihm sogar noch ein frohes Wochenende mit auf den Weg gab.

Dann stand Ed auf der Straße. Im Kiosk gegenüber erwarb er eine Tageszeitung, deren Kulturteil er nach Ausstellungseröffnungen durchstöberte. Er wurde fündig. Er winkte einem Taxi und ließ sich zur Galerie bringen. Sie lag am Spittelmarkt, nicht weit vom Potsdamer Platz.

Für Sekunden zögerte er, als er durch das Schaufenster in die Räumlichkeit blickte. Die Besucher, die sich zur Vernissage eingefunden hatten, waren in nobler Abendgarderobe gekleidet. Mit seinem lässigen Outfit war Ed alles andere als unauffällig. Fast schon schämte er sich, so die Galerie zu betreten. Aber dann rief er sich vor Augen, weshalb er hierhergekommen war. *Sollen die Leute doch denken, was sie wollen.* Ed wollte Antworten.

Er bezahlte den Fahrer und begab sich unter die Ausstellungsgäste. Während er die Leute musterte, die in belanglose Gespräche vertieft waren, fragte er sich, wann er das letzte Mal in einem Museum gewesen war. Das lag lange zurück. Es musste noch vor seiner Ehe mit Elisabeth gewesen sein.

Ed konnte keine vertrauten Gesichter ausmachen. Obwohl sein Arzt ihm wahrscheinlich davon abgeraten hätte, nahm Ed eines der Gläser, die von livrierten Kellnern auf silbernen Tabletts herumgetragen wurden. Es war Prosecco. Der war zwar nicht unbedingt Eds Geschmack, und einen Martini würde er auch nicht ersetzen können, aber für den Augenblick sollte der Perlwein reichen. Ed schlenderte an den Bildern und Skulpturen entlang, immer auf der Suche nach Leuten, die er kannte. Auf diese Weise verstrich die Zeit.

Zugegeben, Ed hatte nur wenig Kunstverstand. Aber ohne Zweifel besaß Devon Devonius Talent. Die meisten seiner Werke gefielen sogar Ed. Was auch daran lag, dass die Exponate erotischen Inhalts waren. Fast jede seiner Skulpturen stellte Mann und Frau dar, in sehr eindeutiger Position. Ed mochte eindeutige Positionen.

»Aber das, was Devon zeigt, kratzt nur an der Oberfläche«, schnappte Ed die Worte eines Mannes auf, der sich einige Meter weiter mit einer attraktiven Frau unterhielt.

Es waren nicht mehr viele Gäste in der Galerie anwesend. Noch immer hatte Ed niemanden getroffen, von dem er hätte annehmen können, dass er ihm weiterhalf. Er überflog noch einmal die letzten Besucher, dann wandte er sich ernüchtert zum Ausgang.

Aber das, was Devon zeigt, kratzt nur an der Oberfläche, wiederholte er im Geiste und blieb stehen. Etwas an dieser Aussage schlug Alarm in seinem Schädel.

Ed drehte sich zu dem Mann um. Dieser führte die Frau eine Treppe ins Obergeschoß der Galerie. Erst jetzt dachte Ed: *Die Frau kenne ich.* Es wollte ihm nur nicht einfallen woher. *Streng dich an.* Er betrachtete die Frau eingehender. Sie war sehr ... aufreizend angezogen. Ganz anders als die anderen weiblichen Gäste der Vernissage.

Ohne darüber nachzudenken, folgte Ed den beiden. Sie gingen einen Flur entlang. Dann waren sie weg. Eine der Türen mussten sie genommen haben. Welche? Er konnte schwerlich hinter allen nachsehen. Andererseits: Er konnte immer noch erklären, er hätte sich im Zimmer geirrt.

Er lauschte in die Stille. Nein, da waren Geräusche. Leise Stimmen. Eine der Türen stand einen Spalt weit offen. Ed blinzelte in den Raum dahinter.

80

Laura konnte sich daran erinnern, dass sie Devon, nachdem sie ihre Arbeit in der Agentur angenommen hatte, einige Monate lang des Öfteren während der Mittagspause in seiner Galerie besucht hatte.

Devon war ein guter Bekannter gewesen, dem sie ein prächtiges Bild zu verdanken hatte. Allerdings hatte Devon wiederholt versucht, mit ihr zu flirten. Sein Ruf als Schwerenöter war in ganz Berlin bekannt, in den Boulevardzeitungen hatte er immer wieder für Schlagzeilen gesorgt – die erotischen Motive seiner Bilder und Skulpturen untermauerten dieses Image noch.

Laura hatte seinem Begehren widerstanden. Um nichts in der Welt hatte sie sich in der Regenbogenpresse wiederfinden wollen. Außerdem, und das war – zumindest damals – entscheidender gewesen, war sie verheiratet.

Irgendwann waren die Aufgaben bei *FiliCon* umfangreicher und ihre Besuche bei Devon seltener geworden. Seit sie den Posten als stellvertretende Geschäftsführerin übernommen hatte, hatten sie sich aus den Augen verloren, und das war Laura eigentlich gar nicht so unrecht gewesen.

Das alles ging ihr durch den Kopf, als das Taxi vor der Galerie hielt. Durch die hohe Fensterfront konnte sie erkennen, dass sich bereits eine Menge Besucher in dem Gebäude versammelt hatten. Die meisten Männer trugen vornehme Anzüge, die Frauen Abendkleider. Die wenigsten waren so offenherzig wie das von Laura, aber dennoch sehr extravagant, so dass sie nur wenig Gefahr lief, sofort in der Menge aufzufallen.

Carlos hielt die Fahrzeugtür für sie geöffnet. *Willst du wirklich?* Sie setzte einen Fuß auf den Bordstein. Er reichte ihr die Hand. Sie ließ den zweiten Fuß folgen. Drei, vier Meter bis zur Galerie. Laura spürte die Aufmerksamkeit, die ihr augenblicklich zuteil wurde. Die Männer musterten sie, konnten ihren Blick nicht von ihr abwenden.

Ein eigentümliches Gefühl, diese gierigen, verzehrenden Augen. Wie erniedrigend. Wie aufregend. Bald verspürte sie Stolz. Diese Männer begehrten sie. Was sie wohl alles mit ihr hätten anstellen wollen? Sie begann sich auszumalen, was sie dachten, wonach sie sich sehnten, während ihre Blicke sie verschlangen. Sie fand Gefallen an diesem Spiel mit dem Feuer, bei dem sie sich nicht verbrennen konnte, denn ihr Meister war in ihrer Nähe. Er stand neben ihr, sie bei ihm eingehakt, jeder ein Glas Prosecco in der Hand. Gemeinsam studierten sie die Bilder und Skulpturen, die Devon im Erdgeschoss seiner Galerie ausstellte.

Als die Vernissage sich am späten Abend allmählich dem Ende zuneigte und die Galerie sich leerte, fragte Carlos: »Laura, du sagtest, du kennst Devon?«

»Ja, mein Meister. Seine Werke werden in den großen Galerien Berlins gezeigt.«

»Ich weiß. Man nennt ihn den Chronisten des modernen, urbanen Lebens in Berlin.« Carlos' Süffisanz war nicht zu überhören.

Laura sah ihn fragend an.

Er lächelte. »Oder das, was er für modernes, urbanes Leben in Berlin hält.«

Laura wagte nicht zu widersprechen. Auch wenn sie Devon zuletzt nicht mehr gesprochen hatte, so hatte sie dennoch aus alter Verbundenheit mit großer Aufmerksamkeit über ihn in den Medien gelesen: Kunsthändler planten Ausstellungen mit Devon in Übersee. Die Presse überschlug sich. Die Kritiker bescheinigten ihm eine große Zukunft. Aber eigentlich ließ sich seine Arbeit, da hatte Carlos recht, auf ein wesentliches Thema reduzieren: Sex. Allerdings nur in einer sehr rudimentären Art. Sex zwischen Mann und Frau. Der Akt als solcher. Aber da war noch sehr viel mehr.

Carlos hatte den gleichen Gedanken wie Laura, denn er meinte: »Aber das, was Devon zeigt, kratzt nur an der Oberfläche.«

Vor noch nicht allzu langer Zeit hätte Laura ihn verständnislos angesehen. Inzwischen wusste sie, dass es mehr gab als den reinen Akt, viel mehr. Carlos lächelte wissend.

Laura stellte fest, dass sie sich mit ihrem Meister fast alleine in der Galerie befand. Waren die anderen Gäste bereits alle gegangen? Sie hatte nichts davon mitbekommen. Dann aber hörte sie aus einem Raum im Obergeschoß der Galerie Stimmen, leise tuschelnd unterhielten sich die Leute, erwartungsvoll. Mit einem Mal wusste Laura, auf wen sie warteten.

81

Laura zählte ein Dutzend Menschen, nicht nur Männer, auch zwei, drei Frauen, die sich in dem Raum versammelt hatten. Im Halbkreis reihten sie sich in die Schatten, die die Kerzen rings um ein kleines, mit Samt belegtes Podest warfen. Carlos führte sie zu der schmalen Erhebung. Die Blicke der Frauen und Männer waren aufmerksam auf sie geheftet. Sie konnte in keines der Gesichter schauen, sie waren im Zwielicht wie hinter Masken verborgen. Oder waren es sogar Masken? Egal, aus einem unbestimmten Gefühl heraus wusste sie, dass niemand dabei war, den sie kannte oder der das, was vor sich ging, verurteilte. Sie spürte, es waren Gleichgesinnte. Aus dem Augenwinkel nahm sie noch jemanden wahr, hinter ihr, an der Tür, der sie anstarrte. *Devon?* Sie konnte nicht erkennen, wer der heimliche Beobachter war. Eigentlich war es ihr auch egal. Denn ihr Meister sagte: »Das ist Laura.«

Langsam, beinahe zärtlich öffnete er den Reißverschluss ihres Kleides. Der Lack glitt langsam zu Boden. Nur mit den High Heels am Körper stand Laura vor den Leuten. Sie spürte Blicke, die sie von Kopf bis Fuß musterten, verschlangen, keinen Flecken ihres Körpers ausließen. Es war fast, als unterzogen die Anwesenden sie einer Prüfung. In gewisser Weise war dem sogar so. Ihr Meister führte sie der Öffentlichkeit vor. Wenn das nicht eine besondere Aufgabe war, was dann?

Laura überlegte, ob es ihr Unbehagen bereiten sollte. Sie schloss die Augen, konzentrierte sich auf das Gefühl, die Empfindungen in ihrem Innersten. Doch die einzige Wahrheit, die sie dort entdeckte: Sie genoss dieses Gefühl, nackt und ausgeliefert zu sein, vor Carlos, vor einer Frau, vor einer ganzen Menschenmenge, die sie mit den Augen benutzten. Sie würde sich nicht dagegen wehren. Carlos brauchte sie nicht zu bestrafen. Sie würde stillhalten, alles ertragen, ihm dienen. Weil sie dafür bestimmt war. *Deine Bestimmung ist es, bedingungslos zu dienen.*

Eine Hand berührte sie. Gleich darauf eine zweite. Eine dritte. Vierte. Ihr ganzer Körper wurde zu einer einzigen Hand. Jeder im Raum schien sich daran zu beteiligen. Die Frauen und Männer ertasteten ihren nackten Leib, streichelten Laura, die still stand, sich nicht bewegte, es ertrug, weil es sich gut anfühlte. Es war ein Feuerwerk der Zärtlichkeit. Die Finger strichen über ihre Haut, griffen in ihr Fleisch, immer wieder, überall. Wie von selbst ging Laura in die Knie, ließ sich auf das samtene Podest sinken.

Die Hände wurden fordernder. Kneteten ihre Oberschenkel. Ihre Waden. Die Brüste. Den Po. Lippen berührten ihre Wangen, eine Zunge schlängelte sich in ihren Mund. Kurz darauf war sie weg, eine andere trat an ihre Stelle, weicher, liebevoller, wie die von einer Frau. Jemand hauchte ihr Atem ins Ohr. Noch jemand küsste ihre Zehen.

Zwei Hände spreizten ihre Beine. Finger wühlten in ihrer Möse, aus der die Feuchtigkeit die Schenkel hinunterrann. Der Saft floss aus ihr heraus, zusammen mit ihrem Verstand, der nur zu gerne folgte, und in dem letzten Funken, der ihr blieb, begriff sie: Heute bestrafte ihr Meister sie nicht, er belohnte sie.

Plötzlich war jemand in ihr. Ein harter Schwanz, der in sie eindrang, sie erfüllte. Obwohl sie ihn bisher nur ein einziges Mal gespürt hatte, wusste sie auf Anhieb, wem er gehörte. Sie öffnete die Augen. Es war ihr Meister, der sich über sie beugte. Zum ersten Mal schlief er mit ihr, hier vor aller Augen. Aber auch das war egal. Denn wie lange hatte sie darauf gewartet, dass Carlos ihr seine Gunst gewährte? Nur deshalb hatte sie all den Schmerz ertragen, die wunderbare Pein, die ihr Lust bereitete, grenzenlose Freude, die dazu führte, dass er sie, *ja, sag es,* dass er sie endlich, *endlich*, fickte. Nicht nur weil er das Recht dazu besaß, sondern auch weil sie es wollte, nichts lieber als das, hier, jetzt, sofort.

Ihr Becken presste sich ihm entgegen. Er packte ihr Haar, zerrte ihren Kopf in den Nacken, der Schmerz, sein Schwanz, ihre Möse, hart, feucht, geil. Sie lachte und weinte und eine Welle der Zuneigung begrub alle anderen Empfindungen unter sich.

War es Liebe, die sie mit Carlos verband? Was ist Liebe? War es Liebe, wenn ihr Partner ihr das schenkte, was sie sich so innig wünschte? Wenn er sie befriedigte und glücklich machte? Dann war sie wohl verliebt.

Ihr Becken raste dem Höhepunkt entgegen. *Nicht aufhören.* Ihr Atem ging stoßweise. Schweiß quoll aus ihren Poren. *Bitte nicht aufhören, bitte.* Während ihr Körper wieder und wieder unter den Höhepunkten erzitterte, floss sie über vor Glück.

Da ertönte eine Stimme: »Laura!«

82

Ed machte kehrt, kaum dass er die Stimme hörte. Durch die Hintertür, Ed gegenüber gelegen, stürmte ein Mann wutentbrannt in das Zimmer.

Ed hastete den Flur entlang und die Treppe hinunter ins Erdgeschoss. Die Ausstellungsfläche lag leer und verlassen. Die Skulpturen standen einsam auf ihren Podesten. Die Bilder schimmerten grau im fahlen Licht der gedimmten Scheinwerfer. Nichts deutete darauf hin, dass sich noch jemand in dem Gebäude befand. Doch Ed wusste es besser. Er hatte es mit eigenen Augen gesehen.

Dank des frischen Nachtwinds, der ihm auf der Straße entgegenwehte, wurde ihm bewusst, wie heiß ihm war. Die kühle Luft besänftigte seinen aufgewühlten Geist, der ständig nur eine Frage formulierte: *Was geht hier vor?*

Wieder spielte sich die Szene, die er beobachtet hatte, vor seinem geistigen Auge ab. Diese Männer und Frauen mit ihren

Masken. Die Frau, die sich den gierigen Berührungen entgegenstreckte. *Diese Orgie!* Es klang keineswegs abfällig in seinem Kopf. Ed war selbst kein Kostverächter, soviel war klar.

Aber dass er ausgerechnet heute, nach allem, was ihm widerfahren war, Zeuge dieser erotischen Begegnung geworden war, nein, das konnte kein Zufall sein. *Das war Absicht!* Aber warum?

Niemand hört davon, dachte er. *Nur der Wissende sieht.*

Ed war entschlossen, mehr herauszufinden.

83

Laura brauchte einen Moment, um die Stimme zu erkennen. Dann sah sie die Gestalt, die sich durch die Menschen im Raum drängelte. Die Frauen und Männer machten ihr Platz, zogen sich in die Schatten zurück. Die Gestalt trat vor das Podest und stierte Laura mit wildem Blick an.

»Erik?«, fragte Laura ungläubig.

»Laura«, wiederholte ihr Kollege.

Laura holte Atem. Leise sagte sie: »Was machst du hier?«

»Was ich hier mache?« Er klang, als würde er gleich explodieren. »Die Frage ist doch wohl eher, was du hier machst?«

Laura schluckte. Noch immer hallte der Orgasmus in ihr nach. Es fiel ihr schwer, sich zu konzentrieren. Sie fragte noch einmal: »Was machst du hier?«

»Ich war auf der Vernissage. Ich kenne Devon, das weißt du doch.« Er schüttelte den Kopf. »Ich habe dich vorhin gesehen. Ich bin dir gefolgt. Und dann habe ich …« Seine Lippen zitterten. »Das hätte ich niemals von dir gedacht.«

Lauras nächste Worte kamen überraschend flüssig. »Was hättest du denn gedacht?«

»Dass ich … also du … dass wir beide …«

Wie Schuppen fiel es ihr von den Augen. Laura konnte nicht anders. Sie lachte. Erik wurde rot. Sein wirrer Blick flog über die Menschen, die in dem Raum versammelt standen. Er tat Laura leid. Und doch hörte sie nicht auf zu lachen.

Erik drehte sich auf dem Absatz um, wirbelte Staub auf, als er aus dem Raum rannte.

Lauras Lachen erstarb augenblicklich. Sie schaute ihrem Kollegen hinterher. Als er den Raum verlassen hatte, gaben ihre Beine nach. Doch der Meister stand neben ihr, war bei ihr, hielt sie umklammert. Er hatte sie die ganze Zeit nicht losgelassen, so als wollte er sie vor Erik beschützen. Endlich verstand sie Eriks Blicke in den letzten Wochen. Seine freundliche Aufmerksamkeit. Seine ständige Präsenz. Erik hatte sich in sie verliebt. Ausgerechnet Erik.

Sie lehnte sich an die Schulter ihres Meisters. An seiner Seite war ihr Platz. Bei ihm fühlte sie sich geborgen. Sie schaute zu ihm auf. Seine Augen unter den geschwungenen Brauen strahlten sie an und das flößte ihr neue Kraft und neues Vertrauen für die Zukunft ein.

Was wäre, wenn er sich von ihr abwenden würde? Sie bekam es mit der Angst zu tun. Furcht davor, in ein Loch zu fallen. Aber das war töricht. Wieso sollte er das tun? Er war ihr Meister. Durch ihn hatte ihr Leben eine neue Wendung genommen. Dank ihm lebte sie. Sie würde ihm folgen, egal wie weit er ging. Sie war bereit dazu.

»Ich liebe dich«, sagte sie.

Er erwiderte ihren Blick, aber etwas in seinen Augen verunsicherte sie.

»Ich liebe dich, mein Meister«, wiederholte sie.

Doch sein Ausdruck veränderte sich nicht. Sie zitterte, weil er nicht reagierte. *Warum sagt er nichts?* Was war schiefgelaufen?

»Dann bist du bereit.«

Es dauerte eine Weile, bis sie begriff, dass er mit ihr gesprochen hatte.

Dann bist du bereit.

Das war nicht die Antwort, die sie sich erhofft hatte. Noch mehr Verwirrung. Zaghaft fragte sie: »Bereit wofür, mein Meister?«

»Du hast alle Prüfungen bestanden.«

»Prüfungen?« Sie hatte das Gefühl, der Boden wurde unter ihren Füßen weggezogen. »Welche Prüfungen?«

Er lächelte. Aber er antwortete nicht. Er sagte: »Es ist an der Zeit.«

»Zeit? Wofür?«

»Für deine wahre Bestimmung.«

»Ich verstehe nicht.«

Er nahm sie in den Arm, aber die Berührung fühlte sich mit einem Mal falsch an. Leise flüsterte er ihr ins Ohr: »Fürs Banquette Bizarre.«

Fortsetzung folgt

BANQUETTE BIZARRE

Christoph Brandhurst

Diener der Sechs

Roman

Devon ist freischaffender Künstler. Seine aufwendigen Skulpturen – Zeugnisse des modernen, urbanen Lebens in Berlin – werden in den großen Galerien der Hauptstadt gezeigt. Kunsthändler planen Ausstellungen in Übersee. Die Presse überschlägt sich. Die Kritiker prophezeien Devon und seinen Werken eine große Zukunft. Keine Vernissage, kein Empfang und keine Party, die ohne ihn stattfinden. Jeder Veranstalter schmückt sich mit seiner Anwesenheit. Nichts geht ohne Devon. Dieser genießt die Anerkennung. Er nutzt den Ruhm. Die wenigsten Frauen widerstehen ihm. Devon ist überzeugt: Die Welt hat nur auf ihn gewartet.

Bis er durch einen Zufall Gerüchte aufschnappt von einer Party, die alles bisher Dagewesene in den Schatten stellt. Natürlich will Devon an diesem Event teilnehmen. Auf der Suche nach dem Schlüssel zum »Banquette Bizarre« wird ihm einiges abverlangt – und erst als er in seiner neuen Rolle Erfüllung findet, wird ihm bewusst: Nichts ist Zufall, alles geschieht nach einem Plan, der ein bestimmtes Ziel verfolgt. Doch welches?

DER ZWEITE BAND

Christoph Brandhurst
Diener der Sechs
Banquette Bizarre – Band 2
ca. 240 Seiten, Taschenbuch, ISBN 978-3-89602-987-4
Erscheint im Herbst 2010

Bitte beachten Sie auch die Hinweise auf den folgenden Seiten.

Der Autor

Christoph Brandhurst ist ein Pseudonym, unter dem ein Berliner Schriftsteller sich seit Jahren SM und verwandten Themen widmet.

Bei Schwarzkopf & Schwarzkopf sind von ihm erschienen: die inzwischen dreibändige Erotik-Reihe *Extrem!*, *Ich nenne es »da unten« – Frauen erzählen über ihre Vagina, die Lust und den Sex* sowie *Gwen. Tagebuch meiner Lust.*

Christoph Brandhurst hat außerdem den SM-Roman *Das geheime Zimmer* (2006) veröffentlicht. *www.christoph-brandhurst.de*

Christoph Brandhurst
SKLAVIN DER SECHS
Banquette Bizarre – Band 1
Roman

ISBN 978-3-89602-910-2

Dieses Buch erscheint in der Reihe EXPLIZIT.
EXPLIZIT ist ein Label des Berliner Schwarzkopf & Schwarzkopf Verlages.

Katalog
Wir senden Ihnen gern kostenlos unseren Katalog
Schwarzkopf & Schwarzkopf Verlag GmbH / Abt. Service
Kastanienallee 32 | 10435 Berlin
Telefon: 030 – 44 33 63 00 | Fax: 030 – 44 33 63 044

Internet | E-Mail
www.schwarzkopf-schwarzkopf.de
info@schwarzkopf-schwarzkopf.de